傾世皇妃

傾世皇妃（中）

誰道無情帝王家

慕容湮兒——著

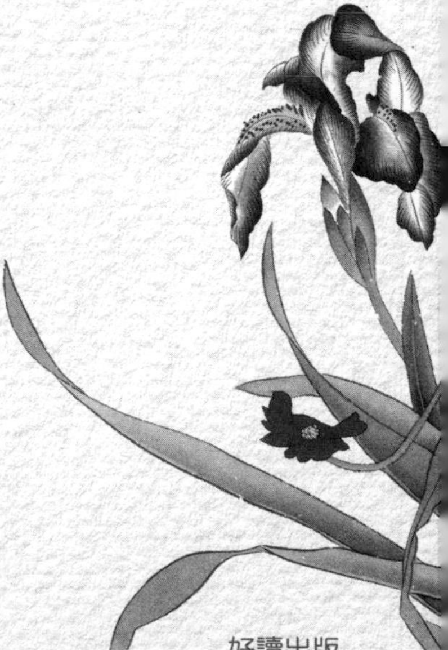

好讀出版

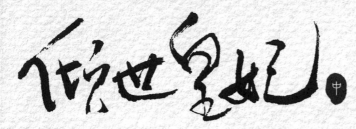

目錄

第三卷　誰道無情帝王家

為何他要身為帝王？為何我要成為這宮闈鬥爭中的犧牲品？人生若只如初見，你不為帝我不為妃，或許我們也會成為一對人中龍鳳，笑看紅塵吧。但是命運卻開了這樣一個天大的玩笑，偏偏要你成為一位帝王。

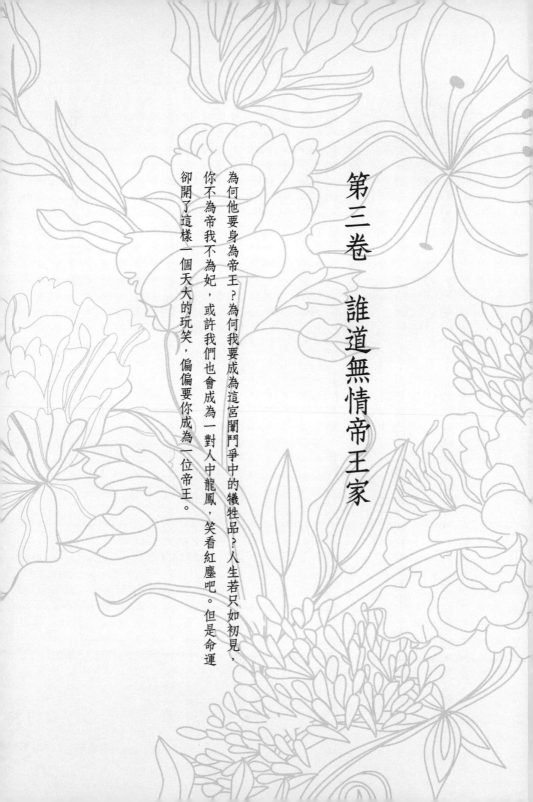

第一章　品茗牡丹亭

祈佑終究是未在此處就寢，而是回了養心殿。他走後，我心間泛起濃烈的失落之感。站在廊邊一直傻傻地凝望著早埋沒他身影的那個拐角處，很久未收回視線。今夜他該留宿誰那兒？是由靜夫人承轉恩澤還是由杜皇后侍奉左右？

始終伴在我身側的心婉爲我披上一件衾裘披風，恐我著涼。我伸手合了合衣裳，卻覺得此時更冷，寒風呼呼吹來，我絲毫未有進屋安寢之意。

昏鴉盡，小立恨因誰？

急雪乍翻香閣絮，輕風吹到膽瓶梅，心字已成灰。

憂傷之情如泉湧，不斷徘徊在心中，壓抑著我的思緒，輾轉著我的心。帝王，是天下女子的丈夫，必須提醒自己莫須太介意，畢竟他不是我一人所能專屬。

「小主，進屋吧。皇上已然走遠。」心婉扯了扯我的衣袂，提醒我回神。

我似有若無發出一聲歎息，正待回房而去，只見蘇婕妤扯著楊婕妤朝我飛奔而來，「雪姐姐，雪姐。」蘇婕妤怕我就此進門，揚聲喚著我。

聽著她由先前的雪婕妤改口爲雪姐姐，心中略微閃過詫異。隨即了然，方才皇上的親臨，怕是整個後宮都已傳遍。

「妹妹有事嗎？」我也順其意喚她為妹，巧笑盈望這個性格浮躁略微衝動的蘇婕妤。

但見她欣然一笑，已與楊婕妤立在我面前。相較於她的興奮，楊婕妤似乎平靜了許多，似乎是從睡夢中才被蘇婕妤扯醒，眼神格外朦朧渾沌。

「聽說方才御駕來到姐姐廂房內，眞是羨煞了我們。」她倏然放開楊婕妤的手，轉握著我的手。

我有些不自然地想抽回手，可才用力卻又立馬收回，轉而反握她的手，含笑睇一眼一旁默不作聲的楊婕妤。「蒙皇上垂愛，我身子略微不適，他便親臨探望，受寵若驚。」

蘇婕妤一聽便有些侷促不安，擔憂地撫上我的額頭探了探，「怎麼姐姐身子不適麼？」

我努力陪笑回應著她突如其來的關懷，「怕是受了些風寒。」

「好了，思雲。」楊婕妤開口喚了一聲蘇婕妤的小名，她們倆交情似乎很好，「雪婕妤的病未癒，你還扯著她在此閒聊，不怕她病上加病？」

蘇婕妤一聽，臉色稍一斂後推扶著我朝房內走去，「都怨我，要不是容溪姐姐提醒我，我還未覺呢。」

我順著她手的力，朝那花梨木小圓桌走去，「小病，不礙事。」

她為我拉開一方小凳，讓我坐下，隨後再邀楊婕妤就座，最後自己才坐下。然後又殷勤地為我倒一杯茶水，手才碰至杯壁的溫度就一蹙眉，轉而望著心婉道：「茶水都涼了，也不換壺熱的，這叫雪姐姐如何下嚥？」

「奴才的不是，這就去換。」心婉立刻伸手想將桌案上的朱鳳朝陽五彩壺提起，我卻立刻接過蘇婕妤手中握著的陶瓷五彩杯，忙笑，「沒事，我嗓子裡本就燥熱得很，正想喝些清涼的東西。」

一口飲盡杯中之水，換來心婉錯愕的怔忪。而楊婕妤則接過我手的杯，「雪婕妤，你的臉色略有蒼白之色，該去歇息了，我與思雲就不打擾了。」

她不著痕跡地硬將蘇婕妤給拽了出去。這位楊婕妤確實不簡單，甚懂察言觀色。我將內心對蘇婕妤喋喋不休的不耐隱藏得如此之好，卻被她給看破，故才拉著蘇婕妤急急離去吧。

她們走後，屋內安靜了許久，心婉才道：「小主，夜深了，歇息著吧。」

我輕輕地搖頭，突然起了寫字的興致，飄然而往桌案前，撚紙研墨，再提起黑檀木兔肩紫毫筆，肆意揮灑了幾句詩。

心婉瞧見我寫的字，掩嘴取笑，「小主是希望與皇上白首偕老。」

當她的話音落下，我才發覺自己寫的竟是：

死生契闊，與子成説。

執子之手，與子偕老。

我愣然一怔，提筆的手僵在半空中，目光凝著那十六個字發呆，直到毛筆上的一滴墨悄然而落，滴在紙上，泛了好大一塊我才驚醒。毛筆隨著我的力道一鬆，摔落在桌上發出一聲輕響，我猛然將紙揉成一團，丟在地上。

「小主？」心婉奇怪地望著我異樣的舉動，擔憂地喚了一聲。

「我乏了。」我恢復了常態，疲倦地歎惋一聲，遣她退下。

驀然側首再望望安靜躺在地上的那團紙箋，心中黯然神傷。

次日午時我才悠悠轉醒，隔著糊紙瞇眼而望，有暖陽射進，今日的天色似乎很好，心婉怎沒來喚我起床呢？我慵懶著不肯由暖暖的被窩中起身，睜著雙目安靜躺著，凝望著紗帷漫漫深深，靜謐不動。桌上金猊小熏檀爐裊裊生煙，煙霧瀰漫著四周，乍看猶如仙境，著實令人迷惘。

也不知靜躺了多久，隱隱聽見幾聲輕笑由門縫外傳進，闖入我的耳中。是幻覺？我奇怪地側耳凝神細聽，一波波甜美的笑聲毫無預警地再次飄進我的耳中。好奇地由床上爬起，想出去一探究竟。畢竟在這深宮大院內實難聽見此般悅耳的笑聲。

才推開門，一眼望去，小苑繁花早已落盡，唯留枝角尖尖迎暖日，清瑟的涼意伴隨著暖煦的日頭也別有一番滋味。偌大的小院圍了許多女子，娉婷婀娜生姿，顰笑鶯語動人，綿綿嬈嬈堪國色。

「雪姐姐，你醒啦。」第一個發現我的是正樂得起勁兒的蘇婕妤，她一聲高喚將所有人的目光皆吸引至我身上，我還未適應此時眾人的審視打量，她已經微笑著起身到我身邊，將我領入這片熱鬧的小地。

「我們正在談詩品書暢聊樂曲，雪姐姐你有沒有興趣一起來？」楊婕妤格外熱情地招呼著我，生怕將我給冷落了。

我望著這數十位各有所長的清麗絕美小姑娘，心中多了幾分感慨。見她們圍案而坐，案上擺放了許多詩集、名畫、樂器……看來她們無聊時就是這樣消遣度日的，換了我也會樂得愜意。

拉了一方小椅坐下，安靜地聽著她們繼續放聲暢談，不自覺竟聊到萬種花卉，有人獨愛水仙清水養，有人甚喜芙蓉賽海棠，有人總愛梔子白如霜……

「我比較喜歡牡丹，花之富貴者也。沒有梅花的傲骨、水仙的超逸、菊花的高潔，牡丹是最現實不過的花。」此話出自一位猶自高傲的姑娘口中，她的肌膚如水似吹彈可破，眸閃靈光，她的美並不爲傾城之美，然氣質卻脫俗傲立群芳，極爲出眾。

我細細打量了她很久，牡丹代表著對現世欲望的追求，她竟在眾人面前如此坦言自己的欲望，不怕在這後宮四面楚歌嗎？

或許是被她那分毫不避諱的坦誠所動，我不自覺地脫口問道：「那姑娘定然讀過《牡丹亭》。」沒有想到我會開口，她略微遲疑地凝了我一眼，後認真地點頭道：「天下人皆稱《牡丹亭》爲淫禁之書，然我卻不認同，牡丹很準確地揭示了柳夢梅與杜麗娘之間感情的實質，『夢其人即病，病即彌連，至手畫形容，傳於世而後死。死三年矣，復能溟莫中其所夢者而生』，更見證了一段震撼人心，刻骨銘心的愛情。」

我猛拍桌案而起，大讚一聲：「說得好！」她不顧女子該有的矜持，上前一步，略帶激動地說道：「你也讀過？」她未被我突然高揚的語氣嚇倒，反倒是眸光漸閃，熠熠而望。

我也不回話，隨手拿起桌案上被某位婕妤輕遺的西施浣紗團扇，隨手輕拂，順力而起，帶起一陣輕風。我放聲唱一句：「原來奼紫嫣紅開遍，似這般都付斷井頹垣。良辰美景奈何天，賞心樂事誰家院。」

她唇畔勾起一抹迷人的微笑，將手中的摺扇輕揮散開，紫檀木本就帶有的芬芳撲鼻迎來。她曼妙一個旋身，翩翩起舞巧笑盈望，接下了我的曲，「朝飛暮捲，雲霞翠軒。雨絲風片，煙波畫船。錦屏人忒看得這韶光賤。」

望著她那纖骨玉姿在小苑翩然而起，一回眸、一低吟、一旋舞，無不將她身上特有的氣質發揮得淋漓盡致，恰到好處。所有人都沉浸在她的天籟之音中無法抽身離去，甚至有幾位婕妤因她唱到深情處而悄然落淚。

我的眼眶也不自覺濕潤，卻不想落淚，轉而一側首，竟看見楊婕妤早淚如泉湧，抽泣不止。我心生奇怪，正想開口詢問她爲何，但見她雙眼一閉猝然倒地。

眾人一片尖叫。

鳳高樓，漠漠敧紅，瀲灩雲霞，欲逢春。此刻我已隨一位公公進入宮中的太后殿，還記得方才楊婕妤的猝然暈厥，可嚇壞了幾位婕妤，尤其是蘇婕妤。她眼中的擔憂之色顯而易見，甚至滴下了幾抹清淚，還緊張地命人去請御醫。而我則被太后殿的公公領來此處，說是太后召見。

一路上我緊隨其後，思考此次太后召見到底所謂何事，心中也有著隱隱不安。我到底還欠她一分情，難道她是要我還？可我又能幫到她什麼呢？

「公公可知太后娘娘召我何事？」我正色詢問道。

「小主去了便知。」略微迴避閃爍的言辭使我的疑慮更是擴大，卻無他言，繼而緊隨其後進入太后殿那莊嚴的紅木門。穿過肅穆的正殿，再轉而插入偏殿，越往裡走，淡薄的輕煙徐徐升起，伴隨著鵝黃輕軟的錦絲幕帳朦朧飛揚，瀰漫一殿。

穿插過這縵紗帳，轉入偏殿的正堂，闖入我眼簾的是靜坐於酸木紅枝椅上的韓太后，她慵懶地將視線投到我身上，倩目巧兮一笑，「雪婕妤來了。」

「參見太后娘娘。」我福身一拘禮，再略微挪動腳步轉向副首而坐的女子也行了個禮，「參見鄧夫人。」

鄧夫人溫然一笑，眸光乍煦暖，笑容誠可掬，太后則是邀我坐下，「聽聞雪婕妤已出入皇上寢宮兩次，昨兒個夜裡皇上甚至因擔憂你的身子而親臨擷芳院，看來你在皇上心目中的地位不低。」太后的口氣暗藏幾分凜然之意。

一聽此話，我絲毫不敢多作猶豫，忙接口道：「全仰仗太后娘娘的恩典。」

她滿意一笑，指尖輕撫食指上那枚翡翠八寶綠脂戒，「那麼下一步就該是晉封你了……三夫人的位置現空缺一名，皇上是有意將你扶上夫人之位吧？」

「怕是……沒那麼簡單。」鄧夫人插話，語音稍輕，有擔憂之色，「皇后與靜夫人是頭一回站在一條戰線上，先後派親信向皇上諫言。」

「放心，只要有哀家在，絕不會讓皇后一人於後宮獨大。」太后意態閒閒地輕笑道，側首轉望一旁的鄧夫人，「今日哀家是特意爲你們引見的，將來在這後宮相互有個照應。」

但見鄧夫人嫣然一笑，蓮步輕移徐徐地朝我而來，髻上的紅寶石簪釵相互交錯，搖曳著發出清脆的聲響，鏗鏘耀目，「不介意本宮喚你爲雪妹妹吧？」

我莞爾淡笑，迎向她，道：「姐姐，以後在宮裡可要多照應著妹妹。」

心中暗暗猜想這鄧夫人怕也是太后一手扶植而上的，太后到底打的什麼主意？爲何要在這後宮培植自己的勢力？難道她還不滿足於此時的尊榮？

在太后殿用過晚膳我才離開太后殿，望漫天繁星如鑽閃爍，悠然一歎，站在偌大空曠無人的宮門前，再次回首望著那高高懸掛在正上方的「太后殿」三字。心中湧現無限感慨，我知道這次已無法抽身而出，必陷入後宮噬血殘忍的爭鬥中，我眞能堅持下去嗎？

當我正愣愣地盯著那塊金光熠熠的匾額時，韓冥略微沉滯的聲音擾亂了我，「你不該出現在此的。」

收回視線，漠然望他，「爲何將玉珮之事告知皇上？」

「身爲臣子，忠於皇上。」

這八個字眞是振振有詞，我無可辯駁。難道我能要求他看在我們之間的友情分上，對皇上有所隱瞞嗎？也正因爲這樣，所以我未因他的出賣而怪他，畢竟祈佑是君主，即使他有心隱瞞，在皇上強硬的質問下也不得不低頭。這就是皇上的權力，難怪無數人覬覦那個寶座，就連祈星也因此丟了性命。

「我明白。」輕頷首淡笑，聲音有些幻渺，「蘇景宏大將軍，正因他有著鐵面無私、忠於朝廷之心，所以雖是廢太子的岳丈，卻也依舊在朝安然爲官，皇上仍放心地將大權授予他。望你也能如他，終生效忠皇上，摒去貪戾之心、欲望野心之源，亦能於此屹立不倒。」

再歸擷芳院，心中一片凌亂，雙手交握微微泛白。深冬之冷的確令人稍覺淒寂，這擷芳院更是一片蕭索之態。方才與韓冥的一番對話確實令我心力交瘁，他說我變了，渾身上下包藏著濃烈的仇恨，與先前那個與世無爭、純眞的我完全判若兩人。或許吧，人都是在一次次背叛傷痛中成長。人無完人，就連神仙都會有七情六欲，況且我不是神仙，所以我也不例外。

經過楊婕妤廂房前，見裡邊燈火閃爍，晌午她猝然暈厥之態又閃入我腦海中，心中擔慮她的病情，便信步朝她房內走去。

「咯吱——」推開那扇半掩的紅木門，第一個進入眼簾的正是半倚在軟衾枕上的楊婕妤，目光呆滯，臉色慘白如紙，在微暗的燭光拂照下越加晦暗。一股濃烈苦澀的藥味撲鼻而來，只見蘇婕妤左手端著仍舊在冒著熱氣的藥碗，另一手捧著湯勺，正苦口婆心地勸慰她喝藥。床上那個人兒卻紋絲不動，恍若未聞，依舊目視桌案上那支已快燃盡的紅燭。

「雪姐姐。」蘇婕妤一見我來，忙起身相迎，「幾個時辰前御醫為容溪姐姐診脈，說是抑鬱成疾，乃心病。開了個方子讓奴婢煎了碗藥送來，可是她怎麼都不肯喝下。」

我朝床榻邊走去，「御醫都說這是心病了，又豈是一劑方子一碗藥能根治的。」輕輕地為她順了順蓋在身上的五福鴛鴦錦被，「一曲《牡丹亭》令之猝倒，定然有大事糾結在心，若能吐出方能打開心結。」

木然的眼珠因我的話而轉動，默默地流連於我與蘇婕妤之間，似乎還在猶豫著。卻又聞一陣腳步聲伴隨著推門聲，我們仨一齊將目光投向邁進門檻的人，是晌午於苑中吟唱《牡丹亭》的那位婕妤。

她一見我們仨的目光倏地停下步伐，不自然地停在原地，「我是不是打擾了？」

「不礙事，尹婕妤怎會來此？」蘇婕妤有些訝異她的到來。

「楊婕妤是因我的一曲《牡丹亭》而暈厥，心中有愧，故前來探視。」她淺笑盈望，散發著脫塵的氣質，「可好些了麼？」

「沒事。」略帶沙啞的聲音聽在我心中格外難受，看來她真是病得不輕，「其實今日只是頗有感觸罷了。」

「聽此曲會如此傷感乃至暈厥之人，必有心之所愛，楊婕妤的心中之痛定是因與摯愛之人分別，故而傷心斷腸如此吧。」說話的是尹婕妤，她朝我們這邊靠過來，語氣甚為肯定。

但見楊婕妤苦笑一聲，算是默認吧。因病中說話有些吃力，她氣若游絲地道：「自幼就與府上管家之子關係甚好，青梅竹馬，兩小無猜，彼此傾心。可父親非要我進宮選秀，只爲讓我有朝一日蒙得聖寵龍恩，光耀門楣。終是抵不過父親相逼，無奈之下進宮。」清淚低垂，早已泣不成聲。

我忙將置於腰間的錦帕抽出，躬身上前將她滿臉的淚痕抹去，「妹妹要保重身子。」

「可這後宮無數佳麗，皇上又怎會寵幸於我，且不說寵冠後宮的靜夫人那關難過，就算得寵又怎能保證來日不失寵？我怕也只能於此擷芳院悽悽慘慘了此殘生。」越說越爲淒涼，也感染了尹、蘇二位婕妤，她們皆黯然神傷，垂首自思。

這就是寂寂深宮中妃嬪的悲哀，那我在她們眼中又是何其幸運，能得到皇上如此眷顧。是福是禍暫且不論，在這殘酷陰謀密集的後宮，我怕是已無法抽身離開，必然會被捲進這場永無休止的爭鬥中。

「眾姐姐若不嫌棄，願與之結爲金蘭姐妹，待日後相互有個照應。」蘇婕妤驟然開口道。

我狐疑地瞅了她一眼，後舒眉一笑。與楊婕妤對望一眼，她眼中並無拒絕之意。再瞥向有些遲疑的尹婕妤，「思雲妹妹好提議，既然咱們如此有緣，就結拜罷！」

蘇婕妤注意到尹婕妤閃爍的目光，「尹姐姐莫不是嫌棄我們？」

她輕輕搖頭，「怎麼會呢？」再次沉思了一會兒，始終還是未有表示。

我握著她的手笑道：「你我如此有緣，我亦將你當作知己，結拜又有何妨？」

她怔然望了我一眼，複雜之色流露，終是頷首應允。

在我與蘇婕妤的攙扶下，將楊婕妤從床榻上扶下，後隨我們一同跪在寒徹入骨的地面上。四人齊首仰對窗外慘澹新月起誓道：

「我，蘇思雲。」

「我，雪海。」

「我，楊容溪。」

「我，尹晶。」

「願於此刻結爲金蘭姐妹，有福同享，有難同當。蒼天可鑒，明月爲證。有違此誓者，天打雷劈，不得好死。」

第二章　第一蒂皇妃

五日後，原本暖日和煦的天色倏然飄起了翳翳飛雪，舉目四望皆是皓潔一片，晶瑩娟秀，絢麗多姿，滋潤美豔之至。擷芳院的婕妤們頂著大雪在小苑內三五個一群地堆著雪人，雙手與雙頰皆凍得通紅，卻還是樂得盡興。

我捧著手爐，站在窗前望著她們天眞的笑顏，無憂無慮。銀鈴般的笑聲伴隨著這朦朧美景，令人產生無限遐思。她們這般眞的讓我好生羨慕。庭院中的雪花越發積得厚實，飄灑在她們身上、髮絲上，皆是滿滿的雪花，別有一番美態。

「小主爲何不與她們一起玩兒？」心婉的心情也因她們的歡聲笑語惹得蠢蠢欲動。

「一直比較怕寒。」短短地解釋道，手掌不時在手爐上摩擦著。

心婉沉默地望著被雪欺壓頹敗的樹枝，半晌才緩緩問道：「小主爲何要與尹、楊、蘇三位婕妤結拜金蘭姐妹？我看她們是知道皇上對您格外恩寵，刻意想巴結您，妄想將來也晉封嬪妃。」

我清冷轉首，「在這後宮，多個姐妹總比多個敵人好。」

她怔怔地望著我出神，帶了憂愁道：「奴婢愚見，覺得小主根本沒有必要與之交好。皇上對您如此呵護，怕是將來連靜夫人都要退讓三分，您何需忌憚這些等待皇上臨幸的婕妤。」

我仰首望蒼穹無際的天空，水天雪一色相接，看得我眼眸花亂，有些迷茫。「尹婕妤之父，正一品督察院左。蘇婕妤之父，正二品內閣學士。楊婕妤之父，滄州第一首富。」頓了一頓，又繼續道，「現在後宮分為兩派，一派為靜夫人黨，由於皇上對她格外恩寵，氣勢囂張。另一派為皇后黨，光她的身分是皇后不說，父親杜文林丞相在朝廷的勢力幾乎能一手遮天，多少宮嬪爭著巴結。若我受皇上龍恩聖寵必然遭受兩方大壓，我必須由此刻起培植自己的勢力，否則即使皇上再寵我也只是曇花一現，終如浮萍飄蕩。」

心婉沉默一陣，再頷首省悟，「小主心思縝密，想得周全，奴婢讓小主見笑了。」

「聖旨到——雪婕妤接旨！」一聲吆喝由擷芳院外傳來，格外響亮。充滿歡聲笑語的小苑頃刻間寂寥無聲，眾人皆整整衣著，跪地相迎聖旨。

我也速速地將手中的手爐放下，與心婉疾步出門跪於正中央的雪地迎接聖旨。徐公公立我跟前將一卷金黃的聖旨展開。

「奉天承運，皇帝詔曰：雪婕妤，朕之所愛，願其伴朕餘生。今封為大亓朝第一皇妃，賜號『蒂』，入主西宮，正位昭鳳宮。農曆正月十五元宵佳節，正式大婚授予封號璽印，普天同慶，大赦天下。欽此！」

當聖旨宣讀完畢之時，我聽到一陣陣冷冷的抽氣聲，而我也受到了震撼，忙出聲道：「叩謝皇上天恩，吾皇萬歲萬歲萬萬歲。」

我的聲音打破所有人此刻的寧靜，眾婕妤皆回神道：「吾皇萬歲萬歲萬萬歲。」

我雙手捧接過聖旨，楞睜地凝望著手中的聖旨，如此簡單的聖旨，沒有華麗的辭藻為我修飾，只有短短一句「朕之所愛，願其伴朕餘生」。蒂皇妃——帝皇妃，如此高的封號，怎能叫我不為之動容？

「蒂皇妃，奴才給您行禮了！」徐公公扯著笑，屈膝而下向我跪拜，其他婕妤也調轉身子，向我跪拜，齊道：「參見蒂皇妃！」

「都起吧。」我立刻召喚他們起身，不習慣這樣的場面，已經很久沒有人跪拜過我了。

徐公公站正了身子，躬腰哈首道：「皇妃請移駕昭鳳宮，奴才們早就將其打點好，只等皇妃您的大駕。」

我輕輕地將頸邊被風吹亂的髮絲順了順，「能否攜心婉一同進入昭鳳宮？她挺討我喜歡的。」

他微一詫異，轉瞬即逝，「皇妃都開口了，奴才們當然照辦。」

我轉首朝心婉笑一笑，再道：「那就多謝公公了！」

他忙接口，「奴才不敢當。」

在眾位禁衛軍與奴才們簇擁下，我乘著玉輦浩浩蕩蕩地朝昭鳳宮而去，地上的雪花被踩得咯吱咯吱作響，心婉緊緊跟隨在我身旁爲我打傘，將風雪盡數擋去，徐公公則是走在最前邊領路。我凝神側望這朱壁宮牆，赤金的琉璃瓦上早已覆滿靄靄白雪，如同銀白巨龍蜿蜒伏臥這皇宮之上，是個好兆頭。其間大小殿閣樓台複雜交錯，連綿不絕。

臨走時，我與三位妹妹於房內小談了片刻才離去，她們皆是滿臉欣喜地恭賀我的晉位。臨別時依依不捨地凝視著我，似有千言萬語卻又不知從何下口。

不論她們的表現是刻意的討好、虛假的奉承還是眞誠的祝福，我都不介意。畢竟將來我要除去那不可一世的杜皇后與高傲自負的靜夫人，還得仰仗她們。這些天我也仔細對她們仨細細觀察了一番。尹晶心高氣傲，才學出眾，能歌善舞。蘇思雲國色天香，心直口快，衝動浮躁。楊容溪溫雅端莊，品貌兼備，不形於色。三人皆各有所長，獨具一格。

幾點雪花打在我眼上，不自覺地閉了閉眼簾，再睜開，茫茫之感將我籠罩。當玉輦經過拐角處之時，正碰上同乘玉輦迎面而來的靜夫人，她依舊是一副不可一世的模樣，眉宇間卻少了初次在船上見她時那股脫塵、清雅，是這個後宮將她變得這般吧！

徐公公一見靜夫人，立刻跪地行禮，「奴才給靜夫人請安，夫人萬福。」

她睇了徐公公一眼，「免禮！」再將目光投至我身上，眼神閃爍，「也不知你用了什麼狐媚手段將皇上迷得神魂顛倒，竟合本宮與皇后之力都無法阻止皇上冊立之心。本宮真的很不解，你除了一張利嘴與驚天舞姿之外，還有哪兒能讓皇上著迷？」

絲毫不介意她的暗諷之語，唇邊勾勒出似笑非笑之態：「雖說本宮尚未正式授璽印，皇上的旨意畢竟已下，在本宮面前，靜夫人是否該自稱臣妾？後宮的規矩是這樣吧，徐公公？」

徐公公臉色有些不自在，瞅著我與靜夫人之間的暗潮湧動，「回皇妃，您是皇上冊封的第一皇妃，除皇后娘娘外，任何宮嬪在您面前都必須自稱臣妾。」

得到我想要的答案後，我的笑意越發濃，語氣卻格外溫和，「靜夫人，可聽清楚了？這規矩你是懂得的。」

她臉色登時一變，窘在那裡，氣得滿臉躁紅。而我也只是悠哉地倚靠在輦上，凝視著她。片刻，只見她正身由玉輦起身，僵硬地跪在冰雪地上，半個膝蓋已被白雪掩埋。「臣妾無禮，請皇妃恕罪。」語雖是請罪之意，卻無半毫愧意，甚至有些憤恨。

我趕忙正身道：「本宮怎受得起夫人如此大禮。你現在可是身懷六甲，若因這一跪，孩子有了個三長兩短，本宮罪過不說，夫人你的指望也就沒了。」

我瞧見她因我的話氣得全身微微顫抖，艱難地由雪地上起身，「謝蒂皇妃。」她說那個「謝」字之時音量加重了幾分。由於她一直低垂著頭，我看不清她的神色，只見簌簌白雪壓在她的青絲、脊背上，凝結成霜，衣角被北風吹得翩然翻起。

「回昭鳳宮。」我將視線由她身上收回，轉而投向徐公公，此時他怔忪地盯著毫無氣焰的靜夫人。因我的話一個回神，不自主地打了個哆嗦，怯怯地望了我一眼，即刻收回，「起！」

丟下獨自立於飄零雪花之中的靜夫人，絲毫不顧慮她此刻到底是何臉色。而我方才之舉，一是給靜夫人一個下馬威，二是警告這後宮眾妃嬪，我並不是她們所能招惹的。

約莫一炷香的工夫，我便已到達一座朱紅粉黛的殿宇前，正上方的金匾上寫著三個燦燦大字——昭鳳宮。

昭鳳宮是西宮最為奢華的一處宮殿，與東宮皇后娘娘的紫陽宮相比，則各有千秋。紫陽宮金碧輝煌、莊嚴肅穆，卻多了幾分森然之氣。昭鳳宮豪華氣派、景致怡人，卻少了幾分輝煌之氣。

插過宮門是偌大一個花圃，可惜冬日無法目睹萬花齊放，只能空對萎枝。走了百來步，正是昭鳳宮正殿，轉插過正殿，左邊是寢宮，右側是偏堂。

「皇妃，這是專門伺候您的八個奴才，浣薇，莫蘭，皓雪，瀲秋，小路子，小玄子，小卓子，小影子。」徐公公為我一個個介紹著，後又召喚四名手持刀戟的禁衛軍來到我面前，「他們四個是皇上特別安排保護皇妃您安全的行雲、流水、刀光、劍影。」

一聽到他們的名字我彷彿置身於血腥江湖，被四大高手嚴密保護，只恐遭人暗算。可明槍易躲，暗箭難防，況且我要防的是這後宮險惡的人心。

不習慣被人步步緊跟，便摒去了他們，獨自觀賞著昭鳳宮之景。

我由偏堂後走出，才推開花梨木門，闖入眼簾的正是一幅宛若仙畫般的絕美之景。也顧不得此刻頭頂上的風雪交加，不自覺邁步而出。狹道小徑，曲徑通幽，安寧僻靜，唯有飛雪撲撲打在地上的聲響。小道兩側的青松傲立雪中，爲這茫茫一片點綴出動人之色。走了大概一盞茶的時間，便來到一彎九曲橋，蜿蜿蜒蜒如同巨龍臥湖。

走近，上面寫著三個赤金大字「飛仙亭」，四方鼎柱上雕刻著八條飛龍，栩栩如生。我也走累了，便拍拍身上積壓的皚雪，走進亭內在臥椅上坐下，冰沁之感傳遍全身，略微感到不適。小坐了片刻，便掃去那分不適之感。

深呼吸一口冬日之氣，輕將身後欄杆上的雪攏放至手心，好冷，立刻抽回手。將藏於袖中的聖旨取出展開，細細觀望。這蒼勁有力，令我記憶猶新的字，正是出自祈佑之手。可爲何找不到當初他寫「潘玉亦兒臣心之所愛」那分強烈的感覺呢？難道眞是因物是人非嗎？

捏著聖旨的手不自覺地用力，手心傳來疼痛。蒂皇妃……我知道他自覺對我有虧欠，想把他所能給的全部給我。可是他不明白，即使封得再高，仍舊是妾。即使他給了我萬千寵愛的諾言，那又如何，我依然要與這芸芸後宮之佳麗分享他。我不是聖人，不吃醋不在意我絕做不到，但我又能如何呢？

一想到此，我便將聖旨朝湖內一擲。「噗通」一聲，聖旨掉入湖中，濺起水花，翻捲幾圈後漂浮在水面，隨風漂蕩。馬上我就後悔了，忙起身追了出去，看著風勢，定是將它吹往南岸。於是忙奔跑至南岸等。雪花覆了一身渾然不覺，只想快快等到聖旨漂來。

一個時辰後，聖旨終是順風徐徐漂到岸邊，我緊緊拽著垂於岸邊的柳枝，側身去撈。可是它總是因風勢而漂擺不定，總差一寸的距離。急急地又將身子傾了許多，終於是費盡千辛將它拿到。

「小心！」

正當我欲起身之時，一聲怒火中夾雜著焦急擔憂之聲朝我吼來，我一驚，細滑的柳枝由我手中溜出。我整個人朝湖中狠狠栽去，我以爲會掉入這冰寒刺骨的湖水中，卻有一雙手及時將我摟住，將我安全帶回。

我輕喘著平復內心的驚駭之感，再瞧瞧臉色鐵青的祈佑與他身後那一批受到驚嚇的奴才，我怯怯地喚了句：「皇上……」

「你知不知道剛才有多危險?!」他緊緊捏著我的雙肩，目光中焦急之色難掩，口吻中有著濃烈的怒火。

將手中的聖旨揚起給他看，證明我沒有說謊，更想平復他此刻的怒火，「我是爲了撿它。」

「爲了撿這個東西，你命都不要了。」睇了一眼手中的聖旨，後接過展開，裡邊的字跡皆因湖水的浸泡變得黑漆漆一片，哪還看得清裡邊的字？他無奈地吐出一口冷氣，將聖旨遞給身後的徐公公。「你若喜歡，我再寫一分給你便是，千萬不可再做此等危險之舉。」

我垂首盯著自己鞋尖上那隻繡蝶不語，心中有著說不上來的憂愁。我要的不是他的聖旨，而是他的心啊。

突然，自己那雙早已凍得通紅的手被他緊緊握起，捂在手心交互摩擦著，想將他手中的溫暖傳遞於我，可是依舊冰涼。卻見他將我的雙手置於嘴邊，輕輕地將暖氣呵出，溫熱之感傳至已凍僵的手心。

我無言地凝視著他的舉動，心中的苦澀突然轉化爲甜蜜，眼眶突然濕潤，水氣蒙上眼角。久違的心動油然升起，心怦怦怦跳得厲害。四年後，這是頭一回感受到他對我的愛，原來，他還是一如四年前那般在意我。

手中漸漸有了溫度，他依舊爲我摩擦著，我倏地將手抽出，反握住他的手：「祈佑，我們永遠這樣好嗎？」

對於我突然的哽咽柔聲，他有一剎那的失神。我握著他的手又用了幾分力道。「正如你聖旨上所言，我會伴你餘生，不論爲帝爲丐，我亦生死相隨。」

他順著我手心的力道，反握住我的手，力氣很大，令我有些吃痛。「納蘭祈佑，定不負相思之意。」

唇角上揚，巧笑盈然，輕靠在他懷中，擁抱在這漫天飄雪之中，徐公公尷尬地將龍傘撐起，爲我們擋去這紛揚之雪。而心婉的目光則是曖昧而羨慕地望著我。

我不介意此刻的眾目睽睽，依舊賴在這溫暖的懷中不肯抽身而出，只因我感覺到，他很用心在愛我。也許，愛情與仇恨我能兼顧，我能兼顧……

我們相處不到一個時辰，徐公公便稟報說弈冰於養心殿求見皇上，祈佑吩咐了幾聲便匆匆離開昭鳳宮前往養心殿，似乎有很重要的事。

依稀記得方才我問起祈佑，先帝爲何放過我，而不乾脆殺了我。他只是一聲冷笑，「原因有二，其一是因你太像袁夫人，故心有不忍。其二是留你一命以備將來能用你來牽制於我。」

他的話只讓我無聲歎息，在皇權爭奪中，夾雜了太多的陰謀利用，我早已領教過了，既然先帝想傳位於祈殞，那麼……祈殞現在的處境豈不危險？如今祈星已被剷除，為何祈佑對這個最具有威脅的祈殞遲遲沒有動作？這並不像祈佑的行事作風呀！

坐在西暖閣裡間窗下，輕倚在窗木上沉思。心婉捧著幾束素心臘梅進來，芬芳撲鼻。她小心地將它插進五彩龍鳳呈祥陶瓷瓶內，引得我頻頻回首觀望。我最喜的還是梅，畢竟有我太多的記憶。

一見梅我便想到連城，想到我的二皇叔，忙問道：「昱、夏二國的國主是否還在宮中，何時離開？」

心婉走到我身邊說道：「原本是打算今日離開的，但聽聞皇上要大婚，故留下來湊個熱鬧。」沉吟片刻又道，「怕是要元宵過後才會回國吧。」

他們要參加我的大婚？我最擔心的還是連城，姑且不論他有無證據證明我的身分，若是大婚那日他真的將我身分說出，我的身分遭到質疑，引起二皇叔的疑慮不說，祈佑將情何以堪？一想到此我就感覺全身冰涼，不行，我得去見連城一面。

她見我不說話，又道：「皇妃，您今日給了靜夫人這樣一個下馬威，不怕激起她的仇恨嗎？您的處境豈不是更危險？」

一聽此話我便笑容滿面地說：「我就怕她不仇恨於我。」

心婉奇怪地凝了我一眼，也未再問下去，就算她繼續問了我也不會回答，畢竟我不瞭解這個心婉。若她如當日的南月一般是哪位主子派來我身邊的奸細，那何事不都被她給探聽了。我不得不小心謹慎地看人，畢竟這個世上，再無第二個雲珠了。

「皇妃！」浣薇的聲音在外響起，「皇后娘娘在正殿等候。」

我嗤鼻一笑，「她？」靜默片刻，「浣薇，請皇后娘娘在正殿等待片刻，就說本宮整妝後便去相迎。」

得到我的命令，浣薇立刻離開偏堂。而心婉則起身至妝台前望著我，而我卻依舊倚靠在窗前，絲毫不動，靜然望著茫茫白雪。

「皇妃？」心婉等了許久卻不見我有所動作，忙喚了一聲，「您不是要梳妝麼？」

聞聲嘴角含著笑意道：「去把桌上那盤蘭瑰香菱冰糕給本宮端來。」

心婉輕輕蹙眉，卻還是照我的吩咐將那盤緋紅嬌嫩令人食欲大振的冰糕給端來，我撚起一塊便放在嘴中細細品嘗。吃完一塊又是一塊，心婉有些著急地挪動身子，欲言又止。

我但笑不語，杜皇后，現在一定非常惱恨當日給了我一個機會吧。

約莫過了半個時辰，盤中糕點已被我吃剩得寥寥無幾，浣薇急急忙忙地從外邊衝了進來。我微微抬目見她滿臉驚慌之色，她喘著氣，臉色因疾跑更顯雙頰紅潤。「皇后娘娘有些惱怒了，要奴才速速請您移駕正殿。」

心婉也有些擔憂地凝了我一眼，格外緊張，「這皇后娘娘是出了名的厲害，曾杖死宮嬪，皇上未對她有所懲處。如今皇后來到昭鳳宮定是不懷好意，皇妃要慎行啊，萬萬不可像對待靜夫人那般……」

「心婉，今日你的話特別多。」我淡淡地打斷了她的話，「去稟報皇后娘娘，本宮想呈現出最美的姿態去迎接皇后娘娘，請她再等等。」

遲疑了片刻，浣薇才離開。我單手撐著下顎，出神地望著天空中漫舞的飄雪，心中舒暢了許多。

「心婉，梅的傲骨與雪的冰清，你更喜歡哪樣？」我的聲音打破了堂內的寧靜，心婉未沉思便脫口而出，「梅須遜雪三分白，雪卻輸梅一段香。奴婢更喜歡梅。」

聽她言語談吐不凡，「你上過私塾？」

「奴才幼時曾偷偷躲在私塾外，偷聽先生講課。」清潤的聲音，伴隨著淡淡的苦澀，「我知道皇妃頗有文才，今後跟隨在您身邊定能學到很多東西。」

「傻心婉。」聽著她強裝開心的聲音，自己也略微傷感，「你可會作詩？」

她立刻搖頭，若有若無一聲歎息，「不會，奴才可羨慕那些會作詩的女子啦，出口成章。」

我倏地起身，將她領至桌案，「那現在本宮教你吧。」

「起承轉合，當中承轉是兩副對子。平聲對仄聲，虛的對實的，實的對虛的，若是有了奇句，連平仄虛實不對都使得的。就如這句……」說罷便提筆在紙上寫下，「黃鶴一去不復返，白雲千載空悠悠」。

心婉似懂非懂地點了點頭。

「眞的？」她眸光一亮，不太確定地喊了一句。

「自是眞的，你並不笨，只要肯用功。」我的話語才落下，浣薇就直奔了進來，神色恐慌，冷汗浸漫了額頭，「皇妃……皇妃……」她一口氣上不來，只能處在原地用力喘氣。

緊接著一陣喧雜之聲亦由外傳來，「皇后娘娘……您不能進去。」

「啪！」一聲清脆的巴掌聲格外駭人，「狗奴才，本宮你們也敢攔！」憤怒之聲漸漸逼近，這傲慢的聲音不是杜莞還能是誰？

輕放下一直握在手中的毛筆，略微整整衣襟，再將別扣在胸前的紫棠寶鳳胸針擺正，離案迎上已踏入偏堂的皇后，「臣妾參見皇后娘娘。」

一聲冷哼出自她口，眸中的怒火之氣昭然可見。「蒂皇妃，你好大的架子，讓本宮在正殿苦等你一個時辰，你卻在此舞文弄墨。」

我抬首而望，正好注視到她身後的莫蘭，粉嫩的右頰有鮮紅的五指印，還有略微畫傷。這皇后娘娘的手依舊是這樣厲害呢。「皇后娘娘何須大動肝火，即使等了一個時辰您依舊親自來見我了，不是嗎？」我的笑容一直掛在臉上，所謂伸手不打笑臉人，況且她堂堂一個皇后，身分高貴，在眾奴才面前總要顧忌幾分。

她正顏厲色地指著我，全身因怒氣而顫抖著，「你放肆！」

我泰然自若地將她指在我鼻子前的手撥開，「皇后娘娘忘記當日與臣妾的賭約嗎？臣妾還未證明究竟是誰掌握著後宮的生殺大權，您就沉不住氣了？」

她瞪著我良久無言語，我卻上前扶住皇后那搖搖欲墜的身子道：「皇后娘娘何不安心與臣妾同坐，細細品聊。臣妾也很想知道您今日此行目的。」

她的胳膊因我的觸碰猝然一怔，僵硬地順著我的力道而在花梨小木凳上就座，我回首對著早已看傻眼的奴才們道：「還不快去備上好的大紅袍與糕點，莫怠慢了皇后娘娘。」

莫蘭與心婉首先回神，其他人也跟著漸漸回過神，輕手輕腳地退出去準備著，屋內獨留下心婉與皇后身邊的一位宮女在一旁伺候著。

此時的皇后已恢復一貫的傲氣高貴，方才的失態早已不復見，清了清喉嚨道：「你與皇上早就認識？」不是詢問，而是質問。

沒料到她開篇第一句便是此問，很奇怪，她並不聰明，如何得知？「是又怎樣？」眼底閃過一絲詫異稍縱即逝，幽然問道：「那麼你到底是誰？」

「皇后娘娘的勢力如此之大，難道也查不出嗎？」笑諷一句，又換來她鋒芒畢露之色。

「一個連身分都沒有的丫頭，倚仗皇上的寵愛，就敢與本宮叫板，你雪海是第一人。」

「雪海很榮幸做這第一人。」

堂內頃刻間安靜了下來，唯有外邊冬雪的簌簌之聲，金猊內餘煙裊裊，朝最深處漫去，詭異之氣瀰漫。

她終是忍不住這壓抑的氣氛，倏地開口警告道：「你與本宮爭寵，本宮會奉陪到底。但是，若你想學溫靜若那個賤婦，妄想瓜分杜家在朝廷的勢力，本宮手下絕不容情。」

我笑容依舊，她終是轉入了正題。我心頭一動，正顏道：「天下都知道，這個朝廷有半壁是杜家的，雪海何德何能敢妄想與杜家爭權？雪海的目的是皇上。」

她臉上的陰鬱漸漸斂去，勾出一絲若有若無的笑，「蒂皇妃比起那個賤婦眞是識時務許多。這後宮之事，就各憑手段了。」

聽她一口一個「賤婦」地稱著溫靜若，可見她們兩人的關係早已到水火不容境地。這樣的情景彷彿讓我聯想到先帝在位時，杜皇后與韓昭儀的十年之爭，這更是我想見到的鷸蚌相爭。待到兩敗俱傷，便是將其一網打盡之時。

隨後皓雪、莫蘭端著兩盤精緻的糕點走在前，小影子捧著茶水走在後，徐徐進來。我與皇后言語間的交鋒才漸漸平息。隨便小聊幾句，她便離去。我也未相送，目光深鎖著她那朱紅鳳綃裙裾飄遁出門外。我的手輕撫案上的瓷杯，裡邊的茶水早已涼透。

我暗眸一沉，隨自輕笑道：「縱是舉案齊眉，到底意難平。」這便是杜莞與祈佑間最爲貼切的一句話吧。

心婉因我突然的輕笑有些奇怪，深瞅我一眼道：「皇妃您眞有本事，竟連一向盛氣凌人的皇后娘娘都對您隱忍三分。」

「你錯了！並不是本宮有本事。」我神色一黯，笑容斂去，自諷道，「是皇上。若今日的我盛寵不再，將來她們必會百倍千倍地向我討要回來。」

莫蘭上前爲我將已涼透的杯中之水換去，斟上一杯滾燙的大紅袍。「所以皇妃絕不能失寵。」熱氣裊裊而上，漫浸了我的雙眸。失寵，會有那麼一日嗎？

不，我該相信祈佑的。我與他之間的愛不應捲入這後宮之鬥，我不能利用我們之間僅剩的愛了。但是……我說不利用，就眞能不利用嗎？

是夜，我驟然由睡夢中驚醒，倏地彈坐而起。即使是深冬，我仍舊濕透了一身冷汗。緊緊擁著胸前的被褥輕喘，依舊沉浸在方才的夢魘中不得而出。夢中，滿身是血的雲珠衝至我面前緊緊地掐著我的脖子，一直問我爲什麼要出賣她。祈星突然出現，將我從她手中救出，風雅淡笑地朝我伸出手，說他在黃泉路上太寂寞，要我前去陪伴。我瘋狂地逃跑，卻又遇見披頭散髮，雙目陰狠的杜皇后，她陰鬱地將那鬼魅的聲音蔓延，要我還她命來。

雲珠死前那一抹蒼涼之笑，祈星的話語猶在耳邊，杜皇后那惡狠的眼神歷歷在目。我不住地輕拭額上的冷汗，側首要喚正守在門外的莫蘭與瀲秋進來掌上燭火。倏地將目光睇轉。

「啊——」

我的尖叫聲畫破了靜謐的昭鳳宮，頓時外邊燈火通明，第一個衝進屋的是莫蘭與瀲秋，急急地跑到桌案爲我掌燈，火光頓時充斥著原本黑暗陰冷的寢宮。後邊緊跟著行雲、流水、刀光、劍影，他們的刀已出鞘，眼光搜巡著整個寢宮。

「皇妃您怎麼了?」莫蘭此刻的口吻格外凝重。

我深吸一口涼氣，弱弱地歎了一句，「夢魘纏身罷了，你們都退下吧。」

瀲秋擔憂道:「奴才於皇妃榻側伴您入睡吧!」

我輕搖頭，「沒事了，都退下吧。本宮不習慣睡覺有人在側。」

眾人遲疑地對望一眼，終是退了下去。屋內只剩下已燒了一半的燭火仍滴著紅淚，寢榻兩側的暖爐中有炭燒得滋滋聲，裊煙漫漫飄浮，一切顯得如此迷幻。

寢宮內的青錦簾後走出一個黑影，我早已平復緩和了夢魘給我帶來的恐慌駭愕，平靜地面對眼前之人。

我披起一件紫貂衾裘將此刻衣著單薄的身子裹住，便下床，拂開輕紗幃帳。「我正想著如何去見你，卻不想你先來找我了。」

「你的臉是被靈水依毀去的?」他的聲音一如多年前溫潤如水，可聽在我耳中卻是如此危險。

「她承認了?不會吧?」我想，就算我與她面對面對質，她都會打死不認的。

「眞的是她！」口氣隱隱藏怒，略微提高，「那個賤人！」

我有些詫異地瞥他一眼，第一次聽連城脫口而出的咒罵眞讓我覺得驚奇，他向來溫文爾雅，不形於色，此次眞是破天荒頭一遭。「就算是她，你又能拿她如何？更何況事過境遷已整整四年，你從哪去找證據？」

「你不就是最好的人證嗎？」

我立刻出聲阻止道：「不可以！」細沉的聲音有些尖銳，在寢宮內飄蕩了一小陣才消逝，「你不可以揭發我的身分。」

「你是我連城的未婚妻子，婚書一直收藏著，我不能將自己的女人雙手奉上。而且，你的身分很可能會擾亂亓國朝廷大小官員的心。」他嘴角蘊涵笑意，如冬日普照在冰雪上的一縷煦薄暖陽，可是看在我眼中卻如此冰冷刺骨。

我亦一笑對之，「連城，枉你爲昱國之主。男兒間的仇恨不是應該在金戈破陣鐵馬揚戈的戰場上一較高下，勝負決恩仇嗎？你竟欲利用一個女子來解你一時之快。」

他深深地看了我一眼，「你眞的變了，曾經……」

斷然截住他欲說下去的話，「別與我說曾經，我早已不是那個避世不爭、愚蠢天眞的馥雅公主了。」

他輕輕地抬手撫上我的臉頰，我未迴避，因爲我知道他在欣賞這張完全陌生的臉，情緒也很矛盾，或許帶著愧疚與失望。我從來都知道，他對我的愛僅限於夏宮雪海林裡翩舞的我，那是一見鍾情，那是驚鴻一瞥。但，那是愛嗎，或許稱爲夢更恰當。

「連城，你千萬不可將我的身分揭露，萬萬不能衝動。畢竟你目前身在亓國，萬一祈佑惱怒之下將你困於亓國，其後果你當可預見。」我深深地回凝著他複雜多變的目光，這句話，是我眞心要對他說的。「而且，你眞認爲對我的情是愛嗎？你錯了，正因你始終無法得到我，所以我成了你的夢。若有朝一日，你眞的將我得到，必會失望，因爲我並不如你想像的那麼好。」

話音方落，他的手就從我臉上移開，我注視到他擺置於腿畔的手緊握成拳，青筋浮動。我不敢再注視他的眼神，撇過頭望著地磚上深深淺淺的簾影與那淡細輕盈的青煙交錯成影。

「你說的沒錯，我是因你的一曲『鳳舞九天』驚爲天人，深深地迷戀上你。」他笑了，聲音虛無渺茫，「在陰山，你奮不顧身地相救，讓我摒去了對你的戒備，讓我開始信任你。在聽雨閣，你我相交兩年，我被你的才學、智慧深深折服，與你暢談，我心平靜如水無波瀾。我爲帝，你竟不受我的冊封，毅然再一次逃跑，我未如第一次般千里追尋，放你遠走，因爲我明白自己對你的情，早已超出了最初的迷戀，知曉你追尋的是自由，所以我放你走。」

我聽著他一字一句的敘述，如此眞實，原來他早就想放我遠走，那麼當初爲何還欲封我爲貴妃？我倏地抬頭想問，卻見他又開口了，「你告訴我，這難道不是愛嗎？」

「連城，既然你當初選擇放我，那麼如今，請再放一次吧。」顫抖懇求著，如今的我，眞的不願再離開祈佑。

「是誰曾對我說，你今生的夙願不是復國，而是隱於碧水山澗，笑望紅塵世俗。而今你爲了納蘭祈佑，竟甘願放棄你的夙願，沉淪於這血腥骯髒的後宮？」

我漠然對道：「自由是我的夙願，但是與祈佑在一起，我才能眞正得到快樂。」

他的神色開始渙散，迷離，最後沉沉地吐了口氣，緊握成拳的手倏然鬆開，「好，那你就安心地待在他身邊享受那分快樂。而我，也可以安心地做我自己的事了。」說罷，轉身朝寢宮深處偏堂而行，在拐角陰暗無光之處停住了腳步，卻未回頭，「別後悔！」

終於他還是離開了，而我則望著隱遁他全身的那個陰暗之處沉默良久，喃喃念出：「謝謝……成全！」

第三章　龍鳳大婚宴

雪，連綿不絕地下了四日依舊未停，宮內的奴才們也因沉積四處的蝕雪而忙碌地打掃清理。明日，就是我與祈佑大婚之日。方才徐公公已送來滿目琳琅的璀璨首飾、綾羅綢緞，多得欲將正殿堆滿。

莫蘭、心婉、浣薇則在我身後清點著皇上送來的賞賜，時不時發出聲聲驚歎之氣。我則站在殿檻前凝望，神色格外凝重。這場始終不停的雪到底是吉兆還是凶兆？

「石青緞綴四團夔龍銀鼠皮褂，石青緞繡八團金龍貂皮褂……」心婉在一旁清點，莫蘭則拿筆記著，讀到一件時都會不住地顫抖，畢竟這一件件皆是稀有之物。

「蜜蠟朝珠一盤，松石朝珠一盤，金鑲玉草鐲兩枚……」

我回首望著她們仨格外興奮異常的臉，輕歎惋然，淡笑凝望。

只見浣薇小心地撚起幾顆熠熠泛光的寶石，朝我道：「皇妃，您看這是藍寶石……還有紅色的。」

我輕拂過擺放著的珍寶，卻提不起多大的興趣，慵懶地問道：「宮裡可有發生什麼大事？」

莫蘭思索了一下道：「回皇妃，大事還真有一件。明太妃欲在皇妃大婚之日，爲已故的晉南王出殯。皇上肯定不能應允此事，而今晉南王餘黨正與皇上僵持不下呢。」

我怕自己聽錯了，再次問了一遍，「出殯？」得到的是她們仨齊齊點頭肯定。

「明太妃是公然與皇上叫板，她難道不怕……」萬一祈佑真的惱怒上來，絲毫不顧慮晉南王一干餘黨，連個全屍都不給祈星留，那明太妃豈不是搬起石頭砸自己的腳？

心婉輕附在我耳邊小聲道：「聽徐公公說，皇上可惱了。但明太妃仗著自家的勢力硬要與皇上對峙。甚至揚言，不論皇上答不答應，她都會於明日發喪。」

她竟如此狂妄，難道此次明太妃眞正針對的人是我？突然想到那日在錦承殿與祈星的對話南月一直在場。她肯定已將我嫁禍祈星之事說出，怕連我是馥雅公主之事都已和盤托出。那麼，若皇上眞的要與她作對，明太妃定會拿我的身分要脅祈佑。可是，她太不瞭解祈佑了！

祈佑能弒父殺母，早已經有秦始皇之風，他不會受到威脅的。如今若有人敢向他的威嚴皇權挑戰，他會遇神殺神，遇佛殺佛。明太妃太糊塗了！

「心婉、莫蘭、浣薇，本宮要去養心殿求見皇上。」

「皇妃可使不得。」浣薇驚慌失措地阻止道，「明日就是大婚之日，若您與皇上見了面會不吉利的，萬不可魯莽啊。」

「可是，我必須見皇上。」祈星於我有恩，我於祈星有愧。如今他已仙去，我萬萬不能讓他的亡靈受到一絲損傷。我現在能爲他做的只有這些了。

終於，在她們多次勸阻未成之下，我擺駕去了養心殿。在養心殿外的遊廊前，卻被一臉冷漠的弈冰與幾位侍衛攔下，他冷冷道：「皇妃，明日是大婚之日，若現在與皇上見面，會影響天子威嚴。」

我心中多了幾分焦躁不安，生怕再晚見到祈佑後果將一發不可收拾，口氣自然凌厲許多，「讓開！」

弈冰未因我的怒氣而驚煞，依舊不讓路，「爲了皇室的威嚴體統，還請皇妃回昭鳳宮等待明日大婚。大婚後您想什麼時候見皇上都無人阻攔您。」

我把臉色一沉，「如果本宮一定要見皇上呢？」倒不是因他的阻攔而不快，而是因眼前阻止我的人是弈冰。以往，他從不敢這樣對我說話，而今，雖說是因他不識我，心中還是十分不快。

「那就莫怪臣無禮。」氣氛冷得有些古怪，心婉則怯怯地輕扯我的胳膊，想勸我回去，卻被我不著痕跡地將手抽出，「本宮倒想見識弈大人您如何無禮。」

他的臉色禁不住就是一變，朝左右侍衛使了個眼色，「請——皇妃回宮。」那個「請」字格外森冷。

「且慢。」韓冥的出現及時阻止了兩位欲向我動手的侍衛，只見他剛從養心殿內出來，好像與皇上剛剛商量完事情。

一見到韓冥我就安心多了：「冥衣侯，本宮要見皇上。」

「看上去侯爺與皇妃挺熟絡，那此事就交由侯爺處理。這規矩您是懂的！」弈冰冷睇韓冥一眼，再瞥向我，丟下一句話便領著手下離去。

待他走遠我才收回停留在他的背影上的目光，無奈地吐出一句，「好大的架子！」看得出來弈冰對韓冥的敵意，怕是同為皇上身邊紅人，互有不滿所產生，那他對我為何也有這麼大的敵意？

似乎看出了我心中的疑惑，韓冥平淡地對我解釋：「他與靜夫人一向交好，可說是靜夫人在朝廷的有利靠山。」

靜夫人？難怪對我頗有敵意。弈冰什麼時候也甘願沉淪在這拜高踩低的朝廷，甘願成為一名權臣？權臣的下場是什麼，他知道麼？

沒錯，做大臣很風光，也沒有何錯，但是他萬萬不該勾結後宮妃嬪成爲權臣。若將來我對付靜夫人，必定要牽扯於他。若輸於靜夫人，我無話可說，你可以繼續成爲你的權臣，一旦我贏了她，你就再不能如今日這般風光。

「明太妃之事……」

「這些朝廷之事，皇妃還是少插手爲宜。你知道的，歷代後宮不得干政，干政者沒有一個好下場。」淡漠的語氣將話語拉得格外悠遠綿長，「我不希望你成爲下一個杜芷希。」

我全身一顫，「如果眞有那麼一日……」我的聲音越來越小，最後因身邊的奴才們在場，所以未將話說完。

他的臉色依舊不變，將視線投向漫天皚雪散花，曉色清天苑，凌煙金碧，霏微凝冰。也不知他在想些什麼，「皇妃請回，明日，大婚。」

「你我都欠了晉南王，若皇上連明太妃也要誅殺，你良心何安？」

「是明太妃在逼皇上，她在自尋死路！」聲音蒼勁有力，微帶一絲無情噬血之味。

我淡笑一聲，欲啓口再言，卻見養心殿緊閉的紫檀雕龍金赤木門倏地被人拉開，發出沉重厚實的一聲，我們齊目望去。

一臉陰鬱的祈佑立在檻門內，渺茫的神色略帶寒戾，他冷冷地吐出兩個字：「進來！」

我還未因此時突如其來的轉變而緩神，他便已遁進灰暗一片的大殿。我與韓冥對望一眼，挪動著步伐朝裡面走去，心中更夾雜著徬徨。

由於冬日的陰暗之色，將原本金碧輝煌的大殿映得有些陰沉，四壁皆點亮了朝鳳赤龍紅燭。流金般的光芒在風中搖曳，香氣陶然，縈繞在鼻間。裡邊只有我與他，每走一步便會有回音來回飄蕩，不斷迴響，略顯陰森。

祈佑一直背對著我，雙手置放於身後，也不知在想些什麼，顯得格外桀驁不馴。我低喚一聲，「祈佑……」上前幾步，望著他的側臉，想從他臉上看出些端倪。

「你此次前來，是為了祈星。」柔中帶厲的聲音讓我心生寒意。

「你打算如何處置明太妃？」

他倏地轉身面對我，薄笑中含著陰冷，「不識好歹的人，殺無赦！」

我一陣輕笑，「一定要用血來解決一切嗎？」連我自己都不曉此刻為何要笑，「我真的不想用一場殺戮來成全這場大婚。」

他許久不語，只是定定地看著我，多種複雜之色閃過。我有那一瞬間的窒息，唇邊扯出苦笑，「如果有一日，馥雅影響了你的皇權，請皇上告訴臣妾，您會如何處置臣妾。」說得倒似雲淡風輕，心中卻暗緊，期待著他的回答。

他卻是犀眸一沉，閉口不答。

我等著等著，心也逐漸下沉，除了失望更有了然。早該明白的，帝王，怎會容許有人侵分他的皇權，更何況是一個女子。

猶自一笑，轉過身即要離去。一雙手臂卻從後緊緊箍住我的雙肩，阻止了我前行。「如果真有那麼一日，我納蘭祈佑願割下半壁江山予你玩樂。」

「只要馥雅你喜歡，父皇就將這江山割下半壁給你玩耍。」

他說出與父皇一模一樣的話，怎會如此相像？酸澀湧上心，音調都開始顫抖，「什麼半壁江山我不稀罕，我只要你好好活著。」

他將頭輕輕地靠在我的髮頸間，似乎沉浸在此刻的安寧中。他溫熱的呼吸深深吐納著，我不放棄地又問道：「明太妃她……」

「南月已經懸梁自盡。」他吐出一句看似毫無干係的話，卻暗藏了多少意義非凡的深意。

南月怎會在此刻懸梁自盡？定然是祈佑已知曉明太妃欲借用我的身分大作文章，故而先下手為強。南月……她是被人謀殺的。

我冷冷地抽了一口氣，「你打算……」

祈佑並不答我，空氣卻像沉寂了一般，如此靜謐。我終是放棄了最後一絲期望，只是柔聲懇求道：「不論你作了什麼決定，請一定讓祈星完好入土為安。這是馥雅求你，第一次求你。」

農曆正月十五。

浣薇輕撚螺子黛為我描眉，撲上瑰香脂粉於雙頰，嬌豔欲滴。心婉為我在額間眉心上貼一朵金箔鑲金鳳凰花鈿，輕綰緩鬢傾髻，再將紫鳳金翟鳳冠插嵌鬢頂。莫蘭為我著上一身鳳舞玫瑰千褶如意朱紅霞帔裙裳，裙邊鑽閃熠明，在拂動之下發出窸窣碰撞交鳴之聲。

鏡中之人有著說不盡的嫵媚高雅，這真的是之前那個平凡無奇的我嗎？經過一番巧奪天工的精心打扮，便已如斯美麗，真是應了一句話——人靠衣妝。

在眾人的攙扶下我走出寢宮，雪依舊未停，只是比先前小了許多。聽徐公公說，出了昭鳳宮會有花轎抬我至承憲殿，屆時皇上會在朝中文武百官面前正式授璽印於我。可我卻無一絲喜悅之色，一路上都在強顏歡笑，勉強硬撐。我始終擔心皇上會如何處置明太妃一干人等，難道真要血濺大婚？

步出昭鳳宮，第一個闖入眼簾的是一頂金光燦燦的花轎，竟是用金子鑄成的。我不禁泛出苦笑，此情此景讓我想到的是漢武帝之后陳阿嬌——「若得阿嬌作婦，當作金屋貯之。」可是武帝並不懂，阿嬌何需金屋貯，她要的只是武帝的那分眞愛。

韓冥一身紅袍在風雪中拂動，散落在肩的髮絲被風吹散，見我出來立刻迎了上來，「皇妃請上轎，承憲殿的大臣已然就席，只等皇妃駕臨。」

我愣愣地凝著他毫無起伏的瞳目，爲什麼今日是他來迎親，眞有如此巧合？

「讓臣背皇妃上轎吧。」誠懇的語氣與堅定的神色卻讓我猶豫了，手心不自覺地冒出冷汗。難道皇上已經知道……無力地後退幾步，輕輕搖頭拒絕他，不可以，絕對不可以。

他倏地笑了起來，似乎了然我此刻的舉動，驀地開口，「請讓韓冥最後背你一次，往後，你便是韓冥的主子。」緩緩地轉身半躬身子，用不容抗拒的舉動在等待著我。

複雜之感湧上心頭，終是趴在他的背上，由他背著我朝那頂金轎而去。腳印深深淺淺地踩在厚實的雪花上，頭頂的金翟鳳冠流蘇下的珠翠擋住了我的眼眸，不時發出鏗鏘之響。依舊是這樣一個雪天，他再一次背著我走向那條不歸之路。

「皇妃即將進入鉤心鬥角的深宮大院，望皇妃保重。」他的聲音如冬日之冰，依舊寒如霜，顯得滄桑無力，「如果有一日皇妃有危險，臣定會拼命保您萬全。」

我低低地附在他耳邊輕聲道：「不要……管我。」

「韓冥說過，會守護你的。」他一聲長歎，已然走到金轎前，輕輕地將我背入轎內。在回首一望間，他深睇我一眼，終是放下了轎前簾幕，硬生生地將我們隔開。

端坐在轎中，隨著它的律動而搖晃，擺得我直打瞌睡。也不知晃了多久終是停了下來，一聲落地之聲驚得我睡意全無。

「皇妃，到了。」心婉輕聲地提醒道，後爲我揭開錦簾，一陣冷風吹來。

我合合身上的衣襟步出轎門，望著面前宏大的殿宇——承憲殿。這已是我第二次踏入此處，依舊是如此金碧輝煌。踏入大殿，血紅的地毯筆直地鋪向寶殿正前方的漢白玉階，兩側的官員皆躬首哈腰迎接，身後的宮女將鮮嫩的紅玫瑰花瓣朝我頭頂上空撒去，花瓣落下，紛紛拍打在我的鬢髮、臉頰、衣襟之上，芬香縈繞。

走了大約二百步，終於到了玉階之下，祈佑由龍椅上起身，站在階梯上方朝我伸出手。我眞的要成爲他名正言順的妻子了嗎？高興激動之餘卻還有著失落和恐慌，我在怕什麼？

我的步子由漢白玉階而上，步步實實地踩在台階上，甚爲用力。只剩一步之際緊緊握上了他的手，他溫熱的掌心如數日前爲我溫暖冰涼手心那般，亦撫平了我的心。

他目光泛著柔情，嘴角邊勾勒出瀟灑不羈的笑容。「她就是朕的蒂皇妃。」他大聲地向朝堂上的人宣布著，洪亮的聲音來回價響。

一位公公謹愼地捧著一個用金布包裹著的小匣子遞與祈佑，他鬆開我的手接過，擺至我面前。我緩緩地跪下，聽著他說道：「西宮鳳璽印，今賜予蒂皇妃，亦掌管後宮之大權。有不服者，以璽定其罪。」

「謝皇上，萬歲萬歲萬萬歲！」接過那沉甸甸的鳳璽印，祈佑輕輕扶著我的肘將我托起，輕聲道：「你終於是我名正言順的妻子了。」

我含笑低頭，迴避著他熾熱的目光。在這眾目之下，我依舊是紅了雙頰，滾燙灼熱。眼神飄忽間突然瞧見下方筆直站立著漠然凝望我們的連城，那分神色就像是……陌生人，完全陌生。他是已下定決心要將我從心中摒除了，很高興他能看開。但我又不得不憂心，連城的仇恨早已瀰漫了他整個心，對於亓國，他必然要雪陰山之仇。那我該不該提醒祈佑對他多加防範？可若是提醒了，連城豈不陷入危險？若是不提醒，祈佑的地位又將岌岌可危。

一場無聊的冊封大典終於結束，我在眾位宮女、公公的簇擁下離開了承憲殿。

端坐在養心殿正寢內，桌案上的龍鳳雙蟠大紅喜燭已燃燒一大半，紅淚滑落滴垂。燭中灌有檀香屑，火焰明亮帶有馥郁香氣，也不知自己呆坐了多久，只覺渾身麻痛。腦海中只是空空一片，像是著了魔。立在我身邊伺候的心婉與莫蘭也一直呆呆地注視著那紅若流霞的燭光。

浣薇推開寢宮之門，急忙衝至我身邊：「皇妃，聽聞方才靜夫人動了胎氣，皇上此刻正在百鶯宮撫慰她呢。」

莫蘭冷笑一聲，「這麼巧，偏偏在皇妃大婚動胎氣？」

心婉咬牙說：「她肯定想破壞皇妃的大婚，存心要給皇妃難堪。」

我悠然起身，將身上繁複的鳳袍脫下走向妝台前，身後又傳來心婉的聲音：「怕是今夜靜夫人會纏著皇上留宿百鶯宮。」

已至妝台，將頭上那猶如千金重的鳳冠取下，「既然靜夫人動了胎氣，皇上留宿撫慰是理所應當的。」

「太欺負人了！」莫蘭氣憤地敲了一下桌案，發出一聲巨響，在四處迴盪不絕。

將鬢側那支固定髮髻的銀細小簪拔下，烏黑的髮絲頃刻間散落一肩，望著鏡中的自己，臉色竟有些蒼白，連這些胭脂都無法遮擋，「你們都下去吧，本宮累了，想歇息了。」

身後一片安靜，似乎還在遲疑著，我無聲地歎道：「本宮叫你們退下。」帶著幾分凌厲。她們卻突然齊聲道：「皇上！」夾雜著幾分驚喜。

我從鏡內望著身後的祈佑遣她們下去，最後將宮門輕輕關上，裡邊陷入一片安靜。我緊握住象牙玉梳的手才緩緩鬆開，「我以爲……你不會回來了。」

他信步朝我走來，單膝跪在妝台側，伸手撫上我的雲絲，「今日是你我大婚之日，我怎會獨留你一人於此？」輕輕撚起我腰間一縷髮絲置於鼻間輕嗅。

我略帶醋味地輕哼一聲，「那你的靜夫人不管了嗎？還有你們的孩子。」

他目不轉睛地凝著我的側臉輕笑，「你竟然會吃她的醋。她只是你的一個影子，我又怎會因她而棄你？」

我愣愣轉過身，筆直地望著他的眼睛。早就聽聞雲珠說起，靜夫人之所以得寵只因氣質神態與我相仿，而今親口聽見他說，我還是一陣心動。「可是……那日你還因爲她要杖我。」

他倏地斂笑皺眉，「你還記著呢！都怨我，幸好那時雲珠拼命救下你，否則我會後悔一輩子的。」

當他提起雲珠時，我的神色黯然一沉。低著頭，雙手糾結在一起，「我對不起她，若不是我……」

「不關你的事，這場爭鬥你全不知情。」他握住我冰涼的手，低聲安慰道。

望著我們倆交握的手，我心中矛盾，很想詢問明太妃之事他欲如何解決，卻遲遲不敢問出口。我怕他會生氣，眞的很怕他對我突然冷寒淡漠，彷彿他馬上就要離我而去，我怎麼都抓不住。

突然感覺身體一輕，整個人被他橫抱而起，未料到他突然的舉動，我緊張地呼了一聲，緊緊拽著他胸前的衣襟。他輕輕地將我置放在溫暖柔滑的龍榻上，馥香郁郁，耳邊傳來他的低語，「今日可是我們的洞房花燭夜……」

我腦海中一片渾沌，對上他幽深的眼神，我的心跳逐漸加速，彷彿只要我一張口，它就要跳了出來。「我……」

他低頭在我額上烙下一吻，夜眸如醉，魅惑般地在我耳邊輕道：「我終於能擁有你了，你可知從我第一眼見到你，將你摟在懷裡時，我就在想，若是能永遠擁著你，該是多麼愜意之事。」

依附著他滾燙的身軀我不由得迷茫，「你不在意我的容貌早已不如昔日？」

他眸光一沉，在我頸項右側輕咬一口，有懲罰之意，「你當我如此膚淺？」

微微的疼痛感傳來，一聲呼痛，卻換來他的笑聲。我不滿地輕怨，「你爲何不問我爲何毀容？」

他將頭埋進我的頸間深呼吸一口氣，突然安靜了下來。我注意到他的異樣有些奇怪，急忙扯扯他的胳膊，他此刻的安靜讓我驚慌。

他用雙手緊緊摟著我的腰，娓娓道：「我若問了，你定然覺得我很在意你的容貌美醜，我不想因此影響我們之間的感情，明白嗎？」

愣了半晌，才恍然回神。原來是這樣，我一直誤會了。動容之餘我側首在他唇上落下一吻。「祈佑，對不起。」

他全身一僵，那雙深邃幽沉的眼眸，裡面還有層層迷霧，絲絲柔情。「我想聽的不是對不起。」

我卻只是淡笑不語地迴避著他詢問的眼神，他許久得不到我的回答，猛地勾住我的脖子向上傾，同時低頭狠狠地吻上我的唇。我還未及反應，唇上就傳來疼麻之感，他的吻中帶著一絲不容拒絕的霸道與懲戒，將我的呼吸一併吞噬。

他的手很快將我身上的薄衫解開，溫熱的掌心不斷地撫摩著我的肌膚。我啓口深吸一口氣，他的舌尖順勢滑入我口中，吸吮纏綿，嬉戲交纏。空氣中瀰漫著濃濃的情欲醉感。

唇齒間的交纏幾乎讓我窒息，他的手在我腰間摩挲著，下身被灼熱的欲望抵著，我有些害怕地朝後微挪，卻被他制住，「馥雅……」他沙啞地輕喚一聲。

吻漸漸變得溫柔小心，似在撫慰我此刻的驚慌，「相信我，放輕鬆。」

我輕輕地閉上眼睛，感到他喘息相間的旖旎。才吐出一口氣緩和此刻的緊張，下一刻劇烈的疼痛便蔓延全身，我猛咬住唇，克制自己不讓呼喊聲吐出。

只覺他的手輕輕地撫上我的唇，聲音有強忍的瘖啞，「痛就喊出來。」

唇齒一鬆，手指狠狠掐進他的脊背，疼痛也漸漸平復。他細稠的密吻漸移到胸前，下身時緊時鬆，時快時慢地律動著，我不自覺地躬身相迎嚶嚀出聲：「祈佑……祈佑……」

汗一滴又一滴地從他的臉上滑落，一遍又一遍地低吟我的名字，訴說著他的愛意。

我緊緊地攀住他，承受他強烈的愛……還有他那二十多年來孤寂的一生。很早就對自己說，要陪在他身邊讓他不再孤單，卻遲遲未做到。如今有了這樣一個機會，我會將自己所能給的全部給予他，更要讓他明白，這個世上不全是冷漠、利用、陰謀，更有我全心全意地在愛他。

第四章　血淚祭皇陵

床上的溫暖一絲絲地消逝，我伸手想找尋祈佑的身子，可將床摸了個遍卻未找尋到。我眼珠一動，雙眸緩緩地睜開，在黑暗中呆滯了片刻才由床上彈坐而起。

如今還是申時，離早朝還有一個多時辰，他人呢？我的目光在空蕩的寢宮中搜尋了一大圈，心中茫然之感升起。我立刻將已凌散在地的衣物撿起。身子還有陣陣疼痛，一想起方才與祈佑的交纏，我的臉火辣辣一片潮熱。

慢條斯理地穿戴好，隨手將披散的髮絲用一條朱紅綾緞絲固定於頸側，再披起一件貂裘便開了寢宮之門。

「皇妃您怎麼起了？」一直駐守在外的徐公公驚訝地朝我行了個禮。

我望了望朦朧漆黑的夜，雪花終是停了下來。「皇上呢？」

「皇上……在正殿。」

奇怪地瞥了他幾眼，心中暗生疑惑，不由得朝前殿方向而去。徐公公立刻攔住我的步伐，「皇上正與幾位大人商議要事，吩咐不許任何人打擾。」

我冷冷地掃視他，用警告之色示意他不該多管閒事，注意身分為好。而他一接到我的目光當下噤聲，為難地僵在原地瞅著我朝正殿而去。

我刻意壓低腳步聲在這條冷寂陰暗的殿廊行走，偏殿空無一人卻燈火閃耀。我奇怪地繼續往前走，燈火卻漸漸消散，燭光漸而變暗。我屏住了呼吸，隱約聽見細微的聲音由正殿傳來。躡手躡腳地來到正殿拐角處止下步伐，才清楚地聽見裡邊的談話聲。仔細一聽，有祈佑、弈冰、韓冥的聲音，他們仨此時鬼祟地在這談什麼？

「都解決了？」祈佑一聲低問，口氣甚是陰冷。我更是暗驚，解決什麼？

「是的，皇上。」弈冰的聲音冷淡卻恭謹。

「現在只有被扣居在中宮的明太妃與晉南王的屍首未解決，皇上打算……」韓冥拿不定主意地詢問。

殿內有那麼一刻的寂靜，而我的雙手緊緊相扣，焦急地想聽祈佑的決定。他答應過我的，不可以食言。

「臣認爲明太妃當誅，晉南王的屍首當挫骨揚灰！」弈冰見祈佑良久不語，自做主張地開口道。

我心中湧現一股無名怒火，想也不想地轉出拐角處，佇立在正殿前正好直視他們，「弈大人好狠的心！」

殿中三人先是微怔，滿含殺氣地轉頭朝我望來。由於殿內未掌燈明燭，故只能因身形衣著辨認他們，表情更是看不清楚。

「蒂皇妃好大的膽子，竟敢偷聽皇上議事，可是重罪。」弈冰朝我走近幾步，語音格外陰寒。

我絲毫沒被他的語氣嚇住，勾起冷笑，「若說罪，弈大人你豈不是更大？見本宮非但不行禮，竟出聲威脅質問，皇上未責難你便先言，這……是君臣之道？」

他身體一僵，瞅著我良久都不敢再言，我不禁黯然。從何時起，我與弈冰竟要如此針鋒相對？

我越過弈冰朝龍座上的祈佑跪下，「皇上，臣妾求您放過明太妃一條生路，還有晉南王，他畢竟是您的哥哥！」

「蒂皇妃！」弈冰忍不住再次出聲，字字凌厲逼人，「你想效仿武則天嗎？」

「皇上……」我不理會弈冰的言辭，繼續想懇求皇上，卻被他一句「退下」給截斷了。

我僵跪在原地，凝望他冷漠的臉以及那在黑夜中依舊犀利冷鷙的眸子良久，他又開口了，「朕叫你退下！」他的聲音又凌厲了幾分。

我默不作聲地起身，一步步退下，轉遁入偏殿。一路上腦袋一片混濁，步伐不由得加快，最後變為疾步而行，整個身體幾乎麻木，腦子更是無法思考。當我回到寢宮之時，徐公公一臉訝然地瞅著一臉呆滯帶著重重怒氣的我，才張開口想說些什麼，我便已狠狠地將寢宮門關上。在關門那一剎那，隨手披上的貂裘也從肩上滑落。

我視若無睹地撲向龍床，用軟被將自己連頭帶腳地包裹進去。睜著眼睛享受著此刻被窩中的黑暗，前一刻他可以溫柔地說愛我，後一刻卻如此冷言相向。我在他心中到底算什麼？他是真的愛我嗎？又或是只當我為他的後宮妃嬪其中一人。他說要我成為天下最幸福的新娘，可是我真的一點也不幸福。

我蜷縮著身子，沉浸在思緒中。也不知待了多久，呼吸漸漸有些困難，裡面空氣混濁燥熱，熱氣完全蔓延至臉，汗水溢出額頭。我立刻想探頭出來呼吸新鮮的空氣，卻聽見「咯吱」一聲，輕微的腳步聲朝這邊移來，我知道是祈佑回來了。忍住掀開被褥的衝動，靜靜地等待著他會有什麼舉動，可是左等右等他卻遲遲未有舉動，似乎只是安靜地立在榻前。

我實在憋不住，倏地將被褥揭開，一得到解脫我猛呼吸幾口氣，緩和了我此刻的不適。

他端坐在床榻俯視著我，瞳孔中淨是笑謔，「我以為你打算一輩子悶在裡面。」

別過頭，不去看他。他卻俯下身子用龍袖為我擦去額頭上的汗珠，「就算生我的氣，也別如此虐待自己。」他輕歎一聲，脫下綾金龍靴也鑽進了被窩，雙手緊緊地摟住我的腰。

我掙扎地想從他懷中掙出，他猛地按住我：「馥雅，聽我說。」

「我不要聽！」我狠狠地推開他，轉身面對著雪白的牆壁。身後一片安靜，唯有他的呼吸聲。我不自覺地將手緊握成拳，「我從不曾看透過你，你對我的忽冷忽熱讓我好怕，怕你有一天棄我於不顧。你有如此多妃嬪，個個都比我美，更比我會討你歡心。我只會給你添麻煩，若有一日你煩我了，要丟下我，我該怎麼辦？我已經一無所有了……」我哽咽著聲音，用力將眼淚逼回去，我不想哭。不想用眼淚來博取他的憐愛。

我們之間沉默良久，他長長地歎了口氣，扳過我的身子正對著他，用堅定的語氣道：「我不懂如何去哄人，現在我只想對你說一句話，絕不會丟下你。」

我緊緊地將頭埋在他胸前，雙手用力摟住他的腰，他則是輕拍我的脊背，「不生氣了嗎？那可以聽我說了？」在我唇上落下輕輕一吻才道，「方才我若不阻止你繼續說下去，弈冰定然要求我治你干政之罪，所以我才冷漠地趕你回去。瞧瞧你這麼小心眼兒，就生氣了，連我的解釋都不聽。」

我悶悶地問道：「那你是不打算將我的身分告知弈冰了？」

「少一個人知道你的身分，你就少一分危險。如今知道你身分的人已全數掃盡。」他的話讓我全身一個哆嗦，「明太妃她……」

「她膽敢用你的身分威脅我，殺無赦！」一句殘忍的話就這樣漫不經心地被他脫口而出。

「祈星呢？」我緊張地問。

他寵溺地撫過我腦後的髮絲，「三日後葬入皇陵，滿意了嗎？」

得到他的話我總算是鬆了口氣，可隨後又全身緊繃。他既已放話無赦明太妃，那麼方才在正殿所謂的「解決」，定是明太妃一干黨羽已遭毒手。

不對，還有一個人知道我的身分。祈佑不會對他也起了殺心吧？「那韓冥……」

「我相信他對我的忠心。更何況，他喜歡你，怎會陷你於不義。」他的目光高深莫測讓我看不懂，猜不透他到底在想些什麼。

我緊張地說：「其實我和韓冥沒什麼的，你不要誤會。」一說完我就後悔了，此刻的情形怎容我再去解釋？豈不是欲蓋彌彰？偷偷睇著他的表情，卻發現他已閉上雙目，眉頭略微深鎖，似乎很累很疲勞。

「祈佑。」輕輕撫上他眉心，爲他撫平糾結的傷。

「嗯？」他由喉嚨中發出一聲低應。

我在他臂彎中找了一個最舒適的姿勢，也緩緩地閉上早已沉得睜不開的眼簾，啓口道：「我愛你。」

摟著我的手又加重了幾分力道，深深吐出一口氣，「我也愛你。」緊緊擁我入眠。

次日，西宮眾苑、閣、樓、宮之主皆來到昭鳳宮請安。都是巧笑盈然盛妝來此，還備著賀禮恭賀我晉位。一整日下來我都在應付著她們的言語，陪著笑臉，臉都快僵了。

此刻前來拜會的是鄧夫人，她說是帶了自己的心意和太后的賀禮來祝賀我正式晉封爲皇妃。我望著錦盒中那塊小金鎖好一會兒，就聽見鄧夫人用那溫和之語道：「太后娘娘讓臣妾帶著這枚金鎖贈予皇妃，祝皇妃早日懷上龍嗣，爲皇室延續香火。」

從盒中取出金鎖，放在指尖輕撫。「好精緻名貴的金鎖，太后娘娘有心了。改日本宮親去謝過。」

鄧夫人巧笑，拿起案邊的雨前茶放置唇邊抿上一口，「聽聞這金鎖可是太后娘娘準備給她自己的孩子，佑其一生平安。只可惜太后有天生的不孕之症。」

我惋惜道，「如此珍貴的禮物，本宮受寵若驚。」我的心思漸漸游移，不孕之症……記得曾經聽韓冥說過，是杜皇后派人在她的飲食之中一點一點地下紅花，才導致如此。但是最奇怪的是那位自己突然跑出來承認罪過的奴才，爲什麼要出來承認？若她不說，沒有人會知道韓太后的不孕之症實是人爲，這樣豈不是自尋死路？

「皇妃？」鄧夫人提高音量喚醒已失神的我。

「鄧姐姐，以後還是稱我爲雪妹妹吧。」將手中的金鎖小心地放回錦盒，「鄧姐姐可知朝中發生了什麼大事？」

鄧夫人的目光微微閃爍，「明太妃溺水身亡，朝廷中屬於晉南王勢力的三位領頭人物皆亡。」

我用一聲輕笑來掩飾我內心的震驚，一夜間，祈佑竟能如此迅速地將明太妃的勢力掃蕩，實在太可怕了。更不得不佩服他的政治手段，確實是一位強勢的皇帝。

鄧夫人輕輕地拂過額前的流蘇，再把玩著案側的茶水良久，「如今雪妹妹已是寵冠後宮，下一步做何打算？」

「太后的意思是？」我試探性地問道。

「太后說，杜鵑花開得太豔，不是一件好事。煩妹妹想辦法蓋其鋒芒，由其凋零。」

很快鄧夫人便已拜別昭鳳宮，一日下來接見了近二十位嬪妃，我早已累得疲憊不堪，軟軟地埋進貴妃椅中閉目小憩。心婉則爲我撫揉太陽穴，力道恰好。我舒服地輕歎一聲，心中默默念著杜莞、溫靜若這兩個名字。

原來，太后一直想對付的是杜家。這也難怪，如今杜家的權勢已快威脅到皇上的地位，以祈佑的性子，是絕不會容許有人影響到他的皇權。但是如今的我根本無法與如此強大的杜家抗衡，這個事還是丟給祈佑去煩。相信他早有誅杜家之心，試問有哪個皇帝會容許一個臣子的權力盛於皇權，祈佑現在也很憂心吧。如今的溫靜若更是身懷六甲，從她身上下手似乎不太明智，那現在我該做的就是培植自己的勢力，才能與之抗衡。

突然間額頭上的揉撫突然沒了，我一時不適應，低喚道：「心婉？」良久卻沒人理會我，我迷茫地睜開雙眼，惺忪地望著空空如也的寢宮。人呢？

「皇妃，讓奴才伺候您吧？」一陣笑謔的聲音從身後傳來，我立刻由貴妃椅上彈起，卻被他給按了回去。「今天很累了？」

「嗯。」我對上他的眼眸，「你怎麼這麼早就過來了？」

他將我蓋在身上滑落的紫貂毛披風重新爲我蓋好，然後爲我揉著太陽穴，動作很輕柔，「想你了。」

我呆呆地望了他好久都不說話，他奇怪地問道：「怎麼了，這樣看著我？」

「我想……」我猶豫著該不該開口，想了許久，鼓足勇氣道，「祈星下葬那日，我想同去。」

他手中的動作一僵，笑容也漸漸斂去，一口回道：「不行！」

我放低聲音懇求道：「我知道自己的要求很無理，但是……眞的很想去。」

「連日來你一直替他說話，在朕面前提他。從什麼時候開始，祈星在你心中的地位竟如此重要？竟比朕還要重要？」口氣很是惱怒，最重要的是他已經開始自稱「朕」了，我明白他生氣，眞的生氣了。

他一拂袖，就朝寢宮外走去，我一驚，忙從椅上翻身躍起。緊緊拉住他的衣袖，「祈佑，是我的錯。以後我不再提他了，你別生氣了好嗎？」

他背對著我，筆直地挺立，也不看我。怒火還是未熄滅，我續道：「你知道，他是我的第一個朋友，更有恩於我，我不但未報答他，反而還害了他，現在他不在了，我能爲他做的只有這些，你若不喜歡，我以後再不提他了，你別生氣。」

漸漸地，他僵硬的雙肩鬆弛了，緩緩地轉身擁我入懷，「你總是爲他人著想，你可知祈星曾經如何對你？他灌醉你由你口中套出雲珠的身分，他在民間秘密尋訪爲你換臉的神醫，就連死前都要你記恨於我。」他頓了頓，長歎一聲，「你與他的事我全都一清二楚，所以很在乎。」

我放下了心中的擔憂，一聲輕笑，「原來你也會吃醋。其實我與他只是朋友，很好的朋友。在陰山，他曾賣了我一個人情，對於這個恩情我一直銘記在心。」

「陰山？」他有些奇怪地想了想，「是四年前父皇派我與他出兵助夏國那次？怎麼你也在？」

「是呀，曾經……我就躲在軍帳中。」我傻傻地笑了幾聲，腦海中再次浮現連城臨走前那陰狠的目光，我立刻道：「連城，你一定要當心他。」

他點點頭，似乎早就得知他的野心，「待我先解決朝中之事，下一個就會對付昱、夏二國。」

「夏……夏國？」

「我可沒忘當初與你的交易，八年內定爲你復國。」

原來他還沒忘，一直銘記在心。「眞的嗎？」

「對於你，我一向說到做到。」手指撫上我的頸項，有些冰涼刺骨，「你去找韓冥吧。」

我錯愕地仰頭望他，「找他做什麼？」

「他是禁衛軍統領，也只有他能帶你出宮。」輕敲了敲我的額頭提醒著。

「眞的？你眞的答應了？」我不敢相信地從他懷中掙脫，想在他眼中找出此話的眞假。前一刻不還是怒氣橫生地想將我剝皮抽筋，後一刻怎麼就……就變得這麼好了？

他很認眞地點頭了，然後邪魅一笑，「你知道方才去太后那兒，她要我與你早日生個孩子，所以我們要努力了。」然後將我攔腰抱起，朝寢榻走去。

月朗空寂，芙蓉暖帳，旖旎情深。

白幡飄飛，細雨微薄，哀樂聲聲。

我一身禁衛盔甲，腰佩鐵戟長刀跟在長長的隊伍後進入皇陵，望著眾人將先帝陵墓百十來步的一塊空地，挖掘出一塊正好可以放下棺木的坑。我凝睇著先帝的墓碑，心中五味摻雜，內心湧現一股涼意。先帝，你還有多少未揭曉的陰謀呢？我敢肯定，先帝定然還有著未浮出水面的陰謀，畢竟他是祈佑的父親呀。
韓冥一直站在我身邊，一語不發地凝視著祈星的屍體下葬，我的雙手緊緊地握著腰間的佩刀，小聲問道：「今日是祈星下葬，靈月公主爲何沒來？」
他輕笑而歎惋，「她現在已經不屑與我同行了。」
「靈月是個苦命的公主，短短幾日時間哥哥與母親都離她而去，你不能再對她如此冷漠了。畢竟她是你的妻子，一夜夫妻百日恩，就算你們之間有再多衝突，她始終是你的妻子。況且，她對你的心一直如此眞摯，你不要待失去之後才懂得珍惜。」我的聲音越壓越低，不想讓周圍的人聽見。
韓冥一直沉默望著遠方縹緲之處也不知在想什麼，細雨霏霏打濕了他的髮，如蒙上一層露水。
「侯爺，晉南王已然安全下葬。」一名侍衛跪至韓冥面前稟報著。
他點點頭：「你們先行回宮，本侯稍後便到。」一聲令下，數百名隨進皇陵的侍衛紛紛離去，唯留下我與韓冥。
雨嫋煙殘，寒波欲流。
我倏然將腰間的刀拔出鞘，白芒乍閃，我狠下心在手臂上畫下一刀，血浸漫整個手臂。韓冥一把奪下我手中的刀，「你做什麼，這樣傷自己？」
勾起一笑，跪在祈星墓碑前，將手中的血緩緩滴入碑前泥土中，「祈星，這一刀是馥雅還給你的，希望你一路走好。」
「皇妃眞是個性情中人。」韓冥低沉道，再將那把刀丟入一旁深密的草叢，「若有一日韓冥亦如晉南王而去，不知皇妃可會爲我如此？」

我一僵，被刀畫上的痕跡突然傳來劇痛，蹙著眉頭，「不會有那麼一日。」

「世事無常。」他與我並肩跪於墓碑前，亦拔劍在手臂上畫下一刀，「這一刀是韓冥還給你的，當日奉命嫁禍於你，實非本意，在天莫怪。」

我驀然側首望他，心中百感交集，心念一動，立刻道：「韓冥，你向皇上辭官吧，離開這個是非之地。不想你牽入這場血腥之鬥。」

「韓冥若走了，皇妃豈不是孤軍奮戰？杜皇后有丞相爲靠山，靜夫人有弈大人爲後盾，而皇妃僅有皇上的寵愛是完全不夠的，所以韓冥甘願留下做你在朝廷的支柱。」

手臂上的疼痛越來越椎心刺骨，眉頭皺得更深更緊，有汗與細雨夾雜在一起，沿著額頭滴落：「眞的不想……你步祈星的後塵，能走多遠……就走多遠。」我的聲音格外虛浮。

韓冥奇怪地側後凝著我，「你的臉色怎麼如此蒼白？」他握住我受傷的手臂，「你中毒了！」

「怎麼可能……」

「刀上有毒，這刀是從哪來的，誰給你的……」他的臉上露出慌張之態。

一股滾熱的血腥之味由喉嚨湧出，血由唇邊滑落，滴至衣角。韓冥一瞬間失了方寸，愣在原地望著我。

「嗯……」我的五臟六腑幾乎都要脹裂，更瞧見手臂受傷那塊逐漸變黑，正朝整個手臂蔓延。

「潘玉……你不能有事，千萬不能有事。」他猛然回過神，將早已經匍匐在地的我攔腰抱起，衝出皇陵，口中一直緊張地吼道：「我們馬上就去找御醫，你會沒事的……」

我痛苦地靠在他懷中，血源源不絕地由口中湧出，「我要見祈佑……祈佑……」我用盡全身氣力將話完整地吐出。內心湧現了二十年來從未有過的恐懼，第一次，面對死亡竟如此害怕。我才找到自己的幸福，我不想就這樣離開。更怕連祈佑一面也沒見到，我就死去。

我捨不得死，我眞的捨不得。

劇烈的疼痛將我吞噬……

第五章　曉夢迷羽衣

荒煙外，鷹飛鷲，一鞭橫渡洛水河，日連旗影遂神州。
巍石山，躡翠微，笑談瀟瀟驟雨歇，吟唱九歌悲國殤。
落日笙，月朧明，煙霏秋雨杳靄間，梅蕊如詩蝶戀花。
我與他並肩佇望三江碧水湧詩濤，淡賞白雪紛飛梅吐豔，他乘白馬擁我笑覽五嶽山川千峰秀，侃談塵寰俗世滄海日……

此情此景是我馥雅做夢都不敢想的一次芳華盛景，陪在我身邊的還是那個千古帝王納蘭祈佑。但我知道，這是一場絕美的南柯一夢，若可以的話，我甘願沉淪在這盛世之景內，永遠都不要出來。我要他陪我走遍天下，笑傲紅塵。

可是爲什麼恍惚間有人偏偏要搖晃著我那早已疲憊的身子，要用看似在我耳邊卻又縹緲虛幻的聲音喚著我？

「醒過來……不要拋下……」一遍遍的低喃淺吟卻又魅惑著我，「記得你和我說過……伴我餘生……生死相隨。」

有濕潤的水氣蒙上我沉重緊閉的眼眶，冰涼的淚沿著我的眼角滑落，是誰，誰在喊我……是祈佑嗎？是不是他……

我用力睜開我的眼簾，一片黑暗，漸漸轉入一片朦朧迷茫。「醒了……御醫她醒了！」一陣瘋狂的怒吼迴盪在耳邊，我用力眨了眨眼睛，緩和著眼睛的不適。

一名御醫小心翼翼地將一條紅線纏繞在我手腕上細細診脈，半晌，他凝重的臉上終是露出了微笑，「皇上，皇妃已無大礙，只要略加調養身子就可以恢復！」

我虛弱地抬眸望了祈佑一眼，他的眼神迷離中帶著欣喜，黯然中帶著自責。原本細膩精緻俊逸的臉龐上出現了滄桑之態，彷彿一瞬間老了十歲。他緩緩挪動著步伐來到我身邊，輕柔地握著我的雙手，彷彿怕一個用力就會將之捏斷。唇輕輕摩挲地吻著我的手心，彷彿有千言萬語要對我說，卻無從開口。

我虛弱地抬起另一隻受傷綁著紗布的手輕輕撫摸他的臉，睇著他眼底的血絲，似乎很久未眠，「我沒事了！」嗓子雖沙啞，卻還是用盡全力吟了出聲。

他啓了啓口，還未發出聲音，一滴淚就由眼眶內滑落，我很快便用手心接下那滴淚，然後緊緊地握在掌中，「這是……你爲我流的淚，我會……好好保存的！」

「對不起……都是我不好！」他的聲音哽咽著，最後埋首於我的手心，我輕輕動了動身子，「帝王，是不能在別人面前表露悲傷的……」

他埋首良久，仰起頭，方才的悲傷之色已漸斂，「幸好你沒事……我一定會查出是誰對你用西域劣毒，絕不輕饒！」

我搖頭，「請讓我……自己去查。」若是祈佑自己去查，定然會在宮中引起一場軒然大波，此事不能鬧得如此大，這對皇權有很大的損傷。

他似乎看出了我的意圖，沉默許久，用力點頭應允，後又哀歎一聲，「韓冥此次護你不周，我要收回他的兵權。」

一聽到此，我猛地想阻止，卻牽動了手臂上的傷，我悶哼一聲，冷汗溢出，「皇上不要，根本不關冥衣侯的事。」

「我只不過隨口說說，你就這樣緊張。」他輕輕鬆開我的手，舒手爲我撫去額頭上那絲絲冷汗，「你好好休息，知道嗎？夜裡我再來看你。」俯身在我額頭上輕輕烙下一吻，嘴角勾起淡淡的笑容。

「嗯。」輕輕頷首，再望著他離去的背影，我的心中沉靜了許多，才意識到手臂上的疼痛瘋狂地傳到心裡，欲將我折磨到連叫喊也無聲。

從外邊端著一盆正冒著熱氣的水走進來的心婉一見我如此，手中的盆「匡啷」一聲摔到地上。連忙衝到我身邊，焦急地道：「皇妃，您怎麼樣了，樣子這麼痛苦，要不要傳御醫來？」

我強忍著疼痛搖頭，「只是扯到傷口罷了。」我悄然將手靜靜地攤在柔軟的絲被上，用力平緩自己的疼痛。

心婉吐出一口氣，「皇妃您昏迷了五日，可把我們嚇壞了……」

「我竟昏迷了……五日？」我有點不敢相信地望著她，是什麼毒竟能讓我傷得如此嚴重？西域劣毒？

「是呀，皇上在您榻邊守了五日，也未去上早朝，只是一直在您身邊喚著你。咱們做奴才的都爲皇上的情意所動……」她惋然歎息，目光中更多的是羡慕。

我的心顫動了幾分，難怪他的臉色竟如此蒼白頹廢，他是一位聖明之主，怎會因兒女私情而不上早朝？我在他心中的地位眞的已經超出了皇位嗎？笑容不自覺地浮上唇畔。可是臉色又倏地冷了下來，在我刀上下毒的人到底是誰？知道我離宮的除了祈佑與韓冥，就只有一直在寢宮內伺候著我的九個奴才與四名護衛。記得我走前千叮嚀萬囑咐不能洩露出去，卻還是走漏了風聲。唯一能說通的就是——有奸細。

現在以我的身體狀況來查證這些是不可能的，那我該用什麼方法才能揪出裡面的奸細呢？疲倦地閉上了眼簾，將整個身體軟軟地埋進寢榻內，深吸著被褥上的風雅之香，思緒漸漸迷亂，最後昏昏睡去。

在寢宮內整整躺了五日我才漸漸能自己下床，手臂上的疼痛依舊隱隱傳來刺痛，椎心之疼。綰青絲，攢花鈿，描青黛，披鳳裳。一切皆是心婉爲我梳妝，望著銅鏡中被脂粉掩蓋著的略顯蒼白的臉，我的思緒卻飄到了遠方。

片刻後，十二個奴才皆紛紛來到寢宮，滿滿跪了三排，心婉則安靜地立在我身側。我依舊背對著他們，瞅著鏡中的自己，手上把玩著翠綠玉梳，寢宮陷入詭異的安靜。我聽他們的呼吸聲都有些急促紊亂。

我深吸一口氣，「啪——」的一聲將玉梳重重地放下，摔在妝台上已是兩半，空氣中瀰漫著令人窒息的氣氛。我終是開口了，「本宮臨行前對你們交代過什麼？」

「不許洩露皇妃的行蹤。」他們異口同聲答道，有低沉的，有清脆的，夾雜在一起變得格外響亮。

「記得倒是很清楚，可爲何有些人記得了卻做不到呢？」我調轉一個身，凜然望著他們，臉上卻依舊帶笑。

又是一陣冷寂，我輕輕整整衣襟，「心婉，那身禁衛服與佩刀是你給本宮準備的吧？」

心婉一聽，臉色倏地慘白，軟軟地跪在地上，「皇妃明鑒，那套禁衛服是行雲護衛轉交給我，讓我交給皇妃的。」

我悄然將目光轉投向一臉坦然自若的行雲，「若我沒記錯，是莫蘭與皓雪一同前來將禁衛服與佩刀交給奴才的。」

「皇妃，那些是冥衣侯親自交給我們的，我們只是按照吩咐將它交給您啊。」皓雪慌亂地解釋著，而莫蘭倒是比她冷靜些，只是聲音微顫：「我與皓雪拿到這些，中途是動都沒敢動一下，直接交給了行雲侍衛。」

皓雪立馬點頭：「是呀皇妃，我們可以互相作證的。」

望著她們互相推托著，我心中暗自好笑，一套禁衛服與一把佩刀竟能轉交四人之手，最後再到我的手上。這位奸細果眞不可小覷，想用多人的視線蒙蔽我的判斷，不過，這招還挺管用。這四個人中，到底會是誰呢？

我的盤問被前來探訪的尹、楊、蘇三位婕妤給打斷，雖然她們的突然來訪令我有些詫異，卻還是笑容滿面地出寢宮至正殿相迎見。她們一藍、一橙、一紅，三色裙裳配合著案几上一盆素白一盆妍紫，相得益彰。三人並立，燕妒鶯慚，一時道不盡的嫵媚動人。

正殿中只有浣薇與瀲秋在伺候著，其他奴才彷彿在瞬間沒了蹤影，我猜想此刻他們定聚在一起相互猜忌吧。

「雪姐姐，幾日前聞你遭人毒手，可急壞了我們。又礙於皇上一直不准許他人接近此處，故未前來探視。今兒終於是見著你了，恢復得如此之快，做妹妹的也就放心了。」蘇思雲永遠都是最先開口，話最多的一位。很多時候我都會覺得她是刻意地討好，但是每當見著她那純澈乾淨的水眸，以及溫暖人心的笑顏，我又會覺得，這或許是她的本性。

「多謝妹妹們關心，吃些鳳梨吧。甘甜可口，清熱去火。」我拿起一支竹籤，挑起果盤內早已分切成塊的鳳梨，晶瑩剔透，令人垂涎欲滴。放入口中細嚼片刻，最後嚥下。

她們仨倒只是相互對望一眼，未動盤中之鳳梨，尹晶倒是先開口道：「對於敢加害雪姐姐的人，必要嚴懲。」

我擺弄著手中的竹籤笑道：「可是，這昭鳳宮的奸細還未捉到。又或許……這背後之人不簡單呢？」

「難道因此姐姐就要放過這害你險些喪命的人？」尹晶的聲音提高了些許，更藏著明顯的怒氣，為我抱不平。

將竹籤擺在果盤邊緣，再抽出帕子擦擦唇畔，「既然這樣，那由妹妹們幫本宮猜猜，到底是誰在佩刀上動了手腳。」

我細細將剛才四人的反應與說每一句話時的表情一字不漏地告訴她們。她們聽完後約沉默了一盞茶的時候，從頭到尾都未開口說話的楊容溪終於是若有所思地開口了。

「姐姐您說心婉一聽，臉色立刻慘白一片，格外緊張地跪下澄清。而行雲卻在如此情況下異常冷靜，兩人相比之下有明顯的差異，令人懷疑。莫蘭與皓雪能相互作證，可以排除嫌疑。」她娓娓分析著。

蘇思雲很贊同地點頭附和，「容溪姐姐說得沒錯，那她們倆到底誰是奸細呢？」

「我認爲是心婉。」楊容溪語未落下，尹晶迅速將話接下，「我倒認爲莫蘭與皓雪的嫌疑最大。」她凌厲的口吻將我們三人的目光急速聚集至她身上，靜靜地等待著她的下文。她從容不迫地淡淡道：「行雲是護衛，不便親自將東西送來給皇妃情有可原，那麼莫蘭與皓雪爲何要借行雲之手將其轉交給皇妃？豈不是多此一舉，欲蓋彌彰嗎？」

楊容溪明顯一怔，「可是她們倆都能相互爲證，其間並未碰過……」

「誰說奸細只能有一個？」尹晶一語驚醒夢中人，我更對她欣賞有加，因爲這番琢磨竟與我的猜測不謀而合。

「聽尹婕妤這麼一說，奴婢倒是想起來了，在皇妃離宮前一日，與奴婢同寢的莫蘭竟在半夜沒了蹤影。約莫過了一個時辰才鬼祟地回來，那時我也並未在意此事。」浣薇恍悟道。

我深吸一口氣，笑容中隱含冰霜：「今日之事，誰都不許對外洩露隻字片語，否則，後果你們是知道的。」

「臣妾、奴婢謹記在心。」

禁煙釀春愁，百柳露心角，鶯雀賀新歌。初春的一切皆是春意凜然之態，清晰的空氣充斥著整個昭鳳宮。我今日的心情格外好，與心婉、浣薇在宮內剪著鳳凰紙鳶糊風箏。

「瞧這鳳凰，經皇妃的巧手一剪裁，竟變得栩栩如生，若眞的放飛肯定猶如飛鳳在天。」浣薇一個勁兒地手舞足蹈，聲情並茂地讚著我。稚氣天眞的臉蛋上露出兩個淺淺梨渦，可愛至極。

自上回她知道莫蘭與皓雪可能是對我下毒之人，對她們倆疏離了許多，甚至連話也不同她們講。而我則是召來刀光、劍影，讓他們秘密調查莫蘭與皓雪的身分來歷。我對她們倆的態度一如往常，時不時與之閒聊打趣幾句，心中卻在等待刀光、劍影的消息。算算日子，他們去了近半月了，還沒查到麼？

「皇妃，咱們出去放風箏吧。」心婉興奮地晃晃手中的風箏，像個孩子似的。

頷首應允，攜她們倆一同步出昭鳳宮，至西宮鳳棲坡，那兒四面環樹，嫩角新發，生機勃勃。中部一片空曠無垠，野草叢生，三兩點野花點綴在碧絲韌草上格外豔麗奪目。春風伴著暖陽徐徐吹來，一陣一陣將我們的衣角吹翻，髮鬢吹亂。斜插於髻的流珠鳳簪也隨風勢鏗鏘作響，如泉水清鳴。

心婉耐不住性子，當即就奔入草地想將風箏放飛，可是不論她朝哪個方向放，都無濟於事，她著急得亂了手腳。浣薇笑著上前幫她放飛風箏，一人引線，一人持風箏，在兩人默契地配合下，風箏很快飛起，翩翩盤旋於碧藍的空中。

我眯著眼仰頭瞧著翱翔的風箏，宛然如生。

「皇妃。」刀光、劍影竟適時出現在我身邊，無聲無息。

拂開被風吹落而擋在眼前的流蘇，「查到了？」

「這些日子我們分別到杭州莫蘭家與江西皓雪家調查到，他們都曾收過一名叫慧心的婦女大筆財富，所以才肯將自己的女兒送進宮。經奴才調查……」刀光說到一半，就見心婉手握風軸，輕扯細線來到我身邊，他的聲音立刻止住。

「皇妃你快一起來啊。」她將風軸遞至我面前，我猶豫了片刻，還是接過它，輕輕扯線，只見風箏越飛越高，我放線的速度也更快了。

心婉與浣薇早因四處奔跑引線而累得無力地癱坐在草地上，刀光跟著我漸漸放快的步伐，用只有我聽得見的聲音道：「慧心，是杜皇后的奶媽。」

一聲輕微的斷裂之聲，風箏離線，搖搖墜下。我怔忪地瞅著風箏的飄落，竟會是杜莞！我一直猜測是溫靜若，雖說自我封蒂皇妃後就未再與她有過任何交集，但是……我一直認爲她會對我先出手的。

「啊，風箏！」浣薇與心婉異口同聲地大喊一句，由草地上彈起，追著風箏跑了出去。

望著她們慌張的神色，我的心竟也緊張起來，步伐不自覺也邁出，隨著她們的身影一同追去。

廢苑朱門閉，寸草漫漫，荒煙淒淒。我追著風箏來到此處，早與浣薇、心婉走散，也不知此爲何地，只覺四周一片森冷。我心中暗自擂鼓，一個聲音在告訴我，快點離開此處。

正欲轉身，卻瞧見風箏躺掛在一棵榕樹上，我猶豫了一會兒，還是衝動地想將它取下，踩著樹上坑窪之處，輕易上樹。微踮腳尖將風箏取下，卻在收眸回首之際，隔牆而望，樹上的我將苑內一覽無餘。我用力捂住唇，生怕會發出一絲聲音。

「夫人，以後我們不要再見面了。」弈冰用力推開懷中緊摟著他不放的人。

溫靜若含著怨恨，幽幽道：「爲什麼，你怕了？」

他冷峻的臉上露出滄桑的悲哀之色，還有強隱下的柔情，「爲了夫人，更爲了夫人腹中之子。」

「所以你要拋下我，不管我了是嗎？」她臉色驀地泛白，眼眶凝聚著淚，彷彿隨時便要滴落。

他深深地低垂下首，很堅定地道：「弈冰會永遠在夫人身邊，助你剷除皇后。待夫人產下龍子，臣定扶他登上太子之位，您就是母儀天下的皇后。」

「如果我說，這一切我都不想要。」她輕撫上自己微微隆起的小腹，臉色泛出甜蜜，「我只想與你，與我們的孩子在一起！」

我睜大了眼睛凝視著這一幕，心漏跳了好幾拍，彷彿快要窒息。她剛才說「我們的孩子」，那個孩子竟是溫靜若與弈冰的！指尖用力掐著支撐我的樹幹。

「皇妃，快下來，危險！」浣薇一聲尖叫畫破了此時悲愴寂靜的小苑。

我一驚，手中的風箏由手中摔落，院內二人聞聲仰頭，直勾勾地凝視著樹上的我。靜夫人的臉色登時慘變，毫無血色。弈冰目露冷光，殺氣畢露。

我立刻側首道：「刀光、劍影，扶本宮下去。」

浣薇被我這句莫名其妙的話弄得摸不著頭腦，回首四處張望了良久，又微啓口道：「沒……」

我急忙打斷，「浣薇，你還站著做什麼，把風箏撿起。」

她果然不疑有他，躬身將掉落的風箏拾起。我立刻從樹上跳了下來，重心未穩，險些摔倒，幸得浣薇扶住我。

「皇妃你……」

「走！」我扯著她的手臂就跑，她彷彿也察覺到什麼，與我一同飛奔而去。

直到跑出這片荒蕪的小林，我才放慢步伐，但是依舊不敢停留，疾步朝昭鳳宮而去。方才，若不是我機警地喊出刀光、劍影的名字使弈冰有所顧慮，怕是我與浣薇已成他刀刃下的亡魂。

直到寢宮外我才將緊繃的身體鬆弛下來，輕輕地擦著額上的冷汗，我爲何總會目睹此類情事，曾因目睹靈水依與連胤的私情而遭毀容，此次之事我不能再心軟了。但是……這樣會害了弈冰的，我不想對付弈冰。

寢宮朱門微掩，露出一條小縫，可觀裡邊一切，我猛地握住浣薇欲推門的手，注視著莫蘭靜靜立於躺在衾軟臥椅上沉沉睡去的祈佑身邊，手指輕顫著，若有若無地撫摩著他的額、眼、臉，目光泛著愛意，抑不住的迷戀。

浣薇也湊過頭朝裡望，忍不住輕叫一聲，被我及時捂住唇齒，防她將聲音四處擴散。她瞪大了眼睛不可置信地望著我一眨不眨的眼睛，猶有氣憤。

我作了個噤聲的手勢將她的情緒緩和下來，「浣薇，這風箏就賞你了。」我刻意放大聲音，後將捂住她嘴巴的手收回，推門而入。

一眼望去，莫蘭已規矩地立在他身邊，雙手自然擺在身側，目不斜視，彷彿剛才根本什麼都未發生。

我淡淡地笑睇她問：「皇上幾時來的？」

「來兩個時辰了，因久等皇妃不歸便沉沉睡去。」她目光平靜，聲音毫無起伏。

躺在臥椅上的祈佑緩緩轉醒，睜開深邃的瞳目惺忪地瞧著我，「你跑哪兒去了，好幾個奴才都尋不到你。」

我晃晃手中的風箏，「臣妾放風箏去了，本想喚皇上一同前去的。可皇上是一國之君，哪有閒心陪臣妾玩這小孩子的東西。」我朝他輕步移去，後輕坐臥椅邊緣，他順勢環上我的腰笑道：「只要是愛妃陪在朕身邊，就算捏泥人朕也愛玩。」

我的笑容抑不住地泛開，目光偷偷地睇著莫蘭臉上的變化，一閃即逝的妒忌、憤恨，還有那淡淡的失落傷感，隱藏之快讓我不禁訝異。我是該慶幸自己見到方才那一幕，否則我永遠不會知道自己身邊竟有個如此厲害的角色。比起杜莞與溫靜若，她的心性才是最可怕的。

他輕輕由臥椅上起身，我才伸手欲相扶，卻有一雙比我更快的手已將祈佑扶起坐好，我望了臉色毫無異常的莫蘭一眼，不動聲色。

祈佑未覺得有何不對勁，握著我的手走至妝台前，目光柔情似水：「讓我爲你畫眉。」說罷就執起螺子黛，認眞地睇著我的眼，輕柔而描，笑容淡然。

鏡中那兩條彎彎新月眉經他之手描繪更覺明朗清澄，只是略顯生硬不自然，可見他對畫眉的生疏。他從身後摟著我，「若此生能就此青燈翠屛，常伴妝側，共享畫眉之樂就好。」

我把頭微微一偏，望著他半開玩笑半認眞地道：「那皇上不要江山了？我可不願做妲己惑主。」

他在我臉上落下一吻，掛著迷人的笑容道：「不用惑，我已經沉淪下去了。」

我未再接下這個話題，而是想起了另一件事，「皇上今夜打算在何處就寢？」

「昭鳳宮。」沒有猶豫脫口而出。

我笑容依舊，目光含笑而四顧，「不行，我身子不方便。」對上浣薇不解的目光，我繼續道：「我在擷芳院認識了一位尹婕妤，她博覽群書，才氣兼備，吟曲宛若天籟。」

他似乎明瞭我的意思，神色有些黯然，「如此出眾的女子，你不怕我眞被她勾了去？」

「若我與你的感情如此脆弱不堪一擊，那麼我無話可說。」不知爲何，我竟是如此信任他，信任我們之間的感情。雖然我捨不得放祈佑給別的女子分享，但是……我必須如此。

他深呼吸一口氣後點頭，瞳中有我看不懂的神色。漸漸消逝後，他揚眉輕笑：「我相信，我們之間的感情不論過多少年都會一如往常。如父皇對袁夫人那般經久不息的愛戀。」

很快，我送走了祈佑，望著他離去消逝的背影，我心中漸露失落。縱有萬般難受，千般不願，卻也是逼不得已。這後宮雖有太后與鄧夫人與我一線，但太后的野心太大，我伴君如伴虎。鄧夫人卻不夠聰明，既無特長也無榮寵，更重要的是，當日逼死雲珠的四妃之中，她是其中一位。所以我只能扶植尹晶，她夠聰明，有才學，在細微的小事上都能細心觀察到位。我相信她，所以我將她推給祈佑，絕不可讓自己在後宮中孤立無援。

遣退了寢宮的奴才們，獨處榻前，聞窗外枝葉簌簌之聲，我緊握一條滿是鮮血的帕子，怔然而望。血跡隨著時日的推移變得暗沉，已無初時的駭目驚心，我的指尖不住地撫摩著血跡的痕跡，微顫。

「弈冰……」我反覆吟念這兩個字，始終下不了決心，「為何你要牽扯進來，還要做如此大逆之事，為何偏偏是你?!」

胸口沉悶而壓抑，竟無法正常吐納呼吸，心上似乎壓了千萬斤擔子，無法放下，「珠兒，告訴我，到底該不該將靜夫人的醜事揭發?」

緩緩閉上眼簾，腦海中閃過的是弈冰奮不顧身地救我脫離夏宮，一路上以命相搏，拼死護我周全，怎麼都不肯棄我而去。這分恩情如烙印刻在我心上，無法抹滅。心一軟，我怎能狠心陷他於不義?只有一個辦法了。

翌日，浣薇早早地來到寢宮為我梳妝，不停地追問：「皇妃，昨兒你在樹上看見什麼了?」

我只是笑而不答，心婉卻奔了進來，口中不住地喘息，「皇妃，剛得到消息，尹婕妤被封為美人。」

平靜地點點頭，無其他多餘的表示，浣薇可急了，「您真的一點也不擔心嗎？萬一……」

我將腰間的百蝶同心結整了整，沉默良久後，將目光投至心婉臉上，「去太醫那兒爲本宮取一帖藥，本宮要前往百鶯宮探視靜夫人。」

浣薇與心婉因我突如其來的一句話而互望一眼，略有遲疑，片刻後還是一齊退了下去。

宮粉殤淡，幽閣深深寂寥，啼鳥相應聲聲。

清塵露散，小曲幽芳陣陣，朱壁翠瓦卷簷。

當我來到百鶯宮之時，靜夫人的貼身丫鬟未稟報就請我進了偏殿，彷彿靜夫人早料到我會來。我的視線在偏殿環顧一番，無一人。我用眼色示意心婉將盛滿黑汁的藥碗放至漢白玉桌上，後遣她們退下。我則安靜地就座於玉桌之前，待靜夫人的姍姍來遲。

眸光飄浮橫淺黛，憔悴髻點淡如霜，腰肢無力軟輕行。她形單影隻地踏入偏殿，髻上的碧玉簪隨她的腳步而聲聲作響，她的目光直射於我，無力中藏著慘然之色，「皇妃……」她一聲低訴，淚已滴落，雙膝一曲，拜倒在我跟前。

我別過眼，不去看她此時的表情。而她已是泣不成聲：「皇妃，臣妾可以任由你處置，求您放過弈大人……」

她見我沒有說話，猛地磕頭，地與頭相碰間發出「咚咚」聲響。「臣妾爲曾經對您的不敬磕頭了！」

我立刻伸手制止她繼續自殘下去，她額頭上有怵目驚心的血痕，我無聲一歎，「早知今日，何必當初。」

她伏在地上，全身因疼痛與悲傷而顫抖著，哭聲漸漸止了些許，「曾經，我是多麼愛皇上。」她抽泣著仰頭，淒然望我，「可是，我卻發現，皇上對我的疼愛完全是出於我像一個女子。多少次，皇上夢中喊的名字不是我溫靜若，而是馥雅。」

我出奇地平靜，口氣平緩冷淡，「是麼？」

「在我最難熬最悲傷之際，是弈大人一直陪在我身邊，他同我講述人間樂趣，領我享受這輩子都未嘗過的快樂。他懂我，瞭解我。甚至爲我放棄了避世之心，努力迎合皇上，登上權臣之位，只爲護我周全，不讓囂張淩人的皇后欺辱。這分愛多麼無私，而我又怎能抗拒？」此時的她雖在哭泣，但是說起與弈冰的往事，臉上卻又透著笑容，幸福。

我的手因她的話而輕顫，爲她所說而動容。但是理智告訴我，不可以心軟，「即使你們的愛情再美，再感人，你依舊犯了宮規。」

「我不求這條賤命能留下，但求皇妃放了弈大人。」她的聲音壓抑不住地顫抖著，始終爲弈冰求著情。

「你肚子裡的是個孽種。」我單手將一直擺放在桌上的藥碗端起，凝望良久，最後擺在她面前，「我絕對不會容許有人妄想將一個孽種帶入皇室，冒充龍子。」

她本就慘白的臉色在見到這碗藥後更加慘澹，「這是……」

「只要你喝下它，你與弈冰都會安然。我不會再計較那日我所看到和聽到之事。」聲音頓下，許久之後，「若是不喝，你與弈冰，還有這孩子……都會死。」

她怔怔地望著我手中的藥遲遲不敢接過，我一直伸在她面前的手已開始痠澀。

「只要我喝了它，您眞的能不將我與弈大人之事揭露？」她的神態已經平靜了許多，卻對我還有著不信任。

我很誠懇地點下頭。她倏地將我手中藥碗奪過，一飲而盡。「希望你說話算數。」

靜靜地坐在圓凳上，望著她手中的藥碗摔落在地，發出刺耳聲響，驚了我的心。她的臉色痛苦地糾結在一起，手撫著隆起的小腹，痛苦地慘叫，聲聲淒厲。最後癱在地面不住翻滾，血，緩緩地由她裙下滲出，將地面染紅了整整一大片，怵目驚心。

她的慘叫聲引來外邊奴才們的破門而入，他們一見此景便尖叫聲聲，瞬間，百鶯宮一片混亂。御醫速速趕來為早已經疼得連說話力氣都沒有的靜夫人診脈，祈佑聞訊也匆匆趕來，焦急地望著死氣沉沉躺在床上的溫靜若。我則依舊靜坐在漢白玉小凳上，目光一眨不眨地盯著地上那灘殷紅的血跡。

我目睹著一個未出世的孩子，經我的手這樣死去，從什麼時候開始，我的心竟變得如此狠毒？

「皇妃……」浣薇顫抖著聲音喚我，似乎覺察到了什麼似的，雙目中閃著淚光。

「靜夫人小產了。」御醫悵惘地長歎一聲，遺憾地搖頭。

「你說什麼？小產？」祈佑的聲音頃刻間提高，目露寒光，「好好地怎會小產？」

御醫戰戰兢兢地瞥了我一眼，支支吾吾道：「好像是……是……打胎藥。」

沒等祈佑作出反應，溫靜若虛弱地喚著：「皇上……」

他立刻上前緊握住她的手，「朕在這兒，別怕。」

「是臣妾大意，摔在地上……臣妾無能，沒能保護好孩子……求皇上……降罪。」她越說越激動，淚水控制不住地從眼角滑落，滴在枕上，濕了好大一片。

「沒事，朕不怪你。好好睡一覺，什麼都會過去的。」他輕聲撫慰著她。

她無力地一笑，餘光掃過我，不著痕跡地將被他握著的手抽回，轉而閉上眼睛，昏昏沉沉睡了去。

祈佑深深地凝視了床上嬌小惹人憐惜的人一眼，將視線掃向地上摔碎的碗，再移向我，「隨朕出來。」未等我有任何反應，他率先離去，朝正殿而行。

我腳步虛浮地跟著他的腳步，來到寂靜無人的大殿，清冷森森，格外淒涼。他瞅著我良久，一字一句冷聲問：「是不是你?!」

我回視他陰鷙的眼神，用我很虛渺的聲音吐出一個字：「是！」

話音方落，一巴掌已經狠狠地揮了過來，「啪」的一聲在大殿內來回響徹良久不息。我因他突然而來的一巴掌而打得後退幾步，很重，絲毫不留情面的一巴掌，將我打得腦中嗡嗡作響，一片空白。

我曾料到，他會責罵我，他會不理睬我，他會疏離我，萬萬沒料到，他會打我。甚至沒有問我為什麼，一巴掌就揮了下來。很痛，真的很痛。

「你何時竟變得如此心狠手辣?!」他憤怒地指著我聲聲責問。

我的視線始終徘徊在他臉上，一刻不曾離開過。「是啊，人都會變的。」

他的目光中淨是失望，毫無感情地朝我冷笑一聲，「那是朕的骨肉，你連一個未出世的孩子也不肯放過嗎？」

「是，我妒忌，她憑什麼擁有你的孩子！」我猛然放聲，激動地吼了一聲，凝聚在眼眶中的淚卻始終不肯滴落，「我殺了皇上唯一的孩子，您要如何懲治我，我都無怨言。」

他的聲音比我還響亮，把我的回音全數蓋了去，「你以為朕真的不敢對你怎樣？」

我不再言語，靜然相望於他，而他也望著我良久。在他目光中，再也看不見那柔情愛意。他猛地闔上雙目，再次睜開已一如往常那般淡漠，不再看我，輕然拂袖而去，沒有半分留戀。

我一聲冷笑，幻無飄蕩在這大殿中。

第六章　葬花亦心傷

我與浣薇、心婉於昭鳳宮殿後的飛仙亭靜坐，驕陽煦暖和風吹，風散飛花絮漸飄。兩個月，他再沒來過，溫靜若小產之事已隨著時間而淡去，竟沒人再追究她的孩子到底是我害的還是她自己摔的。弈冰也未再上表奏請徹查此事。如何平息下去的我不知道，但是平息之人定是祈佑，我知道。

陪在我身邊的也就只有她們倆了，其他奴才都懶懶散散，對著我的態度也不如往常那麼殷勤，對我的話置若罔聞，似聽非聽。也許這就叫世態炎涼。

我端起亭桌上擺放的梅香釀煮香茶，放在唇邊輕抿一口，我的心情頓時開朗許多。這是心婉每日爲我調配的茶，很香很甘甜，最重要的是，這個茶名帶有一個「梅」字。

心婉突然朗朗吟道：

遼闊蒼穹，千林白如霜。臥看碧天，雲煙掩靄間。

細葉舒眉，輕花吐絮，綠蔭垂暖，只恐遠歸來。

臨水夭桃，倚且酬春。千里暮雲，瑤草碧何處。

隱隱青塚，畫戟朱翠，香凝今宵，遙知隔晚晴。

我訝異地瞅著她，「這詞是你自己作的？」

她用力點頭，「這是奴婢昨夜想了一晚的詞，就想著今日借它讓您心情開朗些。」

我放開自己一聲輕笑，心中漸浮感動之情，「謝謝。」

「皇妃，恕奴才多嘴說一句。兩個月了，如今的尹晶已是九嬪第三等昭媛，皇妃敗落失勢，她卻至今未來瞧您一眼，虧您當日還將她推薦給皇上。她眞是忘恩負義。」浣薇緊抿著唇畔，惱怒形於色。

「如今我失勢，眾人都避之不及，尹晶的叛離情有可原。」我將眸投放至微波粼粼的湖面，光芒因水波蕩漾而刺著我的眼睛，微帶疼痛。

心婉哀哀一歎，「我認爲，您與皇上還是可以和好如初的。要不……您寫首梅妃的樓東賦，奴婢給您送過去？要不，卓文君的數字詩也行。」她滔滔不絕地念叨著，想爲我出主意。

聽著她的一字一句，我用力忽略掉心中逐漸盪開的酸澀，霍然開口道：「不做阿嬌吟長門，不爲飛燕亂後宮。不學獨孤禁帝愛，不罕長孫尊爲師。這是我封皇妃後每日對自己說的話，如今我失了皇上的寵愛，也絕對不會如歷代皇后那般自艾自憐，妄想利用手段奪回皇上的心。」

「但是，您可能會永遠喚不回皇上的心……」

「請讓我留下自己僅剩的驕傲吧。」

我的聲音剛落下，另一聲起，「皇妃。」韓冥遠遠地叫了一句，我們一齊朝他望去，只見他悠悠而來，神色如常。

「冥衣侯，這可是後宮，您這樣出現在此會害了皇妃的。」浣薇驚道，口氣中全是戒備之色。

韓冥的視線在四周環顧了一下，「如今的昭鳳宮早已不如前，一路上我一個奴才也沒見著，你認爲還會有誰注意我的到來？」

「你們都退下吧。」我又端起杯中之茶飲下一口，香氣撲鼻傳遍口中。

待三人都遠遠避開，韓冥才與我面對面坐下，竟一把奪過我手中的茶，由於他的力氣較大，茶灑出了一些在他袖口上，「好香的茶，你常喝嗎？」

「這是梅花釀茶，我每日都喝，現在已然成爲一種習慣。」對於他的舉動我只是一笑置之，「你知道嗎，佩刀上的毒，是皇后所下。」

他的臉色並未因我的話而有所變化，只是放下手中的茶淡淡說道：「是麼？」

「你似乎一點也不驚訝呢，但我卻很驚訝。」我撫弄著指甲上的鑲金細紋，感覺它的凹凸，「皇后怎就料定我會拔刀呢？」

韓冥不語，沒回答我的問題，似乎在考慮著此話之意，又似在迴避著什麼。

我未再繼續說下去，而是將話題調轉，「你今日找我有何事？」

「關於靜夫人之事，那個孩子……」他的聲音突然拉長。

「是我。」毫不避諱地承認，對他我一直毫無隱瞞。況且，以他與祈佑的關係，又怎會不清楚其中情事，「我很奇怪，你竟與皇上一樣，沒有問我原因。」

他再次迴避了我的目光，垂首道：「因爲我相信你。」

「又或者，你根本就知道原因？」我半開玩笑半認眞地問了一句，笑容依舊如常，彷彿與他只是閒話家常而已。

只見他的手輕顫，最後勾了勾嘴角，想開口說些什麼，我搶先一步道：「我開玩笑的，侯爺怎麼會知道呢。」

他輕輕撥弄著案上的茶蓋，「皇上許久未來了吧。」一句話暗藏幾層意思，我明瞭，亦輕點頭，他又道：「或許……這對你是件好事。」

「聽說，皇上很寵愛尹昭媛。」如今再說起尹晶，我已心如明鏡，平淡無波。

「過些日子，皇上就會封她爲夫人，或許……正位西宮之人會是她了。」他有著擔憂之情，說話時也是小心翼翼，生怕我的情緒會因此而有波動。

我只是雲淡風輕地灑脫。浮華一場，我費盡心機換來自己的心有不忍。若我夠狠，現在的我依舊是寵耀一身的皇妃，可若眞的狠下心，我就眞成了一個世俗的女子：「記得嗎？你曾對我說，上天賦予我美貌、聰慧、善良。可當我被仇恨蒙蔽之後，我的才智盡被湮沒，我沉浸於一個完美的夢中，再無與身俱來的靈氣。」

「現在，你清醒了嗎？」

「這兩個月來，我眞的冷靜了許多，也釐清了許多，我眞的錯得離譜。」冷不防地，凝望不遠處粉白一片的桃林，來到這個皇宮有一年了。在這短短一年間，竟發生這麼多事，雲珠的死，祈星的死，杜皇后的死，我冊封爲蒂皇妃，被人下毒加害，親手拿掉靜夫人的孩子，這一切的一切串連起來，竟是如此清晰。「韓冥，陪我去那片桃林走走好嗎？」

韓冥點頭，扶起略微有些站不穩的我，領我朝那片花瓣紛飛的林中走去，粉白一片，飄然幽臥，傾國傾城。猶記得毀容後的一年多時間，在蘭溪鎮的桃花源是我過得最平靜的一段日子。只可惜，我爲了一段情孤身來到皇宮，毅然放棄自己的自由，只爲見他一面。但是，見面換來的是什麼呢？

我倆置身桃林間，枝上花如雪，似血染雪色，淡褪去。煙盡溶溶與誰同，暗凄斷，無人說。「你知道嗎，溫靜若曾來過。還記得她臨走前對我說了一句話。」蹲下身子，雙手撥開微濕鬆軟的泥土，髒了我的手，卻依舊不停地撥弄著。

「她，說什麼了？」

「她說，她看見了將揭發雲珠身分的匿名信送至百鶯宮前的人，是徐公公。」我將紛鋪在地的片片桃花攏於手心，再一片片地將它丟入那個不深不淺的坑，「一直伺候在養心殿，皇上身邊的徐公公。」

此次的我又是一身禁衛衣著，隨在韓冥身後進入了養心殿，是我求他帶我來的。因爲我不願再逃避，我想面對，我想知道一切，雖然，我心中已隱隱浮現了眞相。但是我更想的是親耳聽到眞相。

養心殿只有幾名侍衛看守著，我想，那些都是皇上的親信吧。而我則以韓冥的親信看守在外，正殿內只有皇上和韓冥，朱門微微掩著，露著一條不大不小的縫隙，我不住地朝那條縫隙輕輕挪動著，豎耳傾聽裡邊的動靜。

「皇上打算拿皇妃怎麼辦？將她丟在昭鳳宮永遠不再理會？」韓冥聲音中藏著隱隱怒氣，在皇上面前敢這樣說話的，他是第一人吧。

「朕……不想再將她牽扯進來了。」祈佑的聲音依舊是淡漠如常，無波無瀾。好久沒再聽到他的聲音了，竟是這樣地懷念。

「那就是打算不再管她了？」音量又提高了幾分，「皇上當初打算牽扯她進來的時候爲何不考慮要放她？你可知道她爲你承受了多少，她待你如此眞心，凡事都爲你著想。而你竟爲了鞏固您的皇位，吩咐莫蘭將毒塗在佩刀上，將之嫁禍給皇后娘娘，只爲喚起她的仇恨，助你剷除杜家！

「皇上可知道，當她在生命垂危之際，想到的依舊是皇上，她口中不斷念著皇上的名字……說她不要死，說她不要再拋下你一個人繼續孤獨，說她想一輩子陪著您……我看著她的血源源不絕地從口中吐出，染紅了整個衣襟，染紅了我的雙手。」

「那毒有解藥，只要救得及時，她絕對不會有事。」祈佑的聲音有些沙啞。

「皇上知道，那不是解藥的問題！」韓冥聲聲質問著，「你可曾考慮過，若她知道自己如此信任的人這樣對她，會有多傷心？你眞的沒有考慮過嗎？

「還有靜夫人的孩子。你早就知道那是她與弈大人的骨肉，你故意讓她發現他們兩人的私情，要借她之手除掉靜夫人與弈冰。但你沒想到的是，她不忍心如此對待靜夫人與弈冰，竟放了他們一條生路！」他的聲音越來越大，如鬼魅之音源源傳進我耳中，我木然靜站，靜靜聽著韓冥一聲一聲將我心中早就猜到七八分的眞相說出。

對，自那日刀光對我說，是皇后在佩刀上下毒，我就起了疑心。杜莞怎麼能料到我會拔刀，最瞭解我的只有祈佑。對，我是故意在眾目睽睽下端著打胎藥去百鶯宮，目的只為證實自己心中的猜測。對，我一直在懷疑祈佑，這一切的一切都是他一手安排的。

「弈冰竟妄想將自己的孩子冒充朕的龍子，這是謀逆，難道不該殺嗎？」祈佑情緒突然波動了起來，聲音提高了好多。

「是該殺，但是你不該利用她對你的感情，對你的信任，這樣比你親手殺了她還要痛苦。」

「所以在那日我就已經決定不再利用她了，我要放了她。」

「然後你就找了尹晶，一個與皇妃同樣有過人聰慧的女人，代替她來完成她未完成的事？」

我再也忍不住了，捂住顫抖的唇，抑制自己的哭聲，不讓自己的聲音傳出。原來，最傻的那個其實是我，我妄想著感情與仇恨可以並存，我天眞地以爲祈佑對我的感情是純澈乾淨的。原來我們之間的感情還是抵不過皇權來得重要，原來我們的感情竟是如此卑微不堪一擊。

「只要尹晶助朕除去了一切障礙，朕會對她說出眞相，她就是朕唯一的皇后。」

「皇上認爲，她若知道眞相還會原諒你？」

「那朕……就不對她說出眞相。」聲音片刻停頓，然後娓娓而道。

「納蘭祈佑，你根本不配愛她，更不配得到她的愛。」一聲怒吼響徹殿內，與我同站的幾名侍衛皆打了一個冷戰，我更是無聲地冷笑著。

愛？

他對我的愛，遠不如皇權來得重要。

愛？

不顧我能不能承受，而毅然對我用毒。

愛？

或許，他更愛的是他自己。

只聽見「咯吱」一聲巨響，微掩的朱門被人用力拉開，一陣冷風吹打在我身上，未看清來人，手腕已被人握住，他扯著我就走，我必須放開步伐才能追上他的步伐。

遊廊百燈通明，灼灼映影，腳步聲聲盪。也不知走了多久，他才放慢步伐，領著我一步一步在寂靜悲愴無人的長廊內走。腳步很沉重，握著我的手始終不放。

我一直盯著他的背影，勾起苦澀一笑，「那樣頂撞皇上，你不怕嗎？」

他苦笑一聲，「若我怕就不會帶你來了。」

跟隨著他，虛浮地踩著那步子，很有節奏感。

「若擁有這個皇位，必須用你來交換，我寧可不要。」

沒有擁有皇位之時，你捨不得拿我來交換。如今你擁有了皇位，卻捨得拿我來交換了嗎？

我不敢接受今夜發生的一切，我早就猜到了不是嗎？為什麼還要如此心痛？納蘭祈佑，你想利用我扳倒杜家，可以明確對我說啊。我會幫你的，可你爲何要用這樣的手段呢？難道忘記了，你說過不再利用我的，難道我們之間的承諾就像過眼雲煙？只要風一吹便飄散無蹤？

我中毒醒來那日，你爲我流的淚，原來不是心疼我，不是怕失去我，而是愧疚。你對我的寵愛只是爲了把我推向風尖浪口，用仇恨來蒙蔽我的心，你要用我來對付這後宮勢力，竟如先帝對韓昭儀般，想用她來牽制皇后的勢力。我在你心中的價値只有這樣嗎？

既然，你已將我拉進局，爲何半途又要踢我出局？因爲捨不得？也許是我不夠狠，無法達到你的標準，所以你放棄我了？尹晶，確實是個很聰明很有野心的女子呢，你很會挑人。而我從頭到尾如一隻猴，被你耍得團團轉。

我的雙腿突然失去了知覺，一軟，便蹲在地上。韓冥的步伐停了下來，握著我的手鬆開，靜靜地俯視著我。

我克制住自己顫抖的聲音問：「我是不是很可笑？」

他重重地吐了口氣，也曲膝而蹲，「愛上像祈佑這樣的帝王，你註定要受傷。」

「是我錯了……」我哽咽著聲音，忍著從心底湧上眼眶的淚，強逼了回去。可是，淚終是滴落在手心。

「哭出來吧。」他將我摟入懷中，輕拍脊背撫慰著我。

雙手不住地扯著他胸前的衣襟，哭了出聲，將淚水全都抹在他胸前，「他怎麼可以這樣踐踏我們的愛情，他怎麼可以！」

他的雙臂又加重了幾分力道，用他的溫暖安慰著我，我的淚水更如河水決堤，把我的恨全數湧出。

「冥衣侯這是在做什麼呢！」清淡之聲由我們左側風雅地傳來，帶著幾分凌厲。

我與他一驚，齊目望去。

「這不是蒂皇妃嘛！」他又是一聲戲謔之語，目光深不可測，我猛地從韓冥懷中掙脫而出，慌亂地擦擦臉上的淚痕。

只見他一身青衣的綾緞，風雅地淡笑望著我們倆，不知道爲何，在他眼中我卻感覺到有暗藏的冷凜。不對，這不是我認識的祈殞。

韓冥向他行了個禮，「楚清王。」

「侯爺和皇妃好興致，深夜相擁遊廊前，難免讓人產生遐想。」他朝我們倆靠了過來，輕風吹散他披肩的髮絲，更顯瀟灑飄逸。

我與韓冥對望一眼，很契合地沒有說話，因爲我們知道，此時說什麼都是欲蓋彌彰。

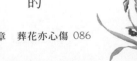

第七章　浴血也重生

最終祈殞還是一字不語地淡笑而去，未追問，也未警告和威脅，我猜不透他會打什麼主意。臨走時那略帶奇怪的笑讓我非常不安，或許又是我多疑了。祈殞一向是個與世無爭的人，沒有兵權，沒有黨羽，就算有野心也無法作亂。這也是皇上一直未對他下手的眞正原因吧。

我將一身盔甲禁衛服脫下遞還給韓冥，僅留下一身單薄的緋衣錦衫。在這初春時分略帶寒冷之時，我沙啞地對他說了一聲謝便獨自離去，步伐如千斤重。

我開始將那百轉千折的思緒一條一條理清。昭鳳宮十三個奴才，莫蘭與皓雪皆是皇上的人，那爲什麼刀光與劍影竟對我說，她們是杜莞的人。所以現在可以確定，他們倆也是皇上的人……不對，四大護衛應該皆爲皇上的人。

鳳棲坡風箏突然斷線，絕對不會是偶然，定是人爲。只爲引我去發現弈冰與溫靜若的姦情，那麼，風箏肯定事先被人掛在那棵樹上，會是誰？

腦海中努力回想著那日的一幕幕。

「皇妃，今日風和日麗，我們去放風箏吧。」

這個提議是浣薇出的，在廢苑發現我的也是她，難道是她嗎？

「鳳棲坡啊，四面空曠迎風，是放風箏最好的地方。」

去鳳棲坡是心婉要求的，會不會是她？

漸漸地轉入西宮正廊，卻見一大批禁衛軍押著兩個人朝這兒迎面而來，我奇怪地凝神而望。越走越近，兩側垂掛的燭火搖曳飄搖照在他們臉上。我看清楚了他們的臉，竟是溫靜若與弈冰。

我衝上前擋住他們的去路，「靜夫人？這是怎麼回事？」看他們雙手雙腳都被鐵鎖扣著，衣襟有些凌亂，應是掙扎後扯亂。

她瞥了我一眼，一聲冷哼由口中發出，「你問我怎麼回事？我都喝下了那碗藥，爲何說話不算數，還是不肯放過我們？」

被她的話弄得身體一僵，奇怪地追問：「你說什麼？」

「除了你，還有誰會知道我們在鳳棲坡後園廢苑見面。」弈冰冷漠的瞳中有著血絲，瞪著我的目光讓我心驚。空中一聲雷響，閃電畫過，映得他半邊臉一片青綠。

我越過溫靜若衝到弈冰身邊，緊握著他的胳膊，著急地解釋著，「不是我……」

他狠狠地抽手一揮，將我握著他胳膊的手甩開，力氣很大，我連連後退數步，努力想穩住身子，卻還是未穩住身形而重重摔在地上。

又是一聲響徹黑夜的雷聲。我望著他們由我跟前越過離去，盯著弈冰的背影我大喊一句：「弈冰！眞的不是我，我怎麼會害你！」

他倏地轉過身，回首睇著地上的我，目光中閃過複雜之色，張了張口想說些什麼，卻被禁衛軍用力推著離去，「快走……」

他頻頻回頭盯著我，一絲亮光褪了又升起，淨是疑惑。直到他們押著兩人遁去，再無跡可尋之時，我才恍然收回視線，是皇上……他要誅殺二人。

我才回到昭鳳宮沒多久，就下起了傾盆大雨。心婉與浣薇一直在外等著我的歸來，望著她們兩人眼中那無可作假的焦慮，我格外複雜。她們倆，很可能有一個也是皇上派來我身邊的。爲何這皇宮中要有這麼多虛假、利用、陰謀？我又爲何會捲入這場血腥的鬥爭之中，是我的錯嗎？最初我就不該遇見祈佑，不該讓他救下我，不該與他談了一筆復國交易。

我淡然掠過她們焦急的眼神，轉進寢宮，「靜夫人與弈大人是怎麼回事？」

浣薇輕搖頭，「只聽聞一批禁衛軍突然闖進廢苑……對了，就是皇妃您拾回風箏的地方。他們抓到靜夫人與弈大人正做著……苟且之事。」

我發出一聲諷刺的輕笑，音調卻是難聽至極，「禁衛軍怎會知曉他們在那兒？」

心婉爲寢宮內掌上幾盞燈，將原本微暗的寢宮照亮得更加通明，「誰知道呢，或許有人告密吧。」

「皇妃！您的手流血了。」浣薇驚叫一聲，立刻去拿藥箱爲我止血。我望望自己早已染滿鮮血的手，是剛才弈冰推我時，雙手撐地所造成的吧。

心婉即刻去端來一盆清水爲我擦拭傷口，看來她們兩人對我的好和緊張都是眞的，可是爲何其中會有奸細呢？又或許，我猜錯了，那日只是一個巧合吧？

電閃雷鳴，春漠漠。寒風斜雨，聲恰恰。細風窗外風雨飄搖，聽著雨水打在地面、屋簷上的聲音，我的心中感慨萬千，「皇上……會如何處置這件事呢？」

「他們做出如此大逆之事，肯定是難逃一死的。」浣薇小心翼翼地爲我的手上好金創藥，再繞上紗布。

「死……很可怕。」我突感身上涼意陣陣，「浣薇，你速去養心殿外探探，皇上如何處置他們。」

她望望外邊的大雨，瞬間遲疑，卻很快點點頭，打了把傘便隱入漫漫大雨間。我則佇立在寢宮檻側，凝望茫茫黑夜被大雨吞噬侵襲，焦急地等待著浣薇前來回稟。

一杯沁人心脾的香茶擺於我面前，望著心婉的臉，我歎息一聲接過它，打開蓋碗輕嗅其芬芳。「梅花釀，每次聞到它，我的心情就能平靜許多。你是如何泡它的？」

「奴婢每日寅時起收集百花露水，將梅花浸泡一個時辰。然後放在暖日下曬乾，最後再將其放入壺中，用小火將其煮沸，這杯梅花釀就完成了。」她說話之時，眼珠靈動，眼簾一眨一眨，極爲可愛。

「難怪一入口便會有酣甜之香，原來你每日是這麼用心在爲本宮泡茶。」香氣持續不斷地撲鼻而來，餘煙裊裊拂頰，我輕吮上一口，心情很快平靜了下來。

當我飲盡最後一口茶時，全身已被斜雨淋濕的浣薇回來了。她一邊喘息一邊因寒氣侵身而顫抖著，「皇妃，皇上已將靜夫人與弈大人收監入獄。」

「只是收監？」我呢喃著重複這四個字，再望望案几上的鴛鴦紅燭正灼灼燃燒，紅淚滑落。家醜不可外揚，所以皇上絕不會光明正大地斬殺他們。那麼，在獄中，他們定難逃一死。

我雙手糾結著，指甲不自覺地掐進手心，將包紮好的傷口又掐出了血。鮮紅刺目的朱紅之色染紅了雪白紗布，一股不好的預感升上心頭，刺激了我的心神。

勾起一抹笑容，提步衝出了寢宮，整個人投身於漫漫大雨中，我要救弈冰，即使救不了，我也要救自己。

夜闌春雨，點點滴滴。

白雨亂珠漸石階，寒雨霏霏飄燈燭。

我渾身濕透地站在養心殿外，依舊被侍衛擋在外，「皇妃，皇上已與尹昭媛就寢於寢宮。要見皇上明日起早吧。」

我狼狽地望著緊閉的宮門，此時的我早已顧不得自己的身分，雙膝一彎，重重地跪在琉璃地面上，用盡全身力氣喊道：「臣妾雪海求見，求皇上移駕相見。」

幾個侍衛驚得後退幾步，爲難地望著我，「皇妃，您跪著也沒用呀，皇上眞的已就寢了。」

我筆直跪著，任風雨侵身，寒氣逼心，「那我就跪到他出來爲止。」

打著傘由遠處追過來的心婉與浣薇慌張地將兩把傘一併擋在我頭頂，自己整個身子卻露在外，承受著漫天大雨。

心婉帶著哭腔道：「皇妃，您這是何苦？」

雨水漸漸被擋去，唯留下水珠不斷地在我身上額頭滾落。我不說話，只是怔怔地凝著那被水洗滌的朱門，「你們都回去。」

浣薇倔強地不肯離去，堅定道：「奴婢陪皇妃。」

我冰冷地掃過兩人，目光格外凌厲，「本宮的話你們都不聽了？回去！」

浣薇又喃喃著：「皇妃……」

「回去！」

在我怒斥之下，她們不捨地朝回去的路而去，不時還頻頻回頭。我則扯著嗓子在漫天大雨中喊著，我似乎哭了，彷彿又沒有哭。

宮門突然開了，我期待地仰頭望去，換來的卻是失望，徐公公一臉憂慮地瞅著我，「皇妃您請回去吧，皇上不會見您的。」

我黯然收回目光，扯出一抹苦笑，不言不語。

「哎，後宮有無數得到聖寵卻又失寵的妃嬪，這已經不足為奇了。而今皇妃已經失寵，就不要再妄想喚回皇上對您的心了。」他的手一揮，兩側的侍衛即刻將宮門關閉。

我因他的話而一聲冷笑，笑容中夾雜了太多情緒。

是的，我是一個已經失去了皇上寵愛的女子。我現在什麼都沒有，沒有家人，沒有姐妹，沒有親信，更連愛人都失去了。之所以會落得如此下場，只因我對這位萬人之上的帝王存在幻想，幻想著與他白頭偕老長相廝守，更奢求著他一生只愛我一人。

但是我忘記了，他終究是個皇上，他有他的後宮，有三千佳麗。

後宮三千，獨予你萬千寵愛。根本就是一句可笑的許諾，我竟傻傻地一直銘記在心。

是的，我錯了。

我錯在避世隱忍，錯在善良懦弱。我不該在愛情面前迷失了方向，找不回真正的自己，就連報仇之心都被愛情一點一點地磨去。我不該為了愛情而對這後宮的嬪妃心慈手軟，全因在乎皇上對我的看法，全因我不想將愛情牽扯到鬥爭中去。可是到現在我才發現，原來我錯了，愛情與鬥爭在這險惡的後宮是不可能並存的。

既然皇上都能看透其中道理，不惜利用我與他之間的愛情來鞏固皇權，那我馥雅還有什麼捨不得放手呢？

他要等除去朝廷中一切影響皇權的勢力，然後再冊封我爲皇后嗎？他聰明一世，卻忘記這後宮是多少女人的墳墓。待他掃除勢力鞏固皇權之後，怕得來的只是我一具早已風乾的屍體。我不怕死，但不想死得如此不堪，堂堂夏國公主被後宮妃嬪謀害致死，我不要。

我亦有身爲公主的驕傲，終死冷宮絕對不是我的歸宿。鳳凰永遠是至高無上與龍相依並馳，即使浴血也能重生。

霎時涼雨濕羅衣，涓涓水聲珠彈瓦。

在外跪了幾個時辰我已記不清，只知道嗓子早已嘶啞，雙膝早因久跪而僵硬酸冷，如今的我依舊被雨水洗滌著，全身上下無一處不冰涼透骨。他始終沒有出來，真的如此絕情？

「你眞的不管我了嗎？」我喃喃一句，心知大勢已去，頹然倒在滿是雨水的地面，雙眼朦朧地望著那始終緊閉的朱門。累得早已無力，緩緩地閉上沉重的雙眼。

眞的很累了，我想休息一下。靜靜地靠在地上，也不知過了多久，只聽一陣腳步聲踏著水聲而來，隨後將地上的我摟起，我整個人懸空而起。我很想睜開眼睛，看看這個溫暖懷抱的主人是誰，但是我實在沒有力氣再睜開眼睛了。

是韓冥嗎？這個皇宮能永遠陪在我身邊，給我安全感的人只有他一個了。我的唇邊勾出一個弧度，沙啞地低語：「我想走，你能帶我走嗎？」

如我預期那般沒有回話，我心中的苦澀漸漸淡去。韓冥是忠於皇上的，我怎麼能讓他帶我離開呢，這會將他推上絕路的。「不要當眞，我不會連累你的。」

依舊是不言不語，只有平穩的呼吸。我安靜地靠在他懷中，漸漸被雨水模糊了思緒，沉重的心飄向遠方，最後沉沉地睡去。

再次醒來，我已躺在昭鳳宮寢宮內，我用力捶了捶自己不夠清醒的腦子，迷惘地盯著浣薇與心婉。她們眼神一亮，開心道：「皇妃，您總算醒了。」

我張了張嘴，想說話，但嗓子早已無法發出聲音，著實乾澀難受。我掙扎地從床上爬起來，指指桌上的水壺。心婉明瞭地衝至桌前為我倒了杯水，口中還喃喃念叨著：「昨日楚清王送您回來之時，可把奴才嚇壞了……」

一聽到「楚清王」三個字，我扯著自己的嗓子驚喚出聲：「什麼……」

「皇妃快喝吧。」心婉將水遞到我手中，我顫抖著接過，傻傻地一口飲盡。心中暗叫糟糕，我沒在他面前說什麼胡話吧？

我緩和了自己乾澀的嗓子，緊張地問：「楚清王說什麼了？」

「叫我們好好照顧皇妃。」浣薇將已見底的杯子收回，在案几上擺好。

沉思片刻，又道：「沒有其他了？」

她們倆搖頭，我的心卻怎麼也放不下，昨夜先是被他瞧見我與韓冥，再出現在養心殿外將我送回宮，他到底想做什麼？

莫蘭匆忙前來，聲音有微微擔憂，「皇妃，尹昭媛在殿外求見。」

「嗯，知道了。」我微微一笑，心中大概猜到她來做什麼的。由床上起身，隨手穿上一身淡青荷花小素裙，再普通不過。

浣薇靈動的雙目隨著我的一舉一動：「皇妃，您就穿這樣出去見尹昭媛？還是奴婢爲您打扮打扮……」

我輕輕順了順自己披肩的髮絲，隨手撚起一支翡翠珠釵在鬢側插上，「今時不同往日，本宮的悅己者早已不復在，就算打扮得如天仙下凡又能如何？」

語音方落，心婉與浣薇臉上出現落寞之色，一聲細若紋絲的歎息傳進我耳中。我知道她們在歎什麼，也只是恍若未聞，悠然步出寢宮，她們隨後速速跟了上來。

再見尹晶，似乎和以往不太一樣了，原本清傲絕塵的臉上出現了嫵媚風情，笑容甜膩。一身珠圍翠繞的金銀首飾被雨後的斜陽照射得熠熠生光，耀眼眩目。頭頂靈蛇髻，深嵌一圍八寶翠綠翡翠圈，流珠四散，顯得貴氣逼人。

她見我來，迎迎而福身相拜，「雪姐姐近來可好？」

我淡漠地回以一抹似笑非笑之色，「哪有妹妹過得好啊。如今妹妹已是寵冠後宮第一人，怕是早已忘記我這個姐姐了。」

她的笑容在我這句話後越發地嬌媚動人，「姐姐說笑了，咱們可是拜過日月結爲金蘭，這分誓言，妹妹豈敢忘卻。」

我勾了一絲弧度，目光投向這金碧輝煌堆砌的大殿，猶如浮華魅影。她見我良久不言，便自顧自地道：「聽聞姐姐您昨夜在養心殿外跪了三個時辰。我勸七郎出去見見姐姐，可是他卻說姐姐你久跪不見他便會自行離去。七郎可眞無情呢。」

我聽到「七郎」二字，不由得笑在心裡，她是在我面前故意這樣喚的吧。可這一句「七郎」又能代表什麼呢？我與她皆是祈佑手中的棋子，既同爲棋子，我對她更多的只有同情。看著現在的她，就像看見了曾經溺於他寵愛的自己，那分苦澀只有自己才明白。

她倏地低叫一聲，「哎呀，妹妹失言了。」

我的笑容依舊掛在臉上，絲毫未斂去，倒是心婉的臉色難看了起來，端著茶水到她身邊，「昭媛娘娘請用茶。」她將一杯茶水端到她面前，尹晶才欲接過，一杯滾燙的茶水就這樣全數潑到她身上。她因疼痛從椅上彈起，不住拿著帕子擦著身上的水漬，心婉忙跪下磕著頭，「娘娘恕罪，奴婢不是故意的。」

我強忍住笑容，也起身扶起地上連連磕頭的心婉，「起來吧，妹妹她向來度量大，況且你又不是故意的。她怎會怪罪於你呢？」

心婉感激地朝仍舊在不斷擦拭衣襟的尹晶道：「謝娘娘恕罪。」

尹晶強忍著怒氣瞪了心婉一眼，也不好發作，只能勉強扯出一個不是笑容的笑，「姐姐的奴才，確實厲害得很呀。」

我噗哧一聲笑，「妹妹說的哪裡話。瞧你一身都濕了，還是快回宮換身衣裳吧，莫讓人笑話了。」

她收回自己手中的動作，平靜地睇了我一眼，「那，妹妹先告退了。」她才回首，卻又轉過身道，「對了，妹妹差點忘了一件正事。三日後妹妹就會被冊封爲正一品夫人，望姐姐一定要赴宴呀。」

「一定會的。」我頷首應允，後突然想到了什麼，又道，「妹妹可知昨日揭發靜夫人與弈大人姦情的人是誰？」

她臉色略微一僵，瞬間恢復如常，變換之快讓我措手不及，暗暗佩服。若我沒猜錯的話，所謂「告密人」就是尹晶，祈佑若要利用她，當然會讓她發現溫靜若與弈冰之事，並成爲告密人，如此一來立了大功一件，祈佑也就有藉口可以名正言順地冊封尹晶。

「我怎會知道？」她淡淡地否認著。

「妹妹怎會不知？」

她沉默片刻，終是承認：「果然瞞不過姐姐，正是我。靜夫人與弈大人做出如此苟且之事，人人得而誅之，這樣才能正皇室威嚴。」

我忍不住提醒：「何必如此？」

「我不認爲自己這樣做有錯。」她冷哼一聲，「恕妹妹先行告退。」

她疾步走出寢宮，望著她的背影即將遁去，我對著她說：「妹妹要知道，花無百日紅。給他人留條後路，也給自己留條後路。」

不知道她有沒有聽見我的話，只見她絲毫不停留地繼續前行，最後隱入宮門間。

我虛弱地癱坐回椅子上，緩緩閉上眸子，心力有些交瘁。發生太多事了，眞的發生太多事，我根本應接不暇。

「皇妃，喝杯梅花釀吧。」心婉將茶輕放在案側，發出一聲輕響，我緩緩地睜開眼簾。盯著眼前的心婉，想到她方才將一杯滾燙的水潑在尹晶身上，不自覺在臉上浮現一絲淡笑，「方才你是故意的吧？」

心婉有些不自然地道：「皇妃看出來了。」

我端起茶，放鼻前聞了聞，正想飲下，就見一向雍容嚴肅的韓太后來到正殿。我連忙放下茶起身拜禮，「臣妾參見太后娘娘。」

她溫和地請我起身，悠然在正位上坐下，「哀家聽聞昨日蒂皇妃在雨中跪了三個時辰，皇上都未見你？」她的聲音中似乎有些不可置信。

我很自然地點點頭，「是的。」

「皇上竟這樣對你，哀家回頭要好好說說他。」她的口氣中暗藏怒火。

我連忙制止著，「太后息怒，或許皇上有自己的事未處理完。」

她若有所思地瞥了我一眼，手不自覺地撫上方才我放在案上未飲下的梅花釀，輕輕把玩著，也不說話。爲了打破這略微詭異的氣氛，我道：「太后，這是臣妾每日必飲的梅花釀。太后不嫌棄的話，就請品嘗品嘗。」

太后收回思緒，瞅了那杯茶一眼，將蓋碗揭開，放在唇邊欲飲，卻倏地僵住。放在鼻間輕聞其香，臉色一變，凌厲地望了我一眼。我奇怪地回應她的目光，心中一顫，「太后……」

只見她將手中的茶放下，望著浣薇與心婉道：「你們都退下！」聲音雖然威嚴凜然，卻有著一絲顫抖，我心中的疑慮越擴越大。

待正殿內所有奴才都退下，唯剩下我與太后，空氣幾乎冷到要凝結住了，我也不敢開口，因爲我知道，她現在有著昭然的怒氣。

忽聽一聲瓷杯摔碎的聲音，我訝異地瞅著那杯梅花釀被摔在地上，一片狼藉。太后用力捶了一下桌案，厲聲道：「這茶誰泡的？」

茶？我暗驚，「回太后，是心婉。」

我看著她的雙手握拳，繼而顫抖，臉上一片憤怒與哀傷，「你可知這茶裡有什麼？」

聽到她這句話，我的心跳猛地漏跳好幾拍，也不敢回話，靜靜等待著她的下文。只見她的眼淚已迷濛上眼眶，「相信你知道，哀家早已是不孕之身吧？」她將目光放得很遠很遠，有些呆滯。

我平靜地答道：「臣妾聽聞，是先后杜皇后所害。」

「你錯了，並不是先后，而是先帝。先帝在我進宮那日就將祈殞交給我撫養，我一直將他當自己的親生孩子疼愛。可是先帝怕我有了孩子，就不會全心全意地幫助祈殞登位，所以派人在我每日的茶水中一點一點加入麝香，最後導致我終身無法生育！」她激動的話語，一字一句清晰地竄入我耳中。

我猛然一驚，該不會……

她長歎一聲，「沒錯，你這杯所謂的梅花釀，與當年我所飲之茶的香味一模一樣。」

我驚然而彈起，不敢置信地望著太后，想從她眼中找出此話的真假。可是……全是肯定！我不自覺地顫抖著，我每日喝的茶……不自覺地撫上自己的小腹，再望望地上濕了一大片的茶，忍不住嗚咽。雙腿一軟而下，伸手將那已碎的殘片收入手中，一塊一塊相擊間發出清脆的聲響。每發出一陣聲響，我的心彷彿就如刀割一般，疼到無法再呼吸。

「是誰，竟如此狠毒！」我一字一語地咬牙而語，碎片割在我的手心，隱隱作痛。

她張了張口，欲言又止。

看太后的表情，我已心如明鏡，再說只是多言，納蘭祈佑！你就是這樣愛我的？原來你就是這樣愛我的！

太后臨走前，我大膽地向她請求了一分懿旨，想去天牢探望溫靜若與弈冰，她起先有些爲難，眸中深藏不解疑慮，終是在我再三請求之下爲我下了一道懿旨。深記得她臨走時對我說：「不要再接近韓冥，你會害了他。」原來，她今日來昭鳳宮的目的只爲了這事。

其實，這句話我早就心知肚明。帝，是他的主子，妃，亦爲他的主子，正所謂情義難兩全。我從來也不想他夾在中間左右爲難。但是他卻義無反顧地願意忠於皇上，又想守護我。但是，這兩樣眞的能同時兼顧嗎？

手持太后的懿旨輕易地便進入天牢，我站在牢門前，凝視著溫靜若與弈冰相擁而依，安詳地閉目而睡。我相信，在這天牢中的時光是他們最安寧的幾日。

凝視片刻後，我吩咐牢頭將門打開，他卻爲難地待在原地道：「皇妃，裡邊的可是皇上親手送進來的犯人，您有什麼話就在外邊說……」

我厲聲打斷，「本宮可是請了太后的懿旨，你連太后的話都不聽？」

他因我的話而開始動搖，我適時放低聲音，「本宮就進去說一會兒，很快便會出來。」

終於，他在我的軟硬兼施之下開了牢門，放我進去。牢中相擁臥於草堆靠著暗牆的二人已從睡夢中醒來，兩雙迷茫的眼睛一齊盯著我不放，也不說一句話。

我輕輕地蹲下，將手中的食盒放下，然後打開。裡邊放的並不是飯菜，而是一小罈女兒紅與兩支鴛鴦紅燭，我小心地將它們取出。

溫靜若凝視著我的舉動甚爲不解，終是忍不住開口問道：「你這是做什麼？」

「我相信，你們倆此刻最大的心願，並不是期望皇上能饒你們一命，而是共結連理。」點燃紅燭，聽著燭火嘶嘶之聲，我的笑容控制不住地泛開，「今日，我就做你們的主婚人。」

弈冰聲音瘖啞，愴然問道：「你……」

「本公主可是你的少主，可別說我沒資格做主婚人。」我雲淡風輕地將眞實身分脫口而出，換來的是弈冰一陣輕笑，笑得諷刺、自嘲，最後連淚水都由眼眶內溢出。這是我第一次見他哭。

「你，就是弈冰常提起的少主？」溫靜若不能接受地再次打量了我一番，全然不相信。

「溫姑娘，可還記得龍船上的潘玉？咱們一起品評詩畫，暢聊古今風雲人物？」我輕描淡寫地將她的記憶喚起。

她錯愕地望著我半晌，才緩緩回神，目光既有恨，亦有敬。望著那複雜的目光，我黯然一傷。卻見她淡淡笑起，「沒想到，你就是間接害我家破人亡的潘玉。四年前，你在船上的突然失蹤引來了那時還是漢成王的皇上，他將所有與你有過接觸的人全都收監入獄，包括我。而父親苦心經營的數十條船在一夜間頃刻被毀，我那年邁的父親一病不起，終與世長辭。僅在幾日內，我遭受到如此傷痛，全因你的失蹤。皇上同情我，可憐我，才將我放出獄並收我爲妾。他對我眞的很好很好……我幾乎要以爲他是眞心愛著我的。可後來我才知道，他一直當我是你的影子，我更加恨你。因爲恨你，所以將仇恨之心全加諸在你的丫頭雲珠身上。在後宮，我不斷地打壓她，羞辱她，只因我恨你……若沒有你，我怎會落得如此下場。」

我靜靜地承受著她對我的每一句指責、憤怒、恨意。

她垂首哭泣，手緊緊掐著散亂的稻草，悠悠而道：「但是，我還是要謝謝你。若沒有你，我怎會遇見弈冰，一個肯爲我付出一切，包括生命的男人。」她側首深情地凝望弈冰，眼中淨是無疑的愛意。等待著她慢慢地將情緒平復，我才深呼吸一口氣，凝望著紅燭，「你們……拜天地吧，否則它要燃盡了。」

他們倆對望一眼，欣然而笑，十指緊扣，在我面前並肩而跪，我含淚輕道：「一拜天地。」

有幸，認識了一個學識上的知己溫靜若，雖然再見已勢同水火，終是一笑泯恩仇。

「二拜高堂。」

有幸，曾被弈冰捨命保護周全，雖然再見已形同陌路，終是再次相聚相識。

「夫妻對拜。」

有幸，能爲這對有情人主婚，見證了一段我自歎不曾有的純美愛情。

我羨慕他們，雖不能白首偕老，卻能同生共死，一同面對天下世俗人的眼光。雖爲苦命鴛鴦，卻是人中龍鳳。何時，我馥雅也能擁有這樣一段乾淨純澈的愛情呢？我想，怕是此生都沒有機會了吧。

弈冰將地上的小罈女兒紅環抱雙掌之間，「少主，謝謝你！」後豪放地飲下一大口酒。

我知道，這五個字已經包含了太多太多……我亦明瞭。

溫靜若從他手中接過酒，也飲下一大口。因不勝酒力，不住地輕咳著。弈冰心疼地撫著她的脊背而輕順著，「慢點……」

我從她手中接下酒，對著他們祝賀道：「恭喜你們，有情人終成眷屬。」我拿著酒猛往口中灌，許多酒沿著下顎滴落，滑落在衣襟上，我卻恍若未覺。

直到弈冰將我手中的酒罈奪下，摔在地上，沉聲道：「今日不但能與靜若結爲連理，還見到少主安然在我面前，此生無憾。所以……少主請讓我將此刻美好的記憶永遠保存在心裡，一切就在此刻暫停吧。」他彎下身子撿起一塊鋒利的碎片，我知道他下一刻要做什麼。

但是沒有人阻止他的下一步動作，因爲我們心裡都明白，這樣才是最安樂、最好的結果。

他狠狠地在手腕上畫下一刀，血，如泉水般湧出。

只是，泉水是清澈透明的，唯獨血，是赤紅驚心的。

這個情景……似曾相識呢。是誰，也曾在這天牢中割腕而去？

溫靜若抱著已漸漸癱軟的他，沒有落淚，只是撫上他蒼白無血色的臉，淡笑道：「弈冰，溫靜若此生能與你結爲連理，我幸之，亦生死相隨。」

當弈冰帶著安詳的笑容闔上雙目之時，她雙手一鬆，朝那面冰涼暗灰的牢牆衝去，沒有一絲猶豫與畏懼，狠狠地撞了上去。

「咚」的一聲悶響，一塊如拳般大小的血跡映在牆上，幾滴血沿著牆筆直滑落。這一聲響終於引來守在外頭的侍衛，一陣陣腳步聲在這空蕩的牢房中格外響亮。

我的淚水模糊了視線，這一瞬間兩個活生生的人在我面前死去。他們眞的就這樣離開了嗎？緩緩地伏過身子，將弈冰手心中那塊碎片拾起。然後拉過自己的左腕，在雪白的腕上畫下一道不深不淺的傷痕。

我的笑容伴隨著眼淚而現，模糊地望著地上了無聲息的溫靜若與弈冰。如果可以，我眞的很想隨你們一塊兒去。

在牢中，我的自盡，終於讓整整兩個月不肯見我的祈佑移駕昭鳳宮。那時的我已無大礙，只是失血過多，需要靜養。紗布將我的左腕緊緊纏了好多圈，手一動便會扯動傷口，疼得冷汗淋漓。

我躺在床上，望著祈佑靜靜立在我榻旁。已經好久沒再見到他了，依舊是龍姿颯爽，王者風範。嚴肅的臉上掛著不容抗拒的威嚴，這就是亓國的一代君王。從不爲任何人、任何事所左右，做事雷厲風行，沒有任何人能阻止他下的決定。

終於，還是來見我了。

我無力地眨著眼睛，淚水就這樣溢了出來，濕了衾枕，「皇上……臣妾以爲，您再也不會見臣妾了。」

眼眸因淚水而渾沌不清，連近在咫尺的他都看不清楚了，只覺離他好遠好遠。他輕輕地在床榻邊坐下，將我輕輕摟起，「爲什麼這麼傻？」

「臣妾見他們……就那樣死去，我忍不住……想隨他們一起。」我哽咽著聲音，緊緊靠在他胸前。

他輕輕撫著我的髮絲，聲音非常低沉，「因爲朕？」

漸漸收起哭泣之聲，不住抽泣：「皇上忘記大婚那日承諾絕不丟下臣妾嗎？皇上卻食言了……那臣妾活著還有何意義？」

因爲此話，他的身體一僵，空氣中因他突然不語漸漸沉寂下來。我依舊緊埋在他懷中，摟著他腰的手漸漸用力，受傷的左手緊握成拳，疼痛蔓延。我緩緩闔上雙目，等待著他說話。

也不知過了多久，他終於開口了，「不會了……朕，再也不丟下你了。」

得到他這句話後我笑了，什麼時候開始，我對祈佑也開始要用手段？是因爲物是人非嗎？

今夜，他在我床邊守了整整一夜，不曾闔眼，不曾離去。直到早朝，他才離去，臨行前吩咐心婉與浣薇好好照顧我，若有何差池唯她們是問。

這一夜之後，我已不再是曾經那個失寵的蒂皇妃了。依稀憶起曾經的種種，我對他從何時開始已情根深種？是見他的第一面，還是他爲我要放棄爭奪皇位？

但是，這些已經不重要了。眞的，完全不重要了。

風簌簌，水脈脈，三月漸飛絮。

淡含淚，笑訴情，此情已枉然。

數月未踏入昭鳳宮的楊容溪與蘇思雲來到昭鳳宮對我噓寒問暖一番，我亦笑臉迎對，一如曾經隨她們閒聊。她們走後不久，西宮眾妃嬪恢復往常請安之禮，十多位一齊帶著名貴山參補藥前來拜會慰問。

昭鳳宮，一夜間門庭若市，大放光彩，再次成爲西宮最熱鬧的地方。

我不介意她們的別有居心，更不介意她們曾在我失寵那段時日未雪中送炭。我知道，這個後宮人人皆是拜高踩低，毫無眞情可言，我不再稀罕於此殘酷的後宮尋找一分眞性情。

這便是，鳳凰浴血，涅磐重生。

第八章　緣來緣終盡

淺淺池塘，深深庭院，綽約郁金枝，微風捲春殘。

寶髻鬆鬆挽就，鉛華淡淡成妝。我迎風而立於苑中池塘邊，柳絮幾點輕打衣妝之上。今日是尹晶冊封為夫人之日，卻聞訊，陸昭儀有孕。這兩件事還真是好巧不巧地撞在一起，引來宮中的奴才們紛紛竊語，都議論著皇上今夜會留宿誰那兒。而我已沒多餘的心神去想，想的只是現今自己與祈佑的關係。

他連續兩日駕臨昭鳳宮，伴於榻前。我們之間彷彿回到了大婚那幾日，不一樣的只是他對我自稱為「朕」，我對他自稱「臣妾」。我明白，與他之間的隔閡已無法彌補，再也回不到從前。

我睇著水中的倒影，臉色有些蒼白無力，隱有病態。我深知自己的身子已大不如前，自被靈水依毀容後，我花了一年多的時間恢復。卻又在數月前中了西域劣毒，時常輕咳不斷。數日前，更割腕於牢中失血過多，導致體虛。還有心婉每日為我泡著加了麝香的梅花釀，我必須全數飲下。不能揭穿，否則我的計畫就會功虧一簣。

「浣薇，本宮問你，鳳棲坡放風箏那日，你為何突然興起要放風箏？」我從垂柳枝上摘下一片綠葉，在指尖把玩著。

浣薇回想了一會兒才道：「是心婉呀，她說近來皇妃您心情不大好，要我提議去放風箏。」

我了然頷首而望碧藍飄雲的天空，有幾行大雁飛過，「浣薇，在這個昭鳳宮內，只能相信你一人。

現在本宮問你，願不願意把命交給本宮。」

她全身突然緊繃僵硬，神色慘澹地凝視著我，朱唇微顫，許久不能說話。我也不想逼得太緊，只是靜待她思考。

「奴婢……願意。」她的聲音有些顫，我不由得淡笑，「考慮仔細再回覆本宮。」

她咬著下唇，眼神有些慌亂，終於還是重重地點下頭，有著決絕之態，「皇妃，奴婢願意將命交給皇妃。」

我手中的柳葉由指尖滑落，最後飄蕩至湖面，泛起圈圈漣漪瀰漫，「你放心，本宮不會要你的命。只要你幫個忙而已。」

她重重地吐出一口氣，臉色明顯放開，「您嚇死奴婢了。」

見她的表情，我也莞爾一笑。方才確實在考驗她，若為奸細，她臉上絕對不會由那樣的驚慌與掙扎，最後閃爍著堅定。

「今夜承憲殿，皇上冊封尹昭媛為夫人，那時不僅本宮會出席，楚清王定然也會出席。到時候你一定要想盡辦法為本宮帶句話給他，切記，不可讓任何人發現。」我一字一語地對她交代著，就怕她不夠小心，被人發現，那我的計畫就完全被攪亂了。

浣薇雖有疑惑，卻還是欣然點頭道：「皇妃放心，奴婢一定將此事辦好。」

承憲殿內百官齊坐右側，而正三品以上的妃嬪皆齊列左側。按品級依次就座，我當然名正言順地坐在左側主位，上首離我幾步之遙的鳳椅上坐的是杜莞，她一臉笑意地凝望祈佑握著尹晶的手宣布冊封她爲「花蕊夫人」。一聽這個封號，我的心就隱隱疼痛，但笑容卻依舊掛於兩靨之下。

「花蕊夫人」，後蜀後主孟昶妃，她天生麗質，色藝雙優，才學更是連男子都稍遜三分。如今祈佑將「花蕊」二字賜於她，其意再明瞭不過，他果眞是欣賞尹晶的才學與美貌的。

不自覺端起席案上的酒，一口飲盡。淡淡掃過一身五鳳千褶百蝶金縷衣，在明亮的燭火中閃閃耀眼的尹晶。她笑得很甜，很幸福，多像當日的我，沉溺於那分不屬於自己的幻想中不得而出。愛情就像毒酒，即使明知裡邊有毒，依舊不顧一切地飲下。難道，這就是所謂的飛蛾撲火？

不知不覺，冊封大典就這樣匆匆而過，祈佑輕摟著她的腰先行離去，獨留下滿滿一殿官員與妃嬪。對面的官員皆三五成群舉杯暢飲，好不熱鬧。相較於他們，左側的妃嬪顯得格外冷漠，皆沉默寡言地端坐其位，時不時撚起一塊糕點輕食一小口。

鄧夫人與陸昭儀許是受不了殿內的吵雜聲，便飄然而去。恰好又見一向寡言少語的祈殞也起身離去，我連忙向身側的浣薇使了個眼色，她受意後便悄然離席，追了出去。

又端起酒壺斟下一杯酒，才欲飲，卻聞杜莞的聲音傳來，「蒂皇妃是心情不佳，故頻頻飲酒？」

我也不回話，置於唇邊的酒杯緩緩傾斜，酒一點一滴滑入口中。

她略帶嘲諷地朝我一笑，「今兒尹昭媛冊封夫人的排場實與皇妃的冊封大典有過之而無不及，心有怨氣在所難免。」

我幽幽將手中酒杯放下，淡然一笑，「皇后哪裡話，說起心有怨氣，不是更適合皇后您今日的心情？」

她聞我此言，一聲冷笑，「以本宮的身分，用得著心存怨氣？」

我恍然，點點頭，「也對，皇后的父親權傾朝野，就連皇上都必須讓其三分，皇后必然是要風得風要雨得雨，又怎會對花蕊夫人的冊封心存怨氣，是臣妾失言了。」

杜莞聞我此言，得意一笑，也未再與我繼續糾纏。我則是起身向她欠了欠身道：「臣妾身子未癒，先行回宮。」漠然一聲後，離席而去。

我若是杜莞，一定會意識到此刻杜家在朝廷中岌岌可危的地位，必勸父親小心行事，斂其鋒芒，更要以身作則，成爲後宮典範，讓皇上對自己另眼相看，更避免插手於朝廷之事。這樣，若是杜家眞的倒台，也不會禍及自身，可她絲毫未意識到危機感，自恃曾是助祈佑登位的功臣，不知收斂，拼命勾結黨羽自成一派。換了任何一位君王都不能容忍此事。

步出承憲殿，放眼望去，韓冥正手持一壺酒，時不時仰頭輕飲，他什麼時候也變得如此頹敗憂愁？我正想上前與他小聊幾句，卻又想起太后數日臨別之語，我便打消了這個念頭，轉身朝另一處而去。

「皇妃！」

韓冥一聲呼喚讓我頓住了離去的步子，背對著沒有回頭，靜靜等待他的下文。

「天牢的自盡，是你刻意安排的？」他壓低了聲音問。

一聽他此話，我忙環顧四周，怕有人會聽見此語，幸好眾人皆在殿內暢飲，此處空無一人。

我轉身朝他走近，「是又怎樣？」

他怔怔地凝視著我，目光有掙扎之色，「你不要做出令自己後悔的事。」

「後悔？」我嗤之以鼻，迴避他的目光，「告訴我，你是不是早就知道那杯梅花釀內加有麝香！所以那日你見我飲此茶才略有激動之色？」

他苦笑一聲，不語，算是默認吧！

我失望地露出苦笑，「是……皇上嗎？」

「是。」

很肯定的一個「是」字，我淒涼地笑了笑，「行了！」

韓冥說的話是不會有錯了，眞的是他！我心中的酸澀都已淡了，他爲什麼要做這樣的事！他難道不明白，孩子對一個女子來說有多麼重要？而且，我是多麼想要一個孩子！

雙手緊握成拳，狠狠地掐進掌心：「韓冥，以後我的事你不要再插手！」憤然轉身離去，此路不是回昭鳳宮的，而是轉入中宮的碧玉湖。

輕風拂落葉，楊柳碧草搖曳，腳步聲聲慢。猶記得曾與祈星於此捕捉漫天飛舞的螢火蟲之景，雖然他對我心存利用，但是那段時日我眞的很開心。

我縱身入漫漫草叢，凝望一輪明月懸掛於幽暗天際，水天相接，似兩月映空，其景甚美。一側眸，月下一位青衣男子背對著我迎風而立，月光傾灑在他身上，熠熠生輝，不自覺靠近他，低喚一聲，「楚清王。」

他並未回首，依然靜立仰望明月，「不知皇妃邀本王至此有何事賜教？」

「我想與王爺做筆交易。」我靠近他，與之並肩而立，齊齊仰望明月。

一陣輕笑由他口中逸出，在湖面上迴盪著：「憑什麼認定本王會與你做交易？」

「王爺赴約了，不是嗎？」

「那又能證明什麼？」

我沉思半晌，才道：「就憑那日在養心殿外，是王爺將神智不清的我送回昭鳳宮。」

這句話引來他的注目，神色依舊是淡然而憂傷之態，瞳中卻有讚賞之色，「本王終於知道爲何皇上對平凡無奇的你會如此寵愛。」將停留在我身上的目光收回，再次投放在蒼穹明月之上，「說吧，什麼交易？」

申時一刻，昭鳳宮內的奴才進進出出，手中一盆又一盆的熱水換了又換，通明的燈火照亮四周。我躺在榻上咳嗽不斷，浣薇手中的帕子已被鮮血染盡。御醫用紅線爲我診脈，頻頻搖頭歎息著。

「皇妃……您可別嚇奴婢！」浣薇急得淚水都要溢出，不斷地用手中的帕子爲我擦拭嘴角的血。

祈佑如一陣風般闖了進來，未站穩步伐便揪起御醫的領襟，朝他吼道：「她怎麼了？她到底怎麼了？」

御醫因他的力道而差點喘不過氣，脹紅著一張臉道：「皇上……息怒。」

他漸漸平復怒火，將手鬆開，冷冷問：「把蒂皇妃的病情一字不漏地告訴朕。」

御醫用袖口拭了拭額上的冷汗，「皇妃體質實在太過虛弱，血氣不足，體內暗藏未根除的毒，再加上往日的舊疾頃刻湧出，故而導致咳嗽不斷，痰中帶血。」

他的聲音提高幾分，再次激動道：「可能治癒？」

「這……治是可治，但皇妃她有心病，這心結若不打開，怕是命……不久矣。」御醫戰戰兢兢的回話再次引來祈佑大怒，「滾……一群廢物都給朕滾出去！」

陣陣怒吼充斥著整個寢宮，他們逃也似的紛紛離開寢宮，這瞬間的安靜讓我的咳嗽聲更加刺耳，他單腳跪在榻前緊握我的手道：「馥雅，你千萬不可以有事，你一向堅強，絕不會因一點病痛而就此消沉。都怪我不好，都怪我……你一定要好起來。」

看著他傷痛的神情，我不禁露出苦笑，用力止住咳，將口中那血腥之味用力嚥了回去，回握著他的手道：「皇上，臣妾想求您一件事。」

「你說……」

「臣妾想回家……好想父皇，好想母后……」我的聲音虛無縹緲，讓他整個人一僵，我又輕聲道：「臣妾很怕，如果這次再不回去看看他們，就永遠……沒有機會了。」

「你不會有事，我絕對不會允許你有事的！」他緊握我的手又用了幾分力氣，彷彿怕一鬆手，我便會離去。

我深深睇著他的眼睛，心中掙扎不斷，卻也只是隱忍著，「皇上，臣妾最後的心願，您就答應了吧。」

他垂首迴避著我的目光，沉思許久，終於頷首點頭，「我答應，你要什麼，我都答應！只要你能好起來……只要你能好起來……」

今夜他又陪了我整整一宿，撇下了有孕在身的陸昭儀，撇下了今日大婚的尹晶，若是以前，我眞的會很感動，他始終未闔雙眼，不斷地在我耳邊重複著：「你一定要好起來。」有淚水不斷滑過眼角，我從來沒有懷疑過他對我的愛，但是……這分愛早就夾雜了太多太多陰謀利用！我恨……恨他，恨他爲什麼要利用我們之間的愛。

爲何他要身爲帝王？爲何我要成爲這宮闈鬥爭中的犧牲品？人生若只如初見，你不爲帝我不爲妃，或許我們也會成爲一對人中龍鳳，笑看紅塵吧。但是命運卻開了這樣一個天大的玩笑，偏偏要你成爲一位帝王。我明白，帝王有帝王的無奈，他不願爲兒女私情放棄皇權，而我卻不能原諒他對這分愛情的背叛。

暮迢迢，流水飛鴻俯晴川。

青鬱鬱，一腮春雨風煙渺。

我坐在顛簸的馬車內遙望霏霏春雨在風中飄搖，陪我坐在馬車內的是浣薇與心婉，外邊趕車而行的是刀光、劍影，守在後邊的是行雲、流水，前方領路的是韓冥與數十位侍衛。這個隊伍說大不大，說小又不小，一路上頻頻引起路人的注目。

數日前，原本祈佑是打算與我同去的，但最終還是種種原因放棄了。我很清楚，最重要的原因還是忌憚杜丞相，萬一他離開朝堂，杜丞相絕對會把持朝綱，肆意控制朝廷。他賭不起，故派他的親信一路護我而行。

他還是不放心我呀，竟派這麼多人一路監控著我，將我圍得密不透風。怕我會逃嗎？

我掀開馬車的簾布，朝正前方騎在馬上的韓冥道：「韓冥，我們在這間客棧落腳吧。」

他一扯韁繩，馬車也驟然一頓，停了下來。浣薇也探出身子，「爺，主子的臉色確實不好，天色也漸晚，咱們該歇歇了。」在外邊因爲身分原因，都改了相互的稱呼。

他望望這間不大不小處於古道上的客棧，點點頭，轉而吩咐眾人下馬。我也由浣薇、心婉攙扶著下了馬車，進入這間客棧。其陳設與平常客棧無多大區別，只是這客棧內空空如也，唯有一個掌櫃的與夥計正伏在桌上打瞌睡。

「夥計，準備幾間上房。」刀光用手中的刀鞘用力一敲桌子，驚起了兩個正睡得酣甜的人。

那名夥計惺忪地揉揉雙眼，打了個哈欠，再伸個懶腰，「客官，整間客棧都被一位爺給包下了，您們還是另去別家吧。」

心婉口氣略微有些怒火，「這天色漸暗，方圓數十里都是荒草叢生，哪還有什麼客棧。」

掌櫃的陪著笑容躬腰道：「可是，這客棧確實被人給包下了。」

韓冥掏出一張一千兩的銀票遞了過去，「我們出雙倍價錢。」

「客官您就別爲難小的了。」老闆絲毫不爲錢財所動，這倒令我有些驚訝，這有錢也不賺的，難道包這間客棧的人出了比這更多的銀兩？

我與韓冥對望一眼，想從他眼中找出此事的解決方式，他卻用詢問的目光問我該怎麼辦。

卻在此時，一陣濃郁的幽香傳入鼻間，我朝二樓望去。一位全身纖白如雪的絕美女子立在眾人面前，體態輕盈，纖腰楚楚，風韻脫塵，濃翠欲滴，眉宇間淨是高雅清冷之氣息。她的美目將我們掃了一圈，「掌櫃的，主子說了，安排幾間上房給他們。」她的聲音清脆卻暗藏冷凜，冷到骨髓裡去的一種寒氣。

我淡淡一聲道：「代我謝過你家主子。」也鬆了口氣，側首笑望韓冥，他的神色卻格外嚴肅。我輕咳幾聲，這一路上下來，我的病情略有好轉，再也不會咳中帶血，只是時常乾咳。

進入二樓上房之時，夜幕漸低垂，我被安置在東廂最裡間，推開後窗，風中淡淡的香草味撲鼻而來，清晰無塵，心婉與浣薇寸步不離地在我身邊伺候著，門外四大護衛嚴密看守在外。

心婉盈盈笑著朝我走來，手中端著那杯梅花釀，「主子，喝茶。」

我伸手接過，「心婉對我可眞用心，即使是在外邊，都不忘爲本宮準備如此好茶。」我在那個「好」字上加重了幾分力道，眼神犀利地注視她臉色的變化。

她倒是神色自如，並無多大異樣，恭謙道：「這是奴婢應盡的本分。」

深吸一口氣，杯中的香味傳入鼻中，我有一種想要嘔吐的衝動，卻強忍了下來，將其放在唇邊輕吮一口。我發誓，這是最後一次飲此茶。

浣薇突然「哎喲」一聲叫喚，然後捂著肚子，「主子，奴婢去趟茅廁。」

我情不自禁一笑，「快去吧。」

待浣薇離開不久，夥計就來到房前，說是飯菜已經準備好，讓我們速速下去進食。

當我與心婉以及四大護衛一同下樓之時，韓冥已早早在旁側等著我。我就座後，望著滿滿一桌佳肴，眞沒想到，這樣一個荒郊竟會有如此山珍海味，確實不簡單。

我瞅了依舊立在我身邊的韓冥一眼，「坐呀！」

他猶豫片刻才入座，心婉則拿起碗筷試菜。

陣陣腳步聲由暗木梯上傳來，我一抬眸，正見一位皓齒朱唇，天質自然，蕭疏舉止的白衣男子，年齡在二十四左右，相貌出眾，讓人一見便難以忘懷其俊雅之容。更令人心驚的是他身後規矩地跟隨著七位天姿國色的絕美女子，七人並行，捧心西子無可比擬，傾城傾國不足以道盡。她們七人的美足以令世人傾倒，就連我都屛住了呼吸欣賞著她們的容顏。

離那位白衣男子最近的便是方才那位白衣女子，兩人眞的是主僕關係？我怎麼看都覺得像是對夫妻！這位男子享盡齊人之福，每日有七位佳人伴於身側，眞是羨煞旁人。

正在試菜的心婉突然一聲悶哼，筷子由指間掉落，瓷碗摔碎在地，臉色蒼白。

韓冥倏地起身，「菜裡有毒。」

四大護衛皆拔刀擋在我面前，戒備地環顧整個客棧，最後很有默契地將目光放在已步下樓的白衣男子身上。

卻見白衣男子眉頭輕鎖，隨即一臉嘲諷之意，「諸位該不會懷疑我在菜中投毒吧？」

「我們可沒說，是你自己承認的！」刀光一聲冷哼，握著刀指在他面前。

「主子，與這群不可理喻的人多說廢話，未免失了身分。」那位白衣女子依舊是一臉冷傲，不屑地睇著我們。

我見心婉一口鮮血由口中噴灑而出後不斷抽搐著，「心婉不行了，先救她。」我緊張地望著韓冥。

韓冥立刻橫抱起心婉衝上樓，我立刻碎步跟其步伐，與那白衣男子擦肩之時，我突然頓住腳步，凝眸打量他，他也饒有意味地打量著我。他是誰？爲何我越看越覺得眼熟？

回神後，恍然覺得自己失態，立刻收回視線跑上樓。隱約覺得有道目光一直在背後盯著我，冷汗輕滑過脊背。

進入廂房時，韓冥已將解毒丸給心婉服下，上茅廁遲遲未歸的浣薇卻在此時出現了，她緊張地望著心婉：「怎麼回事？」

韓冥將已昏死過去的心婉放在床榻上，拉過薄被將她全身蓋好，「幸好此毒的分量下得不多，否則華佗再世也救不了她。」

行雲很肯定地說道：「肯定是那個白衣男子，他與客棧老闆的關係似乎非常密切。」

韓冥將目光投至我與浣薇身上，最後輕輕掠過，「主子你先回房休息，刀光、劍影、行雲、流水，今夜我們夜探客棧。」

「是。」

屋內未點燭火，一片黑寂，唯有淡然的月光照進。躺在床上的我一絲睡意也沒有，只聽得萬籟寂靜，浣薇貼耳附在門上傾聽外邊的動靜。良久，她才正身跑至我床邊，小聲道：「主子，外邊沒人。」

我立刻由床上彈起，小心翼翼地推開後窗，目測一下二樓到地面的高度，確實有些高。我若從這跳下去恐會摔成殘廢。

「去把被單扯下來，做條繩索。」我附在她耳邊小聲道，生怕我的聲音會傳至外邊。

浣薇聽罷，眼睛一亮，立刻開始行動。

對，我所做的一切只爲今日的逃跑。

祈佑與尹晶大婚那日，我故意服下少量毒藥，導致一夜重咳不止。而那位御醫也事先被我買通，只要他在祈佑面前說幾句話而已。果然，祈佑眞的因我的病而放我回夏國拜祭父皇母后。

沒錯，方才浣薇藉故上茅廁，實是去伙房偷偷在菜裡下毒，只爲將這一直形影不離跟在我身後的心婉給支開。同時，這個下毒嫌疑自然落在白衣男子身上，韓冥與四大護衛的目光將會轉向他們，根本無暇顧及我了。

一條經多個死結相連而成的繩子已經完成，浣薇將一端緊纏腰間，走至窗前，死死握掐著窗檻，「主子，快下去。」

我望著那條直垂地面的繩，猶豫片刻，後輕輕擁著浣薇嬌小的身子，在她耳邊輕道：「謝謝你。」

她受寵若驚道：「主子可別說這樣的話，這是奴婢應盡的本分。」

「你的恩情，我一定會銘記在心。」丟下這句話，我小心地翻過後窗，緊握繩子而下。

艱難的一段攀緣而下，手心有明顯的擦傷，終於還是安全到達地面。我再次仰頭凝望窗前一直微笑的浣薇，向她揮揮手。

她依依不捨地也向我揮了揮手，無聲地做了一個口型：「保重！」

狠狠點下頭，一咬牙，轉身朝黑夜中的蔓蔓草叢間飛奔而去。上弦月一直掛在頭頂，爲我照亮去路。

風露寒逼，寸草簌簌，晚寒蕭蕭，波間飛散。

當我以爲自己已成功逃走之時，韓冥竟如鬼魅般出現在我眼前，擋住我的去路。我的心漸漸冷了下去。

他直勾勾地盯著我，彷彿欲將我看穿，「你要去哪？」

我絕望地閉上眼睛，再睜開，「我要離開，離開皇上，離開後宮，離開亓國。」

「你眞能放下這段情毫無留戀地離去？」

「是。」毫不猶豫地點頭。

他突然笑了，像是一種解脫，「那你可以走了，去尋找你的夢，碧水山澗，白馬長歌，笑看紅塵，一了你多年的夙願。」

怔然望著他說話時的神情，一字一語，多麼美好的詞。碧水山澗，白馬長歌，笑看紅塵。對，這是我多年的夙願，但如今，這個夙願已深埋於我心中，成爲一個永遠不可能實現的夢。

我深吸一口氣，悠然笑道：「多謝成全。」

風吹過額前凌亂的流蘇，擋住眼眸。我與他擦肩而過那一瞬間，他說：「對不起。」

我僵住步伐，側首問他：「你做了什麼對不起我的事嗎？」

「沒什麼，只要你幸福開心便好。去尋找屬於自己的人生，能飛多遠便飛多遠，再也不要回來了。」他無奈地一笑，夾雜了太多太多的情緒，我看不懂。

我沒有繼續追問下去，無論他做了什麼對不起我的事，終究是我的恩人，幫過我許多許多，我永遠也不會怪他。

我提步離去，踩著那蔓蔓雜草。馥雅，再也不是那個爲愛不顧一切的傻丫頭了，該去完成自己的責任了。

亓國，我會再回來的。

花落花飛，花開花謝花依舊。

緣起緣滅，緣來緣去緣終盡。

牡丹雖美終須落，心隨緣滅無心戀。

第九章　兩處茫茫皆不見

御書房內，鼎爐熏香，餘煙裊裊蔓延至最深處。祈佑緊緊捏著手中未閱完的奏摺，就連關節處都因用力而隱隱泛白。他冷眸對著地上跪著的韓冥，終是開口將此時渲染在空氣中的陣陣陰鷙厲氣壓抑之感打破。

「你全告訴她了？」祈佑清冷的聲音不斷地在殿中飄蕩。

「是。」韓冥一直低著頭，凝望透白的琉璃地面。

「人，也是你放走的？」他冷漠的聲音又蒙上一層寒氣。

「是。」

韓冥的話方落，祈佑便將手中的奏摺狠狠丟向韓冥，它無情地打在韓冥右頰，最後跌落在地，安靜地躺在他跟前。

「你以爲朕不敢殺了你？」他用力捶了一下桌案，巨響傳遍整個大殿。

「皇上當然敢。」韓冥倏地舉頭，望著他隱隱夾雜怒火的臉，「弒父，殺母，嫁禍兄弟，甚至連自己的女人都要利用的皇上，還有什麼不敢做的？」

祈佑被這句話深深刺痛了心，緊握成拳的手無力一鬆，思緒百轉，驟然閉上眼簾，癱靠在座椅上。腦海中清晰地浮現出往事，歷歷在目……

那年他才八歲，八歲的孩子不是應該在母親的疼愛下成長嗎？爲何他卻沒有母后的疼愛，甚至連母后的一個擁抱都得不到。而他的哥哥，納蘭祈皓，卻能每日依偎在母親懷中撒嬌使性，母后對哥哥永遠都是滿臉疼惜。

那時的他，多麼希望母后也能抱抱自己，哪怕是一個笑容，一句關心，他都知足了。可爲何母后卻吝嗇她的愛，始終不肯分給他一分一毫？他總會自問爲什麼？難道是他做錯了什麼，惹母后生氣？

爲了讓母后喜歡自己，他開始用心聽先生授課，每夜都掌燈夜讀，直到眼皮沉重，再也堅持不下去才肯沉沉地趴在案前睡去。幾年間，他的學識在諸位皇子之上，而先生也對他讚不絕口，聲稱將來必爲大材。先生經常會拿他的文章給父皇閱覽，父皇也是大喜，親自來到未泉宮考驗他的才學，最後父皇對他說了一句：「佑兒，朕這麼多兒子中，屬你最像朕。」

他頃刻間成了眾皇子中的佼佼者，他滿心歡喜地跑到太子殿，將父皇這句話告知母后，心想，這樣母后就該對他另眼相看了吧。可是，母后狠狠地給了他一巴掌，怒火橫生地指著他的鼻子道：「即使你像皇上又如何？太子只有一個，就是皓兒！你不要妄想取代他的地位，現在就給我滾出太子殿。」

怔怔地聽著母后的話，他出奇地沒有哭。他終於明白，原來母后不喜歡自己，不是因爲他做錯了什麼，而是因爲自己不是太子，正因爲哥哥是太子，所以母后就把全部的愛給了他，是嗎？

自那以後，他不再當著先生的面表現自己，就連功課也是敷衍而行，先生對他的期待也一日復一日消滅，最後變爲失望。他更是學會了隱藏自己的情緒，逢人便是一臉淡笑，盡量掩蓋自己的鋒芒。花了整整三年時間，他變成了一個沉默避世之人，再也沒有人關注他了。

直到十五歲那一年，父皇突然來到未泉宮，他問：「佑兒，爲何現在的你與數年前雄韜偉略、言辭精闢獨到、行事果斷的你完全成了兩個人？」

他只是笑著回道：「文章寫得再好，志向再偉大又能如何？兒臣也只是個七皇子。」

皇上用複雜與驚訝的目光盯著他良久，「那父皇明日就下旨封你爲王。」

他聽到這個旨意只是淡笑，絲毫沒有喜悅之色，只是緩緩道：「兒臣，想要做太子。」

這句話出奇地沒有引得皇上勃然大怒，他只是仰頭大笑幾聲，「有志氣！這才是朕的兒子。好，朕允諾你，若你有本事能將太子扳倒，這個太子之位就是你的。」

父皇此話一出，點燃了他心中的一把火，他似乎從那一刻找到了人生的目標。

對，太子之位，或許，得到這個位置，母后就會注意他了，他要證明給母后看，他納蘭祈佑並不輸給納蘭祈皓。

十八歲那一年，他本是奉父皇之命前去與夏國的新帝談判，但是在夏國與亓國的邊境之處卻救下一位姑娘，她是夏國的馥雅公主。更重要的是，她有著一張與袁夫人一模一樣的臉。

記得父皇曾拿袁夫人的畫像給他看過，還告訴他，袁夫人是母后親手害死的，只是苦於沒有證據無法將她定罪。那一刻，他對母后的所作所爲更加厭惡。

他與馥雅公主談了一筆交易，「把你的命給我，我會爲你復國。」

她眼底一片迷茫，深深凝著他的眼睛，然後點頭，如此堅定。他不禁欣賞起這位公主，很懂得把握機會，更有那處變不驚的冷靜。若是將她放入後宮，給她無盡的寵愛，母后一定會方寸大亂，迫不及待地想要加害於她，那麼，就很容易抓住母后的把柄，將其定罪了吧。

他將早已無力動彈的她攔腰抱起，眞的很輕。猶如受傷後的鴻雁，美得令人動心。那時他才明白，爲何父皇對那早已香消玉殞的袁夫人一直念念不忘，持續著他那經久不息的愛。

一年後再見到馥雅公主之時是在皇宮，她的身分是進宮選妃的秀女潘玉。依舊是一臉淡雅脫塵，絲毫沒有因國破家亡而沾染上一點俗氣。他不禁奇怪，難道她一點也不想報仇？那麼，她又爲何要與他做這筆復國交易？

她進宮這些天來，他無時無刻不在擔心著她。聽雲珠說，她竟跑進長生殿尋找繡題答案，幸好遇見的是祈殞，而不是父皇。因爲，至今，他仍沒有將馥雅的事告知父皇。爲什麼？他自己也不清楚，是怕她的純眞沾染了這宮廷的俗氣吧。他並不想將她捲進這場男人的鬥爭中。

當他得知馥雅在回蘇州的船上突然失蹤時，他的心硬生生地感到一陣刺痛，那分痛不是擔心她出事，計畫就要泡湯，而是彷彿有人拿刀在他胸口上畫下一道道傷口似的，疼得讓他幾乎窒息。那時只有一個念頭，她千萬不能夠出事。

那時他才敢正視自己對她的感情，竟在這不知不覺中因她而牽動，從何時起，竟已情根深種。

漸漸收回飄遠的思緒，緩緩地睜開眼簾，眼神中流露出隱痛。再望望依舊跪著的韓冥，瘖啞道：「你退下吧。」

韓冥有些驚訝地望著皇上，他從沒想過，放走皇上妃子的罪名能得到寬恕。還有他那黯然神傷的目光，清楚地告訴了他，皇上一直深愛著潘玉。可是他不懂，既然如此深愛，如此難以割捨，爲何當初要選擇利用？他難道不知道，這樣很可能會扼殺了他們之間的愛？

「謝皇上開恩。」韓冥起身，早已僵硬的身子也得到緩和，輕步退出御書房，望著夜幕低垂的黑夜，皓月嬋娟，夜永綿綿，稍覺輕寒。

她，逃到哪了？是該尋找到一個安寧的地方過著避世的日子了吧？

從懷中取出一本破舊帶血的奏摺，將其輕輕打開，紙張早已泛黃，裡面赫然寫著九個他早已看了千百遍的字：「潘玉，亦兒臣心之所愛。」

他一直都明白，這封奏摺對於她來說是很重要的東西，但是他卻因私心，將它偷偷收起。那時的他想著，只要這個東西在她生命中消失，時間就會讓她淡忘這分愛。甚至，在與靈月大婚後，不顧眾人反對，毅然請求姐姐同意他納妾。姐姐受不了他強硬的態度，點頭同意了。

當他滿心歡喜地回到桃園想將這個消息告訴她時，卻沒了她的蹤影，聽周圍的孩子們說是被徵進宮為宮女了，他就知道，即使這個奏摺消失了，她還是放不下祈佑。

好多次，他都想將這個還給她，卻遲遲未找到適當的機會。一直到現在，依舊留在他這，怕是再也沒有機會還給她了。

晚風之寒理清了他的思緒，他不禁蒼蒼然露出苦笑。以後，皇上再也不會信任他了吧，這樣也好，他能就此脫離這個充滿權欲血腥的皇宮，再也不用為皇上做一些違心之事了。只是，他放不下姐姐呀，她畢竟不是皇上的親娘，若有朝一日姐姐犯錯，有誰能保她呢？

深宮大院，人人自危。伴君如伴虎，千古不變之理。

手捧人蔘燕窩湯的尹晶朝御書房走去，徐公公一見她來，便焦急地迎了上去：「奴才參見花蕊夫人，您來見皇上嗎？皇上已將自個兒關在御書房內整整四日未出，也不允許咱們進去。奴才可擔心皇上繼續這樣下去，龍體會受不了啊。您幫忙勸勸吧……」

蒂皇妃的失蹤讓宮內的奴才暗自猜測許多原因，鬧得整個後宮沸沸揚揚。而皇上竟將自個兒關在御書房內四天之久，也不上早朝。他不禁感歎，皇上對蒂皇妃的情，真已到如此地步？可那蒂皇妃也無傾城之貌，僅是一張平凡的相貌，如何能將皇上迷惑至此？

徐公公暗自感慨許久，再望望眼前這個相貌高出蒂皇妃許多的花蕊夫人，她的臉色略顯傷然，一聲歎息後，走至御書房門外，輕敲著朱門，「皇上，您開開門……臣妾是尹晶，求您出來見見臣妾吧。」裡邊沒有絲毫反應，她又敲了一陣子，依舊沒有人開門。尹晶與徐公公對望一眼，終是垂眸不語。眼尖的徐公公見到她眼眶中緩緩凝聚的淚水氣，朝她靠近一步，輕喚：「夫人……」

「我錯了，原來我一直都未超越雪姐姐在皇上心中的地位，從來沒有。」她的聲音微微顫抖著，手中的人蔘燕窩湯頃刻摔落在地，發出一聲刺耳聲響。她倏地轉身朝迴廊深處飛奔而去，淚水終於滾落在臉頰，哭花了她的妝。

徐公公望著她的背影，不禁感歎：「又是一位傻姑娘。」他從皇上還是七皇子開始就跟隨在他身邊，已經看了太多在皇上身邊匆匆來匆匆去的女子，皇上對她們再寵愛，終究是三分熱度，七分利用。也唯有蒂皇妃，是特別的吧。

御書房內的祈佑依舊靠坐在椅上，神色慘然，桌案的紅燭早已燃盡，唯剩下點點紅淚。一扇小窗半掩，有春風拂進，吹起了桌上凌亂的紙張，飄飄而飛揚起。每一張紙上皆赫然寫著「馥雅」二字。一筆一畫，似乎都傾注了太多的感情。

忽聽外頭傳來一陣破碎之聲，將他的思緒打亂。他伸手接下一張在空中飛轉不停的皙紙，怔怔望著紙上之字，勾起一抹柔情，「馥雅，為何要逃？既然都知曉真相了，為何不當面質問或是指責？為何要深埋心中，一語不發地再次逃跑？難道我的所作所爲，眞已到了如此不可原諒的地步？」他喃喃一句，繼而扯出一絲愴然之笑。

還記得，去年中秋……

祈星帶著一張字條交給他，說是雲珠身邊的宮女雪海要他轉交給自己，他看見那張紙上寫著「落香散盡復空杳，夢斷姿雅臨未泉」。

看到這兩句話時，他的呼吸幾乎停滯，但不能表現在臉上，不能讓祈星看出一絲破綻，只是隨意地將字條放在桌上，「朕，今夜陪伴靜夫人。」

祈星臉色一如往常，平穩正色道：「不知皇上有沒有發現，她的背影，似乎很像潘玉。」

他只是好笑地望著祈星，「你不會想告訴朕，那個與潘玉有著天壤之別容貌的宮女就是她吧？」

祈星恭謙一笑，「臣只是將心中所想有感而發。」說罷便離開，而他的心卻不能平復，不斷地望著字條上那句詩，不正是「馥雅」二字嗎？難道……

再三地猶豫，終是控制不住去了未泉宮，他第一眼看到的不是今日打扮得格外美豔的雲珠，而是那個頹然坐在石階上的女子。她才開口說話，他便徹底震驚，她的聲音與馥雅是如此之像。後來，她推開門，那滿屋的螢火蟲，讓他接受了一個不可能的事實——眼前這個與馥雅有著完全兩樣容顏的女子，就是馥雅！

他忍住衝動，不可以……現在絕對不可以與她相認，因爲祈星已經將目光投注在她身上，想要利用她來打擊自己！

沒有人知道，他那一夜根本沒有寵幸雲珠，而是與她坐於小桌前，暢聊了一夜的往事……

那一段時間，他一直忍著與她相認的衝動，他要等，等到將所有知道她身分的人全部剷除，否則，馥雅的處境會很危險。

一除祈星，二誅明太妃，三殺母后，三人都是他的親人，就連母后都因他一個命令而慘死冷宮。那時韓冥對自己說：「相煎何太急？」

這個道理他又怎會不知？不是他不肯放過祈星，而是祈星步步緊逼，一心想要他的皇位，即使心有不忍也必須痛下殺手。至於母后……他深深記得曾經允諾雲珠，一定會爲她報仇，母后曾經做的那些見不得人的事早已足夠她死千次百次了。縱然心有不忍，但是爲了穩固江山，一定要痛下決心。

直到那一日，杜文林丞相在朝廷上勾結五位重臣公然頂撞他，絲毫不顧他皇上的威嚴，那時候他就知道，杜丞相已到不得不除的地步。但是，他現在的地位就如父皇在位時，東宮的勢力，強大到連他這個皇帝都無法動不得，朝廷中丞相一黨全都在期待東宮的皇后能懷上他的龍子，就能名正言順地封其爲太子。這樣，他們的勢力就可以更加肆意蔓延，作爲一個帝王，他絕對不能允許此事發生。

本想利用溫靜若與弈冰來瓜分他們在朝廷的勢力，可是，被他發現了一個罪不容恕的事，他們兩人竟不知何時已勾搭在一起，還懷了一個孽子，兩人不僅出賣了他，更完全破壞了他處心積慮設計的計畫。最後，他作了一個決定。

利用馥雅的手將他們除掉，然後以揭發有功的名義給她更多的權力，讓她能站穩後宮。最重要的是，他一直都知道，馥雅對雲珠之死一直耿耿於懷，那麼，就讓他來成全她這場報復之路吧。

但最後她還是對溫靜若手下留情了，只除去了那個孽種。那時的他就知道，她心中依舊深埋著純眞善良，她不夠心狠……那時候，他猶豫了，眞的要將她心中僅存的純潔扼殺嗎？他愛她，不也是被她那不識人間煙火的氣質所吸引嗎？他怎能將她推向無底的深淵，更不能讓她與自己一樣，再也無法回頭！

更何況，在皇陵前中的西域劣毒，實在太傷身心了，她需要一段時間休養。他要以最快的速度將杜家黨羽在朝廷中連根拔起，更實現當初對她的承諾。讓她做自己名正言順的妻子，他要她母儀天下，永遠伴在自己身邊。

若要將她從這場鬥爭中抽身而出，一定不可以再給她寵愛，必須冷落她，如此才能保全她。

但是，她爲什麼要逃呢？爲什麼要再一次離開他呢？他做得太過分了嗎？

祈佑將手中緊捏著的紙放下，無聲長歎，終於從那個已經坐了四日的椅上起身，邁步走出御書房，原本昏昏沉沉的思緒被外邊清晰的空氣洗滌。

徐公公一見皇上出來，趕忙迎了上去，「皇上，您總算出來了。」

祈佑揉揉自己微疼的額頭，睇了他一眼，「朕想一個人走走。」

花絮晚，紅素輕，碧柳垂。

空中皎潔的冷月將這個皇宮映得更加慘澹，他獨自走過一條條迴廊，轉過無數個拐角，轉了這麼久，他終究還是一個人嗎？帝王永遠都是孤家寡人嗎？

帝王之位，早在與杜莞大婚便已決定放棄，當時決定，不論付出多大代價，都要阻止父皇將她封爲夫人。可是，她卻被一場大火活活燒死……如果知道當初死的人根本不是馥雅，天涯海角他都要抓她回來，絕不會去爭奪這個不屬於自己的皇位。

他以爲自己能絕情棄愛，所以選擇登上了這個終究要處在孤家寡人地位的皇位。可是，馥雅卻再一次出現在他面前，打亂了他一切計畫，更亂了自己早已冰凍的心。換了以前，他絕對不會讓他們之間的愛情夾雜陰謀與利用，他也知道，馥雅從來都不願捲入陰謀爭鬥之中！

但是，如今的他已不再是那個漢成王，而是一個皇帝，他必須兼濟天下，不能我行我素地追尋自己所想。高處不勝寒，沒有人能懂身爲帝王的悲哀，正如那個利用過自己的父皇；他終於能明白，原來作爲一個帝王要兼顧這麼多，連自己心愛的女人都不能保護，那坐這個皇位又有何意義？

忽聞一陣歌聲傳來，聲音柔而不膩，細而清脆，情不自禁地停下腳步，凝神望這一幕。

苔枝綴玉，有翠禽小小，枝上同宿。
客裡相逢，籬角黃昏，無言自倚修竹。
昭君不慣胡沙遠，但暗憶、江南江北。
想佩環、月夜歸來，化作此花幽獨。
猶記深宮舊事，那人正睡裡，飛近蛾綠。
莫似春風，不管盈盈，早與安排金屋。

豐骨秀眉，渾是揉花碎玉，眼波流轉，皓齒清歌絕代音。他的眼神突露柔情，眼神一亮：「馥雅！」他聲音顫動地喊了一句，未待輕聲哼唱的女子回神，一雙手臂已緊緊將她擁入懷中，她僵在原地，不敢動絲毫，只能瞪大了眼睛怔怔地由他摟著。

他將頭埋在她的髮頸間，沙啞地說道：「你終於還是回來了，我就知道你捨不得拋下我一個人。」

她感覺有一滴冰涼的淚水滴在頸上，沿著肌膚滑下，她不禁一陣輕顫，「皇上……奴才是擷芳院的蘇婕妤，蘇思雲。」

第四卷　素綰九闕縈指柔

我知道，你一直想過平凡的日子，我給不起。但是我能陪你坐起望旭日東昇賞朝暉漫天，臥倚觀落日徐徐睇朝霞映空。閒暇時微服出巡，走遍山川，俯看錦繡山澗，吟唱九歌。這一切的一切我都能給你。

第一章　蕪然莊之約

眼珠流轉，睫毛輕顫，眼睛緩緩睜開，黯然環顧幽暗的屋子，頸項上傳來一陣陣疼痛。我用力支起身子，怔怔地掃過雅致的小屋。屋內點著注入沉香屑的紅燭，陣陣幽香刺激著我的思緒，腦海中回想起那日的一幕幕……我好不容易從客棧中逃出，中途遇見韓冥，後來他大發善心放我離開了。再後來……身後傳來一陣稀疏的腳步聲，才欲轉身，便覺得被什麼東西扎了一下，一陣椎心之痛傳遍全身。後來我就什麼也不記得了。

這是哪兒？是誰把我弄到這兒來的？有何目的？我這眞是才脫虎口，又入狼穴。我的命運爲何如此波折不斷，上天總要一次又一次地與我開著天大的玩笑？如今的我，又需逢何難、遭何劫？

我隨意地整理好衣裳，穿上繡鞋便走到門邊，拉開一直緊閉的朱木紫檀門。有兩位姑娘守在門外，一見我醒來便淡淡地垂首道：「姑娘，您醒了。」

蹙眉望著她們兩人，百轉思緒，開口問：「這是哪兒？」

「蕪然山莊。」她們二人異口同聲地回答了我四個字。

這四個字著實令我駭了一大跳。我雖身處宮廷內，但「蕪然山莊」四字亦如雷貫耳，它僅僅用了十年光景便控制了整個江湖，轟動天下，在三國內神秘崛起。簡單地說，它是一個殺手組織，遊走於三國間，做著以錢買命的生意，三國的朝廷亦與之井水不犯河水，畢竟蕪然山莊猶如迷宮般機關重重，旗下殺手的武功更是深莫能測，不到萬不得已，無人願與之爲敵。

可我就不明白了，這蕪然山莊為何要抓我？我不記得與他們有什麼瓜葛。

當我還在疑惑之時，一名侍女又道：「主子有吩咐，姑娘若是醒來，就帶你去見他。」

我頷首而應，滿腹狐疑地隨在她們身後，不時用餘光環視四周。晚露乍凝葉，明月冷如霜，暗窗殘漏刻。盡管花草碧水皆有，仍讓我不寒而慄，只能用陰森兩個字來形容此情此景。這就是天下聞名的蕪然山莊嗎？

終於，她們在一扇黑木門前停住步伐，躬身請我進去。我亦不疑有他，推開門便邁過門檻。映入眼簾的是一鼎金猊大熏爐，裊裊生煙，還有陣陣香味縈繞鼻間。我側首而望，這一看不禁讓我瞪大了雙眼。一個男子由偌大的溫泉潭水中邁步而出，正立在我幾尺之外，男子不是別人，正是客棧中的神秘白衣人，在場的幾個侍女習以為常地拿著乾布為他擦拭身上殘留的水珠。

我咋舌地盯著神色依舊自如的他，猛然意識到眼前的男子正……一、絲、不、掛！

我趕忙轉身背對著他，臉頰熱得灼人，火辣辣地燒著，連手都不知該往哪裡擺。這男人……恬不知恥，竟當著這麼多女子的面寸絲不著，我若知此刻的他正在沐浴，斷然不會進門的，也不會看到這樣怵目驚心的一幕。

「你醒了。」身後傳來他清冷的聲音。

「是。你……你快把衣裳穿好。」我有些語無倫次地說著，跳動的心仍未平復。

窸窣的穿衣聲在這靜得分外詭異的房內特別清晰。隨著時間逝去，我的心漸漸平復，搖頭甩去剛才映在腦海中的一幕。

而他已是一身白衣勝雪，飄逸脫塵地瀟灑，垂在肩上的髮絲還未乾透，凌亂地散落，更將他那邪魅之氣散發得淋漓盡致。

我仰首望著立在我身側的他，正對上一對幽暗如鬼魅的雙眸。他的神色中略帶邪氣，彷彿要將我吸進去般，深邃得讓人不禁迷惑深陷。一時間，我竟忘記自己想要對他說的話。

他在微暗的屋中冷睇著我，溫泉的霧氣不斷上升，匍匐縈繞在我們之間。我收回自己的失態，不自在地清清喉嚨，「……抓我來的目的是？」

他勾了勾嘴角，眼眸閃過一抹異常的光芒，微微啓口道：「給你你想要的，索我所要求的。」

聽罷他的話，我氣定神閒地睨著他問：「你知道我想要什麼？」

「你這張臉做得不錯。」他不回答我的話，卻將話題轉移到我的臉上。

我心一驚，他竟能將如此天衣無縫的易容術看透，這個男人太可怕了，「你怎麼知道？」

他轉身，悠然在原地徘徊，「爲你易容之人正是我師傅，絕世神醫。」

他，竟會是天下第一神醫的徒弟？我有些驚訝，卻未表現出來，神色如常地問：「所以呢？」

「將原本屬於你的臉，還給你。」

冷冷地抽一口氣，不確定我聽到的話，「連你師傅都無法做到的事，你能做到？」

他的臉上充斥著自負與冷傲，彷彿世上沒有他辦不到的事，「蒂皇妃，沒聽過『青出於藍』嗎？」

「蒂皇妃」三字險些讓我站不穩，他竟然知道！難不成他有通天之術，「你怎會知曉我的身分？」

他冷冷笑道：「能讓冥衣侯聽命之人定然不凡。經一打聽，原來你就是亓帝最寵愛的妃子。」

待我還欲張口詢問的時候，他了然地截過我的聲音，「亓國的後宮，有我的人。」他這句話徹底讓我啞口無言，原來如此！後宮……會是誰？

那日我並沒有答應他的交易，只是回到房內待了三日。由伺候我的丫頭口中得知，那白衣男子就是蕪然山莊的莊主——曦！難怪他身邊美女如雲，一直都以爲蕪然山莊的莊主應是個滿頭白髮的老頭兒，卻未想到，這年少俊朗的男子會是聞名天下的蕪然莊主。

畫屏金獸，粉窗蘭牖。我坐在紫檀桌前，將美人觚中新折下的花卉一瓣瓣摘下，傾撒了滿滿一桌。還我原本的臉？我因這句話動搖了，猶豫了。

曾經，之所以選擇這張平凡的臉，只因我不想再捲入這場血腥的鬥爭中，想過一段平凡的生活。可如今不一樣了，我選擇了復國，選擇了報復所有傷害過我的人，我已不甘平凡，更想要回我的臉。這樣，若眞有朝一日滅夏，我也有名正言順的理由，而且，我更不用再顧慮到自己夏國公主的身分會影響到祈佑的皇權。

可是，要回我的臉又該付出什麼代價呢？曦要我爲他做些什麼？我肩上還背負著與祈殞的交易啊！直到最後一片花瓣被我摘下，我倏地起身，緊捏那片花瓣於手心，衝了出去。不顧那兩位姑娘在身後的叫喚，依幾日前的印象再次來到曦門外，卻被看守在外的兩位姑娘攔下。

「我要見你們莊主。」故意將聲音放大，好讓裡邊的人可以聽見我的叫喚聲。

不多久，一個慵懶的聲音由裡邊傳來，「讓她進來！」那淡淡的語調，似乎料定了我會前來。

推門而入，又是陣陣飄香，曦又在溫泉中沐浴。我有些無奈，爲何每次來他都是一絲不掛，好在這次他整個人浸在水中，我不必再面對上回的窘境。看他享受地靠在泉壁上，客棧中見到的那名清傲白衣女子正用纖細的雙手爲他揉捏著雙肩。

「你想好了？」他的聲音輕輕地飄來。因爲背對著我，所以我看不清他此刻的表情。盯著他古銅色的脊背，我平淡地問：「那麼，你想讓我爲你做些什麼？」

「待你先回答我幾個問題，我便知道你能爲我做些什麼。」

我一怔，他竟然還未想到要我爲他做什麼！我放鬆情緒，露出薄笑，「問吧！」

「你是納蘭祈佑的妃子，爲何要逃？」依舊冷淡如冰的話語卻讓我雙手握拳，硬硬地吐出三個字：「因爲恨！」冷凜到連我自己都訝異。

他冷笑一聲，「男人三妻四妾很平常，更何況是一國之君。」聞他之言我就明白，他誤以爲我是因納蘭祈佑不斷寵幸後宮佳麗因愛生恨，但是我沒有解釋，沉默著。

背對著我的曦突然轉身凝望我，雙手交疊放於琉璃地板之上，霧氣籠罩他全身，「那你原本欲逃往何處？」

回視他的眼睛，我雲淡風輕地說：「昱國。」

他一聽「昱國」二字，冷漠的臉上竟有了變化，「你去昱國做什麼？」

我緩緩閉上眼簾，吐出一口涼氣，然後睜開，悠悠說道：「連城。」

他的目光忽轉爲嚴肅凌厲，也不再說話，靜默著在沉思些什麼。良久，他才開口道：「你認識連城？」

我點點頭，更奇怪他爲何突然臉色有變，難道他與連城有什麼淵源？還是有什麼仇恨？

他隨意地將手放進水裡，輕攏起一掌清水，然後任水由指尖漏掉，恢復了他原本冷漠的表情，「我知道要你爲我做什麼了！」

第二章　夜探長生殿

此次上路，曦並未帶著他的手下隨行，而是帶著我孤身上路，因爲此次的行動人越多，就越危險。此行目的只爲去亓宮的長生殿，原本我不願再去那個地方，萬一要是被人給認了出來，我的計畫就付諸東流了。可曦說，要恢復我的臉，他必須要見到我原來的容貌。我本想將自己的樣子憑記憶畫出，但提起筆卻不知從何勾勒，我的樣子，自己早已忘記。

由此，我又想到了長生殿內袁夫人的畫像，可是我不想冒險前去。但整個蕪然山莊內，只有我對宮裡的路線瞭若指掌。

在多番猶豫之後，我終於決定隨他同去金陵盜取袁夫人的畫像。他單手在我左頰一揮，一塊拳形大小的胎記便種在我的左頰之上。我多次用水洗都無法洗淨，可見他對易容術之精通，也許，他眞的有能力將我的容貌恢復。

日星隱耀，薄暮冥冥，虎嘯猿啼。我與曦各乘一匹白馬馳騁於天地之間，鷹鷺翻，驚鸞影。

一連六日趕路，我已是滿面霜塵，精疲力盡，而他卻依舊精力充沛，才休息不到一個時辰就催促著我趕路。我即使是累得想倒下，也不肯開口要求多休息一些時間，硬是撐著與他一路奔波而行。

路上，他的話很少，從不與我多說一句廢話，性格極爲孤僻。而我，也沒有其他的話可同他說，緊隨其後。他說什麼，我便乖乖地做什麼，不多說，不多問。

心中卻很奇怪，那日他要我為他辦的事只是殺了昱國太后，也就是連城的母親。我不認為自己有那個能力刺殺太后，況且他手下有無數頂尖高手，為何單單要指派我去？他與太后之間又有什麼恩怨呢？

猶記得曦說：「若刺殺行動失敗，你必須獨自承受一切罪名。」

而我的回答則是：「只要我在昱國達到了我的目的，所有一切我會自己承擔。」

他只是淡淡地瞥了我一眼，也未再詢問下去，只是信任地點了點頭。難道他不怕我會說話不算數嗎？他們江湖要控制一個人，不是該給他服下一顆慢性毒藥以便控制，然後每回給點兒解藥，直到任務完成嗎？這個宮主這麼有人情味？

第七日，我們終於抵達了金陵城。繁華熱鬧的街道，熙熙攘攘的人群，四處吆喝的小販，嬉戲玩樂的孩子，一切的生機皆驗證了一件事：此刻百姓安樂，國富民強。這與亓國有一個好皇帝的關係甚大。

途經幾處小巷，牆上皆貼著我的畫像，懸賞十萬兩黃金。我不覺啞然失笑，我這麼值錢嗎？再看看四周還有許多官兵，一手持刀，一手執畫，四處搜尋著。有幾批官兵在經過我們之時，只是掃了我一眼就離去，可見曦的易容術已到以假亂真之境界。

我們就在金陵城內最豪華的客棧落腳，選了一間最不引人注目的廂房，進去後就沒再出來過。

戌時一刻，我們換上夜行衣，以黑布蒙面，由窗口躍出。他一路上都緊緊攙著我的胳膊，不斷地灌注內力於我體內，帶我疾步飛躍，御風而行，速度快得令我看不清眼前之景，他的輕功是我見過的人中最出色的。翻過鳳磬門的宮牆，避過來回的禁衛，一路小心翼翼地穿插過承天門，終於進入了後宮。

我們同蹲在長生殿外的荊叢內，觀望冷清的長生殿，「是這裡沒錯吧？」曦壓低了聲音問我。

我點點頭，望著殿宇匾額上的「長生殿」三字，目光有些黯然，竟產生一絲猶豫，「我們……還是不要偷畫了。」

「不想恢復容貌了?」他看著我的眼光中有微微的慍火。

我的手指不住地撥弄地上的泥土,「另想其他的辦法吧……」

他一把拍上我的右肩,力氣很大,我有些吃痛,他冷冷道:「已無路可退。」他箍著我的肩膀,一個使力,便拖著我進入了四下無人的長生殿。

星空閃爍,點點如鑽,為我們照亮了路途。夏蟲鳴切深深,繡綠新紅如換,微紅嫩白,拂牆樹動。很容易便進入了寢宮內,推開門的那一剎那,有淡淡梅香傳來,我驚訝地嗅著芬芳,這麼冷清的長生殿,難道有人前來打掃過?

曦將門關好,推開一扇窗戶讓月光照進,我借著明月溶光望向寢宮內近百幅傳神的畫。畫中皆是同一名女子——絕美淳雅的袁夫人。我屏住了呼吸,顫抖著撫上那一幅幅畫,真的……太像了!難怪先帝見我時,竟被淚水迷了眼眶;祈殞見我時,竟克制不住自己的情緒。原來,我與袁夫人是如此神似,不……這位袁夫人比我還要美上幾分,清然、脫塵、高雅。

就連見慣了美女的曦都有些失神,悵然歎了一句:「此女只應天上有。」感慨了一句,他便收回自己的失態,倏地回首將我全身上下打量了一遍,「畫中之人是你?」

我搖搖頭,又點點頭,再搖搖頭。自己也不知道該從何說起,煩躁地伸手取下一幅畫捲好,淡淡地說:「走吧。」

「有人!」曦戒備地望了緊閉的門一眼,一把抓著我的手腕就隱進寢宮一角的簾幕之後。

許久,我才聽見一陣細微的腳步聲傳來,有人推開了寢宮之門。我的心跳逐漸加速,又朝裡挪了挪，將曦又擠進去幾分。不一會兒，燭光大亮，熠熠亮光照滿整個寢宮。

「皇上，您的驚喜就是帶臣妾來這兒嗎？」嬌柔細美之聲打破宮內的安靜。

「對，這是袁夫人的寢宮。」再熟悉不過的清淡之音闖入耳中，我不自覺地掀起幕簾一角，偷偷向外望去。是祈佑與蘇思雲。不久前，身旁還是那個氣質出眾、聰慧高雅的尹晶，這麼快，伴在他身側的就換成了蘇思雲？他難道又要換人來對付杜莞嗎？帝王之心可眞難懂。

蘇思雲靈動的美目不解地望著他，只見祈佑緊緊握著她的手向掛滿袁夫人畫像的牆壁走去：「朕將長生殿賜予你可好？」

她先是一愣，後展露笑顏，一把撲進他懷中，「皇上您眞的將它賜給臣妾？」

他含笑點頭，眼中的柔情是怎麼也掩飾不住的。那目光曾經只屬於我一人，不……我以爲那目光只會屬於我一人，卻沒想到，他人也是可以擁有的。他寵溫靜若是因她像我，他寵尹晶是因她聰慧過人可以利用，那麼蘇思雲呢？既不像我，亦不夠聰明。

我冷笑一聲，將幕簾放下。將長生殿賜予她，此意思再明瞭不過了。它不僅代表先帝與袁夫人之情，更見證了楊貴妃與唐玄宗的一段千古佳話，我懂，我都懂。我的離去，並沒有影響他，反而成就了他的懷抱另有佳人。他是帝王，怎能奢求他一生獨愛一個女子？

不自覺握緊了雙拳，心也逐漸冷卻，最後趨於平淡。

「很疼。」曦低頭在我耳邊輕輕吐出二字，我才回神，原來我一直狠狠地掐著他的手，指甲深陷，已將他的手背掐出血印。

我立刻放開他的手，「我……」

「皇上，這兒怎麼好像少了一幅畫？」蘇思雲驚異的聲音讓我與曦對望一眼，默契地望望我手中緊握的畫軸，又聽蘇思雲道：「那扇窗怎麼也開著？難道有人來過？」

「出來！」

一聲厲語驚了我，反倒是曦神色不驚地掀開幕簾走出。我緊隨他身後走出，一直低著頭，沒有看祈佑，慶幸的是自己此刻正蒙著面，否則，我亦不知如何面對他。

曦與祈佑面對面對峙半晌，誰也沒有說話。倒是蘇思雲嚇壞了，一直縮在祈佑身後，露了小半張臉對外邊大叫：「有刺客，來人呀！」

我在心中暗叫不妙，驚動了這宮內的侍衛，就算曦的武功再厲害亦是一人難敵眾手，況且身邊還帶著我。

只見曦突然凝力於掌間，以迅雷不及掩耳之勢先發制人，直逼祈佑的天靈蓋而去。祈佑身形如鶴，輕易地避過，卻沒想到曦掌勢一轉，雙指一扣，直掐蘇思雲頸項，原來他的目標不是祈佑而是蘇思雲。

許多駐守在外的侍衛紛紛破門而入，拔刀相向。

曦依舊處變不驚地冷聲警告，另一手緊緊地抓著我的手腕，將我護在身後，「誰敢動，就拿她的命來抵！」

祈佑佇立在原地，絲毫不動聲色地下令：「放他們走。」

眾侍衛紛紛讓路放我們離開寢宮。才邁出門檻，又是一批數千人的禁衛趕到，有的手持刀劍，有的手持弓弩對著我們。這個場面，像極了二皇叔逼宮的情景。

一個黑影如鬼魅般飛身而出，一把閃耀著銀芒的刀朝我頭頂揮下。曦一見情勢不妙，顧不得手中的人質，一把推開蘇思雲，摟著我閃過那致命的一刀，順勢拔出一把薄細繞腰的軟劍直逼祈佑刺去，曦始終緊握著我的手腕，將我護於身後。

眼看著劍一寸寸逼近祈佑，我的心漏跳了幾拍，他……要死在曦的劍下？

蘇思雲此時竟不知從何處衝了出來，擋在祈佑身前，欲爲他擋下這致命一劍。這一幕，震驚了我！千鈞一髮之際，韓冥飛身上前，揮刀截下曦的一劍後堅挺地擋在他們面前。我的目光掠過韓冥，望著淚雨梨花早已哭花了妝的蘇思雲。她哽咽著說道：「皇上……臣妾好怕……好怕您出事。」

祈佑輕拍她的雙肩，安慰著她，「別怕，朕不會離開你，不會有事的！」

從何時起，他們之間的感情竟深刻到能令蘇思雲用生命去守護？

韓冥用刀指著我們二人，冷聲問道：「來者何人？」

蒙面黑布下傳來曦一聲冷笑，揮劍就朝韓冥逼去，勢如疾風。韓冥翻越避過，順勢回以一刀。頓時，電光石火間，刀劍交撞之聲鏗鏘。曦一面要護著我免遭韓冥的刀勢，另一面還要集中精力與韓冥交戰，他明顯落於下風。

多少次韓冥的刀險些讓我送命，都是曦爲我擋開。我忽見祈佑接過一名禁衛的弓弩，用力拉開弓，對準曦，關節處因用力而泛白，尖銳的銀劍之芒在月光下泛著寒光。

「小心！」我才開口提醒，祈佑的手一鬆，箭飛速逼向曦的胸膛而來，而曦依舊與韓冥纏鬥，對於突如其來的箭絲毫未有防備。

心下一急，我飛身撲上前，爲曦擋下那一箭，它咻地射穿了左肩，我痛得冷汗淋漓。又是一刀插進了我的小腹，我望著韓冥，他僵在原地，手中依舊握著刀尖已刺進我小腹的刀，飽含殺氣的漠然眸子明顯一變，仔細地盯著我的眼睛，閃過複雜、訝異。

「你……」他張了張口，想說些什麼，卻一個字也說不出來。曦乘勢攔腰摟起我，飛身而起。侍衛想追，卻被韓冥一聲「窮寇莫追」給攔下。我的血沿著手臂滑落，滴在畫軸上。

我們逃出了皇宮，身上的疼痛早已令我麻木，我無力癱在曦懷中，努力控制著自己的意識：「去……楚清……王府。」

當曦帶著我來到楚清王府時，我的意識依舊清晰，因爲腦中一直有個聲音在對我說：不能睡，否則就再也醒不過來了。

我將懷中的「鳳血玉」遞給王府守衛，他們才帶著玉珮匆匆跑進府中通報王爺。說起這枚「鳳血玉」，還眞是陰錯陽差地又轉到我手中的，依稀記得那夜我與祈殞談的交易。

「楚清王，我知道你想要那個皇位……不，那個皇位原本就是你的。」

「你似乎什麼都知道。」

「所以我才敢與你談交易。」

「你能幫我做什麼？」

「如今王爺手中無實權，就算手中的籌碼再多，也無法將祈佑從皇位上拉下來。而我，可以爲你引見昱國皇帝，我相信，你們二人會有共同目標。」

祈殞聽罷我的話，便由衣襟中取出那枚「鳳血玉」交給我，勾起依舊淡然的微笑，但眼底卻有著昭然野心，「只要事成，我可以答應你任何事情，『鳳血玉』爲證。」

祈殞親自出府將我們接進一間密室，曦命人取來紗布、藥材、熱水，我手中卻始終握著那幅畫不肯鬆去。祈殞將畫由我手中抽出打開那一瞬間，臉色倏然而變，僵硬地開口問道：「你們爲何盜此畫？」

曦不慌不忙地撕開我小腹上的衣裳，爲我止血，有冷汗由他額上滴落，「畫中之人是她。」

祈殞的手有些顫抖，良久不再說話，曦則爲我灑上金創藥，止住了源源不斷湧出的血，最後用一層層紗布將我的傷口沿著腰際緊緊纏繞了一圈又一圈。

「幸好沒傷到要害。王爺，幫忙扶住她，我現在要將她肩上的箭拔出。」曦吐出一口氣，然後擦擦額上的汗，再問我，「能堅持住嗎？」

雖然此刻的我已意識渾沌，很想閉上眼簾沉沉睡去，但我依舊倔強地點頭。

在爲我拔劍的前一刻，祈殞突然肯定而沉鬱說道：「你是馥雅公主！」

箭也在此刻從我肩上拔出，在劇烈的撕痛將意識掏空之前，我見到曦的目光中閃過一抹不可思議的光芒。

第三章　鳳血玉之諾

我在王府中養傷的半個月，祈殞未再踏足過一步。他竟因一幅畫、一句話而斷定我的身分，而且是馥雅公主的身分，可見先帝已將所有秘密告訴了他。先帝與祈殞還有多少不為人知的秘密？先帝，眞是個可怕的人哪。

而如今，我已不怕將自己的身分公諸眾人，即使前方危險重重，我孤身一人，無牽無掛，有何畏懼？

在養傷期間，我見到了祈殞的王妃，那位被先帝稱讚爲「才思細膩，必爲大事者」的多羅郡主納蘭敏。蕙質蘭心，玉貌絳唇，說不盡的靈美淳樸，看不厭的絕代風華。

她對我是照顧有加，無微不至，更善解人意，常伴身側與我閒聊。她的言談舉止風雅不凡，才情兼備，難怪先帝都對她另眼相看，原來這場婚姻也是早有預謀。先帝將如此聰慧的女子安排給祈殞，只爲讓她助他一臂之力，在政治上對其有所助益。

在伺候我的幾位婢女攙扶下，我虛浮地邁出門檻，坐在苑中小凳上，任柳絮飛散，飄然掠過髮間。初夏暖風侵袂，閉上眼簾，沐浴在暖陽中，心頭之事越繞越多。

細微的腳步聲傳來，我睁開眼眸，仰視著祈殞，他終於來見我了。我知道，這些日子他在逃避，逃避我是馥雅公主的事實。

他對我勾起淡淡一笑，後與我並肩坐在石凳上，伸手接住幾瓣殘飛的柳絮，隨後朝天際一拋，「父皇對我說過，潘玉就是夏國的馥雅公主。你與祈佑有一場復國交易。」

我點點頭：「先帝說的不錯。」

他再次將「鳳血玉」從衣襟內取出，拉過我的手，將它塞在我的手心，這是他第三次將此玉給我。「『鳳血玉』爲我母妃鍾愛，代表至高無上的承諾，你收好。」他緊握我的手，將它收攏。

我想推拒，他卻淒然一笑，「不要拒絕了，這枚玉是我對你的承諾。若我登基爲帝，定爲你討伐夏國。」

笑聲由我口中逸出，聽著竟是如此諷刺。他是第三個承諾爲我復國的人，但是我知道，眞正要復國只能靠自己。我不能再如曾經待在祈佑身邊那樣，傻傻等待他把一切處理完後再去討伐夏國。不能再靠別人了，我必須靠自己的雙手。

在眼眸流轉之際，我瞅見一張悲傷蒼白的臉，是納蘭敏，「王妃！」

祈殞也隨著我的視線望去，我連忙將手由他掌心抽出，我知道，她誤會了。

納蘭敏幽幽地掃了我們一眼，曼妙轉身，飄然而去。雖然她離去時如此高雅傲然，但沉重的步伐卻洩露了她此刻的心情。

祈殞忙起身想追出去，但是才邁一步卻又退了回來，望望身邊的我，神色極爲複雜。我見他在原地躊躇猶豫，明瞭地一笑：「如此在意，爲何不追？」

他一怔，明顯的訝異表現在臉上，「可是……」

「我與王妃，誰才是能與你共患難，生死隨，不離不棄那一位，相信王爺的心會告訴你，不要爲了一段你割捨不下的依戀迷亂而放棄了自己心之所愛，有些事一旦錯過就永遠無法挽回。」我用平靜清透的聲音對他說著，想喚醒他的心。

他原本迷亂無措的神色漸漸明朗，對我回以眞心一笑，俊逸風雅，隨即絕塵而去，沒有一絲猶豫。

今日，算是我爲祈殞解開了一個心結吧，我一直都明白，他只將我當作袁夫人的影子而割捨不去，可見他有多麼渴望母愛，我只希望納蘭敏能理解祈殞，用愛去撫平他的心傷。

曦無聲無息地出現在我身邊，「恢復得不錯，都能出門走動了。」我驚訝地瞅著他，似乎他來了很久，那我與祈殞的對話他又聽到多少？

薄笑而邀他與我同坐，望欽欽青葉，纖纖素腕，明豔嬌花，清風遐邇。

「身中一箭一刀竟能挺住，硬撐著不肯道一句疼，眞挺佩服。」他的唇畔有一絲讚賞之意，淺淺淡笑。這是我第一次見他笑，頗爲新奇。

「國破親亡，容顏被毀，陷害中毒，陰謀利用，無情背叛，我照樣挺了過來，這一刀一箭又何足懼？」我灑脫地將發生在自己身上的事一件件道出，如今再談起已是風輕雲淡，「幼時有算命先生說我命硬，那時我還不信，現在看來，不得不信呢。」

他沒有對我說的話做出任何表示，只是問道：「爲何要擋下那一箭？」

我搖頭道：「那一刻我只有一個念頭，你若受傷，我們兩人定會淪爲階下囚，爲你擋下一箭，你我才有一線生機。」

「你不僅膽識過人，還很聰明。」他臉上的笑容斂去，再次淪爲一臉冷寂，「你眞的是夏國的馥雅公主，連城的未婚妻子？」

「對。」我驀然點頭，如今再將我的身分隱瞞下去已沒有多大意義，但他似乎對連城的事特別關心。

「那你聽我給你說個故事吧。」

二十五年前卞國有一奇女子名李秀，是青樓頭牌歌妓，通曉琴棋書畫，才貌兼備，豔冠群芳。多少王公貴冑、江湖俠士慕名而來，只爲一睹芳容，聽其一曲。多少人散盡千金想與她共度春宵，可是她向來高傲，那群庸人她一個也看不上。直到有一日，一名風流倜儻的英俊男子出現，他用那滿腹才情贏得了她的芳心。那夜，她將自己最珍貴的第一次獻給了他。

那一夜的風流，卻鑄成了一場悲劇。

她有了身孕，那名男子亦要納她爲妾。這件事在汴京鬧得沸沸揚揚，人盡皆知。因爲那個男子是卞國的丞相——連壁，家中有妻室，父母更是堅決反對他納一名風塵女子爲妾，此事僵持了一年，直到那個男嬰出生，丞相家人才勉強同意讓她進門，將她安置在淒涼的小院中，她沒有侍婢，凡事都要親力親爲。

那個男嬰出生在晨曦第一道曙光破空之時，所以父親爲他取名爲——連曦。

那年他七歲，隨著時間飛逝，他看著母親原本纖細柔嫩如雪的雙手因多年浣衣而變得粗糙，生出厚厚的繭子，那曾經不食人間煙火的美貌，因長年的勞累已覆上一層滄桑，她在府中的地位甚至連一個卑賤的奴才都不如，遭受了數不盡的冷眼，但是她全可隱忍，爲了她心愛之人而默默承受這一切。讓她寬慰的是，連壁對她很好，大多數時間在她屋裡留宿，甚至冷落了正妻。

他還有兩個哥哥，皆是正房的孩子，一個名連城，一個名連胤，可他從不喚他們哥哥，因爲他知道，丞相府內，除了父親，其他人都看不起他與母親，有時候他非常恨父親，恨他身爲丞相卻如此懦弱，竟不敢站出來爲自己心愛的女人說上一句話，還要母親承受那麼多委屈。

但是母親卻從來沒有抱怨過一句，只因她愛父親，爲了愛他，甘願來到府中受欺凌；爲了愛他，甘願放下她的驕傲陪伴其身側；爲了愛他，甘願忍受命運對她的不公平。他默默地看著母親受苦，卻無能爲力，畢竟他們都是寄人籬下，有什麼資格去指責？

直到那一次，二哥連胤跑到他母親面前，對她破口大罵，說母親是下賤之人，用狐媚手段蠱惑父親的心，想要毀了這個丞相府，母親呆呆地站在原地，任那不堪入耳的言語無情地將她吞噬。

看著母親這樣，隱忍多年的怒火一古腦衝上心頭，他上前就將連胤狠狠推倒在地：「不准欺負我娘。」

連胤不甘示弱地從地上爬起，衝上來與他廝打在一起。母親一直在勸阻，但誰也沒有理會，都氣紅了雙眼，直到一聲溫雅卻包含著無盡威嚴的聲音傳來：「你們給我住手！」

他們停下了手中的動作，轉頭望著他們的大哥——連城。

連胤竟衝上前先行告狀地指著他，「大哥，這小雜種打我。」

連城因這句話給了連胤一巴掌，「什麼小雜種，他也是爹的兒子，我們的兄弟。」

因爲這句話，連曦的心中湧現出一股酸澀，他從沒想過，竟有人會爲他說話，甚至稱他爲「兄弟」。多麼奢侈的兩個字，他從來沒有想過會從連城口中說出。

此後，連城頻頻出入小院，給他們母子二人送好吃的糕點、水果，他還說：「在這兒，我們是一家人。」

他盯著連城，心被塡得滿滿的，一向不善言語的他破天荒地對他說了一聲：「謝謝，大哥！」

十歲那一年，父親奉皇上之命領兵出征，獨留他與母親在府裡。那時，隱隱有種不好的預感在他心中蔓延，果然，在父親出征後第三日夜裡，父親的正妻穆馨如領著幾名家丁闖入母親房中，將還在睡夢中的她拖了出去，說是要拿母親塡井，還口口聲稱她是一隻修道百年的妖狐，欲來迫害府中上下。

他躲在屋內，偷偷地看著外邊的一切，那時他很想衝出去求她放過母親，告訴她母親不是妖狐。但是大哥卻從後窗爬了進來，說：「曦，你要逃，我娘不會放過你的。」

他就這樣被大哥拖著朝後窗逃去，在離去那一刻，他眼睜睜地看著母親被那幾名家丁推入井中。穆馨如臉上痛快得意的笑，他一輩子都無法忘卻。

我聽著他一字一言地訴說，臉上並無哀傷之氣，彷彿這件事與他無關。但是，他不時流露的澀笑，洩露了他的心事。我沒想到的是，曦，竟是連城的弟弟。難怪我見到他有種似曾相識的感覺，他太像連城了，言談舉止與身上散發的氣質皆無二般。

「後來，你遇見了絕世神醫，他收你爲徒，對嗎？」我開始猜測著下面發生的事。

他點頭，「這些年來，我一直策畫著欲暗殺穆馨如，但是……大哥救我脫險後，懇求我原諒他的母親，所以這麼多年來我一直未下狠心動手。」

我哀歎一聲：「但是殺母之仇你不得不報，又不願讓連城知道此事是你所爲，所以你找了一個與你毫無關係，又認識連城的女子，替你完成這次刺殺。」看著他沉默不語，我知道自己又猜對了，才道：「你不怕我將你的計畫供出？」

「我不會看錯人的。」

「看樣子，我不能拒絕。」

他將冷然的目光投在我臉上，「既然你的傷勢已無大礙，那讓我為你復容吧。」

一個月後。

我的臉纏著重重紗布已經整整一個月了，每過三天曦都會到我房內為我換藥。我始終不敢睜開眼睛看自己，因為我怕，更多的是恐懼，就連我自己都不明白為何會這樣，曦似乎看出了我的緊張，總是低沉地對我說：「不要怕。」

而今日，是正式卸去紗布的日子。曦、祈殞、納蘭敏佇立在我身邊，坐在妝台前的我雙手糾結在一起，微微顫抖。

納蘭敏緊緊握著我的手，溫暖的手心撫平了我內心的恐懼，「動手吧。」

緩緩閉上眼簾，只聽嚓嚓一聲，曦將紗布的死結剪開，一層一層將那白紗布卸下，千思百緒閃過我腦海。

「如果，我毀了你這張臉，連城還會愛你嗎？」

「真想拿一面鏡子讓你瞅瞅自己現在的樣子，醜陋恐怖。」

靈水依用那鋒利的刀子，一刀一刀地將我的臉毀去……血腥味彷彿又傳進我的鼻間。

霍然睜開眼簾，正對上銅鏡內的自己。嫩臉修蛾，肌如白雪，嬌嬈意態不勝羞……這是我，這是馥雅曾經的臉。我不確信地伸出手，撫上自己的臉頰，是真的，我的臉竟完完整整地恢復了……一絲痕跡也看不出來。曦，到底是怎麼做到的，竟能將我的容貌恢復？他的醫術又達到何種境界了！

納蘭敏會心一笑，「原來馥雅公主竟有如此傾城之貌。」

祈殞深深凝視我的臉良久，一語不發地退出了房內，納蘭敏尷尬一笑，追了出去，獨留下我與曦在房內，曦歪著頭若有所思地打量我。

我怪不自在地問：「怎麼了？」

他將手中的紗布丟棄，「我就說那張平凡的臉根本不配你那出眾的氣質。」

「你是在誇我還是貶我？」

他不語，信步走至桌旁，爲自己倒下一杯茶水，輕抿一小口，似在回味，「你的要求我已完成，如今，只剩下你的承諾了。」

「你放心，我說話算數，只是時間長短而已。」我回首盯著他的側臉，「接下來，我該去昱國了。」

他將手中的玉龍杯放在指間來回旋轉把玩，「爲了避嫌，此次你們先去昱國，我數日後便到。」

我狐疑地瞅著他問道：「你們？你是指我和誰？」

「你與納蘭敏。」他將玉龍杯重重地放在桌上，有水濺出，「既然要與連城談交易，必得找個有身分、能信任的人與你同去昱國。這些日子我與王爺商議過，王爺若離開金陵會引起懷疑，選來選去唯有納蘭敏最合適。」

我的笑容漸漸斂去，拿起桌上的玉梳，一縷一縷地將髮絲理順，「你似乎對政治也很有興趣？」

「我的生命中有三個最重要的人，一是母親，二是父親，三是大哥。如今母親與父親皆已亡故，唯剩下大哥一人。所以我會用盡自己一切幫助大哥。」他這句話脫口而出，我才覺得連曦眞的很敬重連城，對他的情亦是純淨的兄弟情誼。我忘記了，多久未再見到如此純正的手足之情了。是我在納蘭一族看過太多手足相殘的戲碼了嗎？

「這麼多年，你一直與連城有聯繫？」

「是，一直有書信來往。當我知道你是馥雅公主之時，我眞的很驚訝，因爲大哥在信中提過你多次，我一直想見見你，卻始終沒機會，如今，卻是在這樣的情況下相見，我終於明白爲何大哥對你依然如此惦念。我相信，你對大哥的宏圖霸業會有極大幫助。」他頓了頓，又道，「但是，你若敢再傷大哥，我不會放過你的。」

第四章　一朝爲秀女

我與納蘭敏於十日前的夜裡偷偷出城，秘密前往昱國。我與她相對坐於馬車內，我見到她眼底始終有無法放開的猶豫，還有淡淡的愁思。

我將剛從路邊小販手中買來的鮮嫩香梨遞給她，「你捨不得祈殞？」

她含笑接過，隨手擦了擦，然後放在口中用力咬下一口，也不說話，只是細嚼。

「會恨他嗎？爲了自己的野心，將你推向危險的昱國。」喃喃一聲輕問，也問出了我的苦澀，祈佑何嘗不是如此待我。

「從與他大婚那日起我就明白，先帝要我爲他付出一切。現在是很好的機會，不是嗎？」她又咬下一口香梨，「祈殞從未想過要爭奪那個皇位，但當今皇上弑殺了最疼愛他的父皇，這是他不能容忍的。所以，他誓爲先帝報仇。」

我無奈地發出一聲冷笑，笑得蒼涼，「所以，一定要犧牲女人嗎？」

「爲了他，我心甘情願。」她漸漸垂首，望著手心捧著的香梨良久，才道：「祈殞對我說，他怕見到你，因爲你與他母妃何其相似。我知道，他是怕繼續見你會控制不住地愛上你，更怕對不起我。」

我喟然一聲歎息：「祈殞愛的人只有你，不然那日絕不會抛下我而去追你，在他心中，我只是他母親的一個影子，燈滅了，月蔽了，日落了，影子將由他心中散去，你才是他心中最珍貴的一分情啊。」

她霍然仰首，瞅著我，眼中有隱隱淚光，更加楚楚動人，她勾起一絲微笑道：「謝謝。」

我不語，單手揭開簾幕一角，望著外邊匆匆掠過的景象，又想起了什麼，忙開口問道：「你們成親這麼多年，怎麼沒有孩子？」

她神色一黯，「他說，現在不能要孩子，有了孩子會使他分心，令他無法安心繼續進行計畫。更擔心，若是計畫失敗會連累了孩子。我懂他，所以我沒有反對，我願意等，等待能為他生個孩子那一日，若沒有那一日，我亦會陪他共赴黃泉。」

聽到她的話我心念一動，那祈佑為什麼又不讓我有孩子呢？而且狠心到永遠不允許我有孩子。怕我會影響他的皇權還是根本不想與我有個孩子？我也可以如納蘭敏一般，與祈佑生死與共。可是，他沒有給我這個機會，還這樣傷我。

「若你負我，今生亦不相見。」

我清楚地記得這句話，可他沒有給我機會，還如此踐踏我們的愛情。這分愛情既已變質，當初的誓言我又何需苦苦遵守？

「公主，曦說此時昱國正在舉行三年一次的選秀，我們只要找到太監總管白福，給其大量錢財賄賂便可成為秀女。但是我擔心，若見到皇上說明來意，他會將我們當奸細收押……」她格外擔憂地蹙起了蛾眉。

我立刻安撫道：「王妃你放心，沒有把握，我絕對不會冒這個險的。」

她的擔憂也情有可原，遠方還有一個深愛她的男人在等著她回去，不像我，已是了無牽掛，可放心去賭，即使賠了性命也在所不惜。

夜裡酉時我們便安全抵達了汴京，據聞此次選秀之事在汴京鬧得沸沸揚揚，為了進宮成為秀女而散盡千金賄賂白福公公的平民女子比比皆是。她們之所以抱如此大的希望，只因四處都傳聞，連城的後宮等同虛設，除皇后外，四妃至今未立，九嬪的位子上僅有兩名女子，皇上也無子嗣。難怪這麼多女子都想擠進宮，想著有朝一日飛上枝頭當鳳凰，但她們只看到了這般榮耀，卻沒想過榮耀的背後，是血腥、殘酷、悽慘。

紅顏未老恩先斷之例歷來數都數不盡，況且天下國色皆聚於後宮，她們又怎能保證自己一定豔冠群芳，脫穎而出？

我與納蘭敏來到了提督衙門，據說選秀這一段時間白福公公居於此處。每日絡繹不絕來訪的人都快將門檻踩爛了。就連現在，上門拜訪求見的都排了很長一隊。我拿了一錠黃金給看守通報的衙役，他立馬就放我們進去了。

我們與白福公公在一處幽靜的小居相見，屋內有淡淡的脂粉香氣，四下也未點燈，唯有溶溶淡月照屋。當納蘭敏將滿滿一大盒珍寶擺在桌上之時，白福公公的目光由起先的冷淡轉為熠熠生輝，指尖撫過那盒在黑夜中閃閃發亮的珠寶，他喃喃問道：「兩位姑娘這是……」

「只要公公在秀女冊上加兩個名字。」我由袖中取出一箋紙遞給他，上面寫著馥雅與多羅兩個名字，「這件事對公公來說只是舉手之勞，對嗎？」

他貪婪地打量著珠寶，頻頻點頭，一連說了三個「對」字。我與納蘭敏對望一眼，臉上淨是笑意。沒想到，進宮竟如此容易，連城怎會任用這樣一個貪財的勢利小人為太監總管？

神武高聳，殿宇巍峨。
滿地落花，漫天飛絮，獨步百花嬈。
眾批秀女被皇上身邊的大侍女蘭蘭、幽草領著進入儲秀宮住著。望著多年不見的兩人，初見時她們眼中那股純眞乾淨已不復見，是這個宮廷磨去了她們的天眞無邪吧。
蘭蘭捧著小冊一個個念著名字分配居住的廂房，當她念到「多羅，馥雅……」時皺了皺眉頭，又重複念了一遍，「馥雅？」
我與納蘭敏由所剩無幾的秀女中站了出來，「我們是。」
幽草突然伸出食指驚恐地指著我，「你……你……」
「我是此次被選進宮的秀女馥雅，她是我的姐姐多羅。」我忙打斷她的話，用目光示意她此時周圍還有旁人，幽草不敢置信地上下打量我。
相較於幽草，蘭蘭就顯得冷靜許多，平靜地說道：「你們倆住這間。」
我們一同進了屋，在關門之時只是將其微掩，留了一個縫隙。不出一盞茶時間，蘭蘭與幽草鬼祟地溜了進來，一見到我就撲了上來，給我一個大大的擁抱，「小姐……您回來了！」
我被她們突如其來的熱情弄得不知所措。身邊的納蘭敏先是疑惑，後轉爲掩嘴輕笑。
幽草抱我尤其緊，她說道：「自從上次小姐逃離，我以爲再也見不到您了。」
蘭蘭不停地點頭，「小姐爲何要逃？」
「因爲連城說話不算數，竟要冊封我。」
她們二人對望一眼，齊聲道：「皇上從沒說過要冊封你啊！」

我僵在原地，沒有？那麼靈水依……自嘲地一笑，沒想到竟是誤會一場，這個騙局害得我好慘。若沒有這場誤會，我依舊待在昭陽宮，根本不會遭遇毀容，更不會目睹雲珠慘死，也不會陷害祈星，還有……被最愛的人利用。這一切，皆是拜靈水依所賜！

「小姐，此次來昱國是見皇上嗎？奴婢現在就去稟報皇上，他一定會……」幽草說罷便朝外奔去。我連忙叫住她：「等等，見連城之前，我要你們幫我做一件事。」

戌時，萬籟寂靜，烏雲蔽月。

原本淒暗的皇后殿內突然燈火通明，尖叫連連。

我一邊由皇后殿跑出，一邊大笑。一想到剛才靈水依見到我時那驚懼的表情，我就非常痛快。

我用蘭蘭與幽草引開了皇后殿外的侍衛與奴才，然後偷偷潛入靈水依的寢宮，用幽怨的聲音在已熟睡的她耳邊輕道：「靈水依，還我命來……」

她立刻由睡夢中驚醒，見到我，還沒來得及尖叫出聲就已嚇得昏死過去。那時我多想一刀了結了她，但是理智告訴我，不可以衝動。我來昱國的目的不是殺靈水依，而是復國。要對付靈水依我有的是機會，只要我在連城耳邊一語，將她與連胤的姦情抖出來，她便完了。

我喘息著來到皇后殿外一處小湖邊，由水中倒影望著自己臉上用雞血畫上的痕跡，連自己都被駭到，也難怪靈水依會嚇得昏了過去。伸手捧起一掌清水潑在臉上，將血痕洗去，多次打量沒有殘留的血痕才放心起身欲離去。

才回首，一個黑影闖入我眼中，我嚇得連連後退，腳下一個踩空就狠狠栽進了湖中，水花四濺而起，我掙扎片刻，嗆了好多口水才穩住自己的身子。還沒反應過來，那個身影由岸上跳了下來，再次濺起一大片水花，緊緊托著我的身子將我抱起。

我乾笑了幾聲，望著與我同樣成落湯雞的連城，「我懂水性。」

連城被我這句話弄得哭笑不得，隨後那絕美的眸子一沉，「聽聞亓國正在四處尋找你的下落，沒想到你會來昱國。」

我故作輕鬆地扯出笑容，再胡亂擦擦臉上的水珠，也不說話。

他未再繼續追問下去，只是領著我從湖中爬上岸，我們全身濕淋淋的，還溢淌著水滴，好不可笑。

紅杏梢頭風露裡，柳蕭瑟。

無窮百水碧天靜，空飄蕩。

連城領著我在萋萋小徑中漫步，他問：「我聽奴才說皇后殿鬧鬼，那個女鬼是你吧？」

我一聲輕笑逸出口，「知我者，莫若連城也。」

「眞沒想到，你還能恢復容貌，爲你恢復容貌的人又該有著何等高明的醫術呀。」他的腳踩過片片落葉，發出簌簌聲響，「你和他吵架了？」

聽到他的話我不覺好笑，若只是吵架這麼簡單就好辦多了，「我也不知從何說起。」

他沒有追問下去，在經過一棵柳樹時，隨手摘下一片柳葉放在指尖擺弄，「那你來的目的呢？」

「爲你引見一個人，納蘭祈殞的王妃。」

他神色不變，等待著我的下文，於是我繼續道：「亓國的皇位本就該屬於祈殞，如今他只需一個可以在背後支持他的強大勢力，他希望與你合作。」

「你知道自己在說什麼嗎？」他聲音依舊如常，「你是要我聯手納蘭祈殞將納蘭祈佑拉下皇位，我以爲你愛他。」

我的腳步一頓，隨後又追隨上他的步伐而行，「我無心插手你們之間的恩怨，我只要復國，不論付出多大的代價。」

「若要復國，納蘭祈佑有那個能力。而且，只要你開口，現在我也可以出兵伐夏，不論成敗，在所不惜。」

我的步伐停頓在原地，再也無法前行，「昱、夏二國已歸屬亓國，若你貿然對夏國用兵，就公然暴露了自己的野心，此時的亓國絕對不會坐視不理你吞併夏國，定如陰山那一仗，出兵相援。所以，要滅夏國，只有先滅納蘭祈佑。這個道理你不會不懂。」

他的腳步也隨之而停下，臉上依舊掛著可人的笑，「我不知你與納蘭祈佑之間發生了何事，也不想多問。既然你來到昱國，我就會保護你。」他的聲音飄然入耳，「但是，這一次我會留你在身邊，再也不會放手。」

一直看著他的側臉，他的目光卻飄向遠方，有些捉摸不定。我沉默了許久許久，天地間只剩下風聲拂過，青葉交響之聲時，我作出了自己的決定，「我答應你。」

他依舊沒有看我，「眞的想清楚了嗎？是一輩子。」

我肯定地點了下頭，「是，一輩子。」

他的唇邊有了一絲微笑，笑得令人著迷，但是那分微笑後卻有我突然覺察到的苦澀，我的目光黯然一滯，對於連城，我有愧。從他允諾我四年復國起，我就註定欠了他。

第五章　日月星辰妃

青銅鳳凰大鼎口中飄散出的輕煙縷縷，並不濃郁，卻瀰漫一殿。黃綾紗帷帳被金鉤挽起，榻上鋪著龍鳳呈祥錦絲被。我靜靜地凝視著澄泥金磚的地面，出神。

三日前的選秀，原本應是皇上與皇后一同出席，卻因數日前的夜裡，有一女鬼闖入皇后娘娘寢宮，將她嚇得一病不起，連日來都躺在病榻上，故而沒有同往。同時，我也暗自慶幸，若她出席見到我，很難料想又會引起什麼風波。

選秀那一日，連城冊封我為昱國唯一的妃，賜號「辰」。當時在大殿內，可以聽見一陣冷冷的抽氣聲。因為「辰」這個字非同一般，日月星之統稱，與天齊名，與帝同在。

同時，他還立了兩位嬪，數十位答應。在近千人的秀女中，他只封了宮嬪不到二十人，這在帝王中是極為少見的。

納蘭敏也在答應之列，我明白連城的用意，留下納蘭敏來牽制祈殞，以防他日助祈殞登上皇位，祈殞卻調轉頭來對付昱國。我相信，祈殞也早料到這一幕，卻仍捨得將自己的女人作為人質來完成他的權力之爭，他不怕萬一事有變故而傷到納蘭敏？仇恨、權欲真的能讓人蒙蔽雙眼，不惜利用自己的愛人呵。

我一聲冷笑，不禁惹得幽草與蘭蘭側目，「娘娘，您笑得……好奇怪。」

我沒有回話，也未看她們倆，依舊盯著地面上的紋理，連城再次將她們兩人派給我做奴才，一直空了三年的昭陽宮再次賜予我作爲寢宮。而今夜，是皇上臨幸之夜。

鳳台桌案上擺放著兩支如手臂粗大的騰龍飛鳳花燭，燭光幻若流霞，迷亂了我的眼眸。我一直怔怔地看著，腦海中一片空白。

「你在想什麼？」

直到連城一聲輕語我才回神，發現蘭蘭與幽草早就沒了蹤影，朱門緊掩，寧神香白煙如霧。一襲鵝黃金綾龍袍的連城，已坐在我身畔，執起我的手，「馥雅，盼了這麼多年，你終於是我的妻了。」

我垂首望著他握著我的手，沒有說話。

「如果沒有那次夏國的宮變，你早就是我的妻子了，我不會奉皇命娶靈水依，亦不會篡奪這個皇位，而你，也不會受這麼多苦。」他輕風細雨地將多年來發生的事用簡單幾句話帶過，卻是字字銘心。

終於，我因他這句話而抬起頭，對上他的目光，將他的話接下，「我亦不會成爲納蘭祈佑的皇妃！」

他驀地一怔，神色轉爲複雜，我的笑容卻漸漸擴散在兩靨之下，「我，是他的女人。」

他猛然摟過我，強而有力的雙臂緊箍著我的纖腰，在我耳邊低語道：「我不在乎，只要你在我身邊。」他的聲音沙啞著，唇齒輕含我的耳垂，濃濁的溫熱氣息在我臉頰邊吹拂著。

吻，密密麻麻地落在我唇上，吻得密不透風，將我的呼吸一併奪走，烙印著屬於他的印記。他的手輕輕將我的衣裳一層層褪去，赤裸的我完全呈現在他面前，他的目光變得熾熱，呼吸變得濃濁沉重。我微微撇開頭，不去看他那貪戀的目光。

他將我放倒在錦衾帷帳中，肌膚貼著微涼絲滑的錦緞，激起一層麻麻的粟粒。滾燙的唇陡然遊走在我全身，越深越纏綿。我的髮絲傾灑了一枕，目光始終望著帷帳內的鵝黃，任他在我身上索取著。

他的龍袍也不知何時已褪去，滾燙的身子與我交纏在一起，他的手指撫過我的小腹，最後向下探去。這樣陌生的情欲讓我突然閉上雙目，不去看他。感覺他的下身有了很強烈的變化，抵著我的下身，他不由得低喚道：「馥雅……」

在此時，我的腦海中卻閃過一幕幕清晰的往事。

「若擁有這個皇位，必須用你來交換，我寧可不要。」

「生死契闊，情定三生亦不悔。」

「納蘭祈佑，定不負相思之意。」

一句句話，猶如他在我耳邊低訴，如此眞實。

連城在我身上的動作突然停住了，他的指尖畫過我的臉頰，我才驚覺自己落淚了，不敢睜開眼睛看連城此刻的表情。

覆在我身上的重量突然沒了，只聽到他穿衣裳的窸窣之聲，在這寂靜的夜中如此清晰。良久，他的聲音由耳邊傳來，「我不會勉強你，我願意等，等到你接納我那一日。」語罷，腳步聲漸遠，開門關門之聲狠狠敲打了我的心。

爲何要落淚？我都準備好要將自己給連城，這樣，我就不會再想著祈佑，難道，事到如今我還是放不下他嗎？扯過床上那錦薄絲被，緊緊包裹著自己赤裸的身子，一夜未眠。

次日，我按規矩到皇后殿請安，盡管我這些日子盡可能地迴避見到靈水依，可躲得了一時，躲不了一世。準備好一切便來到皇后殿，聽聞，靈水依大病初癒，已恢復了以往母儀天下之風範。

「臣妾參見皇后娘娘。」我福身行禮，只聞她柔美的聲音道：「辰妃不必多禮，起吧。」

「謝皇后娘娘。」我抬首笑望靈水依，她原本端莊秀麗、眉目和善的笑在見到我那一刻慘然一變，血色盡褪。

我佯裝未看見她的異樣，捧著一杯香溢的鐵觀音，端莊地遞至她面前，「娘娘請用茶。」

「你……」她全身戰慄著，有絲絲冷汗從她額頭上溢出，「你們給本宮退下。」她略微平復自己的失態，將在場的奴才全數遣去。

我雙手依舊捧著茶水，望著十幾位奴才由我身邊越過，退出殿外。

她見殿內的奴才紛紛退下，迫不及待地怪叫一聲：「你沒死！」

見她始終未接過我端給她的茶，我便收回，將茶放回桌案，「託皇后娘娘洪福，臣妾活得很好。」

她依舊不能置信地上下打量我，「怎麼可能……我明明在你臉上……怎麼可能！」她不斷地喃喃重複著，恍然道：「那夜皇后殿的女鬼是你！你好大的膽子，竟敢裝神弄鬼嚇本宮。」

「皇后若不做虧心事，怎會被臣妾嚇著呢？」我悠然端坐在側椅上，將那杯鐵觀音端起，放在唇邊抿下一口，滿意地看著她的臉色漸漸冷下，「皇后，你要知道，你與連胤的命攥在我手上。只要你們安分，我絕對不會爲難你們，曾經的毀容之事我也可以不再追究。」

她目光一凜，「你是在威脅我？」

我笑道：「就算是吧！那你受威脅嗎？」

她的目光中漸起殺氣，「我隨時可以殺了你！」

我絲毫不畏懼地對上她的目光，「同歸於盡這樣的傻事，聰明的皇后是不會做的。」

她驀然沉思，臉上殺氣逐漸散去，神色恢復如常，美目流轉，「你說的不錯，這樣傻的事，本宮是不會做的。」

我來到昱國有四個月了，宮裡的奴才們都在對我竊竊私語。有人說我很得皇上寵愛，因爲連城每日必來昭陽宮；有人說我根本不得皇上眷顧，因爲連城從來不曾在昭陽宮就寢。我坦然接受所有人的批判與審視，後宮從來都是如此，他們不議論那才叫奇怪。

皇后那兒我也再沒去過，她也未再刁難我。反倒是太后見到我時，一張臉急速冷卻了下去，竟當著眾妃嬪和奴才的面不受我的請安之茶，憤怒拂袖而去。自那以後連城對我說，再也不用去給太后請安，安心待在昭陽宮，不會有人爲難我。

這段日子我去見過納蘭敏數次，她在那兒閒得慌，整日就剪剪紙鳶，繡繡花，每次我一去她那兒就小坐一整日，與她聊天總讓我的心情很舒服，因爲她是如此善解人意，很想求連城讓她搬來昭陽宮與我同住，但我知道，這不合規矩，一個答應是沒有資格住入昭陽宮的。納蘭敏並不介意，還要我以後少去她那兒，因爲後宮內人言可畏。

昭陽宮偏院有一處小湖，名爲「離緣湖」，這兩個月我最常去的也就是那裡，一坐便是半日。在那兒我可以享受安靜，聽湖水蕩漾百鳥啼鳴之聲，觀殘絮紛飛秋風落葉之景。

蘭蘭道：「主子，該用晚膳了。」

我迷濛地望著漂蕩的湖水，裡邊映著天邊那一輪絕美的落日，晚霞布天，耀花了眼，「已是深秋了。」又要到父皇、母后的忌日了。

又是一陣靜默，我也沒有起身離開的意思，卻聽聞一聲，「參見皇上。」我再次回神，望著連城，沒有行禮。習慣直接喊他的名字，習慣在他面前放肆，這僅僅是一種習慣。

他在我身邊坐下，同我一起觀望茫茫碧水，瀲灩晚霞，「你想家人了？」他的聲音隨風飄來，我的神色也黯然一沉。

他見我不說話，又道：「三日後的秋獵，我打算帶你一同前去。」

「你說眞的？」我的眼神一亮，望著他認眞的表情。

他淡淡一笑，「這樣，你才能開心。」

我眼中的光彩漸漸褪去，「連城，不要對我這麼好，我的心，不可能再愛上其他人了。」

他道：「這兩個月，你從來沒有笑過。我只是希望你開心。」

開心是什麼，我早就忘了，我的心早已被人傷得血跡斑斑，傷痕累累，若不是還有復國的信念支撐著我，怕是早就堅持不下去。早在弈冰與溫靜若倒在我面前之時，便隨他們而去。連城對我的好，我一直都知道，但是我不想傷他。我被愛人傷過，知道那是什麼滋味。

他突然轉移了話題，「看這天色漸暗，我帶你去放孔明燈吧。」

我疑惑地盯著他，「孔明燈？」

他握起我的手，將我拉起，「孔明燈祈福，你的父皇、母后在天上可以看見。」

我順著他手的力道而起，只見他吩咐蘭蘭與幽草去準備孔明燈。不出一個時辰，心靈手巧的她們已將一盞孔明燈做好，拿到我們面前。此時天色已漸晚，漫天繁星如鑽點點，耀花了我的眼。

連城遞給我一支筆，「把你的心願寫上去。」

我接過筆，卻始終沒有動手，連城若有若無地歎息，也執起一支筆，在上面寫著什麼，看著他在寫，我的心念也一動，提筆寫著：

父皇、母后佑馥雅早日完成復國大業。

寫完這句，腦海中又閃過一個念頭，不自覺提筆寫下一行字：「願連城早日尋到心愛的女子。」

我鬆下一口氣，將筆遞給蘭蘭，「寫完了。」

但幽草與蘭蘭見到我寫的字，臉色一變，「主子……」

連城走到我身邊，看著我寫的字，臉色依舊不變，淡然一笑，「你眞爲我著想。」

我笑著越過連城，看著他寫在另一處的字：「馥雅幸福。」

「幸福……」連母親都做不了的人，可以幸福嗎？一想到此我的心就隱隱作痛。

連城接過火把，將其點燃，孔明燈緩緩升起，帶著我的祈禱升上了天。我與他並肩望空中那徐徐而升的孔明燈，點點火光帶著燈飄蕩，淚水迷濛了眼眶，模糊了我的視線。

第六章　白馬笑西風

深秋的天空蔚藍而高遠，溫暖的陽光透著一層淡淡的紫暉。放眼嵯峨山中，依舊樹木蔥蘢，綠蔭匝地，村落曠野地帶則是一片金黃的火焰。連城此次秋獵攜我出行，還領著數百名善射的左右獵手，號曰「百騎」。到目的地後，百騎便動手搭起了帳篷，皇上的主帳在最中央，百騎的帳篷則將主帳團團圍住。

在一行長長的隊伍中，我還見到了曦。他此次孤身陪在連城身邊，兩人並肩騎著白馬，似一個模子印出來的，明眼人都能猜測出他們的關係。當然，連胤此次也同行前往，從見到我那一刻起，他瞳中就布滿了隱隱的殺意，正因爲這樣，我一直緊隨在連城身邊，一刻都不敢離開。

這樣的情形引得曦開口：「辰妃與大哥形影不離，感情好得羨煞旁人。」

聽到這句話，我也就只能乾笑幾聲。是呀，在他人眼中，我與連城的確恩愛。但其中的關係他們又能懂幾分呢，只有我們自己明白啊。

搭好帳篷已經入夜，眾人用過晚膳便疲累地入寢了。我與連城同居一帳，他卻不與我同臥。將床榻讓給我居臥，自己居於偏帳內秉燭觀書，沉沉地倚在桌上睡去。他堂堂一個皇上竟要與自己的妃子分臥而居，此話若傳出，又有誰會信？

躺在榻上，我翻來覆去地睡不著，擔心連城一人獨居偏帳過夜會冷。想到這兒，我便身著單薄的衣裳跑下床，手捧一件披風，悄悄閃入偏帳。裡面的燭火搖曳，他安詳地倚在桌上睡去，胸口起伏，呼吸平穩。

我將披風小心翼翼地披蓋在他肩上，再將他手中始終未放下的書取下，置放在桌上，「爲何要對我這麼好，我怕還不起。」我喃喃對著他輕道，若有若無地吐出一聲哀歎。我的愧疚之情漸漸湧上心頭，越在他身邊我欠他的就越多了……

我穿著單薄的輕羅衣衫走出了主帳，山風寂寂吹蕩，秋色梧桐片落。山間空氣眞的很清新，我站在高山懸崖邊緣，俯視朗朗天地乾坤，仰望著明月，原本躁動的心平靜了下來。這個情景是我夢寐以求的生活呀，我想永遠在這裡待下去，終老一生。

「辰妃娘娘！」凄怖的聲音在空曠的平地響起，止住了我的暢想。

回首望著笑得邪惡的連胤，我的心漏跳了幾拍，「你……」

「連胤眞的很佩服，你竟有如此通天本領逃過一劫，又再次進宮成爲大哥的辰妃。」他朝我一步步逼近，在月光照射下，有一道寒光射出，那是刀鋒之芒。

「託你們的洪福。」我不自覺地朝後挪了一小步，再回首望望身後的懸崖，不好！難道他要在此時謀害我？

「連胤。」曦的出現止住了連胤的步伐，他立刻將刀隱藏在袖中，我們一齊側首望著曦。

「這麼晚，你還找辰妃聊天？眞是好興致。」曦悠然走到我身邊，身上散發著冷然的氣勢。

連胤呵呵一笑，睇我一眼，再望望曦，「晚了，我先回帳了。你們聊吧！」

當他悻悻離去後，我懸著的心終於放下了，同時也感激曦適時的出現，若沒有他，我怕是又難逃一劫。我更沒想到，連胤竟如此大膽，眞的想對我下手。

曦盯著他漸漸遠去的背影，問道：「你認識他？」

我輕笑一聲，「毀我容，他也有分。」

「那你爲何不告訴大哥？難道你想就這樣算了？」

「曾傷過我害過我的人，我會加倍向他們討要回來的。但現在不是將事情鬧大的時候。」

他沉默了良久，蹲下身子，撿起地上的一根殘枝，然後朝面前的山谷一擲，「你想不想知道亓國這半年來發生的事？」

我迎風而立，髮絲亂了我的眼眸，「我沒有興趣。」

「我以爲亓國廢后立后之事你會很感興趣。」

我一怔，「廢后？」難道短短半年時間杜家就被祈佑給剷除了？

他回道：「亓后杜莞被查出以巫蠱謀害陸昭儀的孩子，導致流產。皇上一怒之下將其廢黜打入冷宮。但是半個月後又將她復立爲后，你知道這是什麼原因嗎？」

我沉默良久，思緒百轉，靈光一閃，「杜莞用巫蠱謀害陸昭儀的孩子，此等迷信之說你信嗎？」

他不答反問：「若說是有人故意嫁禍，這手法也太不能令人信服了，像納蘭祈佑這樣聖明之主會被此妖邪之話而左右到廢后？」

我立刻接下了他的話，「那就只有一個原因，巫蠱之說根本是皇上策畫。」

他點點頭，後又不解道：「若是皇上策畫，那爲何又要在半個月後復立皇后？自相矛盾不是嗎？」

我拂過擋在眼前的髮絲，「這就是他的高明之處了！先降罪給杜莞，讓杜家一黨心急如焚，自亂陣腳。適時再給他們一個天大的恩惠，讓他們放鬆戒心，更加肆無忌憚地以為祈佑根本不敢動他杜家。只要戒心一放鬆，剷除杜家就指日可待了。」

「他，眞是用心良苦呀。」他緩緩起身，後退幾步，拍拍手上的灰塵，「可惜了花蕊夫人。」

我問：「尹晶？她怎麼了？」

「經查證，嫁禍皇后的人正是這位花蕊夫人，納蘭祈佑竟拿自己的女人當刀子使，確實高明、高明、高明呀。」他一連讚歎三聲高明，可見他對納蘭祈佑的佩服。

我一聲輕笑，在空谷中來回絕響，「這就是納蘭祈佑。」

我們之間再次沉默良久，我說道：「你對亓國後宮之事眞的很清楚。」

「我說過，他的後宮有我的人。」

次日一大早，連城一聲令下，百騎皆放奔四野，執弓弩打獵。我站在原野間望山澗綠野叢叢，心情甚好，再望天際那雄鷹展翅，嘶嘶啼叫，我將背著的弓弩用力拉開，對準天際的雄鷹，箭突然射出，卻射到一半就掉落下來，這個情景讓身旁的連城笑了起來，我有些不服氣地再次舉箭拉弓，卻仍如前回，箭飛射到一半卻又掉落下來。連城的笑聲更大了，我有些尷尬地望著他，「不准笑！」

他抽出一支箭，然後走到我身邊，環住我的雙臂，在我耳邊輕道：「姿勢站正。」

起先我因他的靠近有些不自然，知他的意圖後便將僵硬的身軀鬆弛下來，順著他的力氣輕輕拉弓，箭朝一點對準目標後，右手拉箭柄的力氣才開始加大。

嗖一聲，箭飛射而出，快得讓我驚異。

那支箭筆直地射中鷹的小腹，那鷹由天空中摔落而下，跌至我們腳邊。

「好箭法。」我忍不住一聲讚歎，他將環著我的雙臂收回，跑至已奄奄一息的鷹邊。望著連城將地上奄奄一息的鷹撿起，突然察覺到一陣殺氣直逼，側首而望，一支尖銳鋒利的箭直朝我胸口射來，我呆呆地站在原地望著箭一寸寸朝我逼近，一個身影飛身將我撲倒在地，連續翻滾了好幾圈才避過那致命一擊。

「連胤，你想在皇上面前射殺辰妃？」曦才救我脫險，一雙冷眸便射向連胤。

連城也回首瞅了眼撲倒在地的我們，再盯著連胤，目光逐漸變深變暗，含著殺戮之氣。連胤無辜地聳聳肩，指著我們身後道：「我只是想射殺那隻銀狐而已，並無冒犯辰妃之意。」

我們皆側首望著那隻深中連胤一箭的銀狐，它雙腿還在無力地做著垂死掙扎。連城原本閃過殺氣的目光漸漸放下，轉為了然，將依舊趴在地上的我扶起，輕柔地為我拍拍身上的雜草灰塵。

曦也起身，我感激地望著他，用眼神表示我對他的謝意，他已經是第二次救下我了。剛才連胤那一箭絕對是衝我來的，那隻銀狐只不過是他射殺失敗的一個藉口而已。我不得不佩服他的大膽，當著連城的面也敢做此大逆之舉，這就是所謂的狗急跳牆？看來以後是不能離開連城一步了，否則隨時會命喪連胤手中。

連胤手捧銀狐，「辰妃，這美麗的銀狐送給您，就當為臣驚嚇到您而賠罪。」

我含笑接過，「那本宮謝過了。」心中卻暗暗恨道，好你個連胤，竟多次欲置我於死地，既然你如此狠心地不留餘地，休怪他日我也不給你留情面。

此時的連城與連胤並肩而立，同時瞄準天上僅剩的一隻雄鷹。我不覺凝神望向他們二人，心中期許連城能射中，滅滅連胤這陰險小人的威風。

曦壓低了聲音說道：「我很好奇，你到底知道些什麼秘密，令連胤多番對你下殺手。」

「誰知道呢？」我避而不答，目光依舊緊盯連城與連胤，兩人雙箭齊發，同時逼近那隻鷹。此時，連城的箭卻突然轉了個方向，將連胤的箭射下，最後直插蒼鷹咽喉。劍法之精準讓我拍手叫好，不禁朝徐徐掉落在地的鷹奔去，後蹲在地上審視一番，「一箭斃命，皇上箭法之精準可不是一般人能比擬的。」

但見連胤臉上的肌肉抽了抽，仍舊陪著笑，「大哥的箭法確實無人能敵，連胤自歎不如。」

連城不說話，唇邊掛著逸雅迷人的笑凝視著我，彷彿看出了我與連胤之間的暗潮洶湧。他牽過一匹馬，翻身躍上朝我奔來，最後向我伸出手，「馥雅，陪朕跑幾圈。」

沒有猶豫，我伸出了手。與其在這兒與討人厭的連胤待在一處，還不如策馬於草原，放歌於天地之間來得安逸。

山川秀麗多嬌，秋意寄情密意，天角孤雲渺渺。

連城將我護在他那強而有力的臂彎之中，飛奔於這片鬱鬱草叢，速度很快，風拍打在我的雙頰上，我幾乎睜不開眼睛。

只聽得連城大聲問：「你與連胤有過節？」

「不喜歡他，太造作。」我多想開口對他說出連胤與靈水依之間的姦情，但是這並不是明智之舉。我根本沒有證據，就算連城信了，其他人會信嗎？

他又道：「還在爲剛才那無心一箭而生氣？」

「是呀。」我無奈地承認下來。

他一陣輕笑，「那只是個意外，二弟怎麼可能有意加害於你。」

聽到他這句話，我沒有再說話，只是在心中歎息，連城對這個弟弟似乎無所防備，是連胤隱藏得太好，還是連城太過於相信他？

也不知跑了多久，連城終於將馬停了下來。我們置身於漫腰的蘆葦之中，仰望默默碧天，白雲千載，雁過無痕，千山腹。

今日，將沉積於我心中許久不得而釋的沉重一掃而空，呼吸著屬於天地間最清新、最乾淨的空氣，我心暢快。

「見到你一掃多日的憂鬱之氣，我更確定攜你出獵之舉是正確的。」連城笑著躺入蘆葦中，我側首望著他一臉欣慰之色，心中除了感激仍是感激。

「真的很開心，這，才是我一直想追尋的日子。」雙手抱膝，睇著隨風擺動的蘆葦，「為什麼你從來不問我與祈佑發生了什麼事？」

「我不想揭你的傷疤。我在等，等你主動告訴我的那一日。」他的笑容仍舊在臉上，我才發現，他在我面前，似乎一直都保持著這個暖暖而寵溺的笑容，只為我一人而笑。

我沉默半晌，天地間唯剩下風聲，我終於開口吐出那個藏在我心中半年不願提及的傷痛。

「納蘭祈佑，他利用了我們之間的愛。

「在我皇陵祭祈星之時，竟在佩刀上下毒，只為嫁禍杜皇后，喚起我的仇恨，助他剷除那個不得不除的杜家。雖然那毒藥有解藥，可是我恨他利用了我對他的信任。

「這件事，我可以原諒，因爲他是帝王。

「他刻意命人將我引去一處廢苑，發現靜夫人與弈冰的姦情，欲借我之手誅殺他們。到時候就有理由給我更多的寵愛，將我推向風尖浪口，權力的頂峰，用我來瓜分杜家的勢力，鞏固他的皇權。

「這件事，我也能原諒，因爲他是一國之君。

「唯獨有一件事我無法說服自己原諒他。他命人在我每日喝的茶中放入麝香，剝奪了我當母親的權利，之所以不能原諒，因爲他是我的丈夫，孩子的父親。」

說這些話時，我以爲自己會很激動，結果卻是出奇地平靜無波。原來再說起納蘭祈佑對我的所作所爲，我竟能如此平靜。

連城始終沒有說任何一句話，只是陷入沉默之中。

我苦澀一笑，「我很可笑，對嗎？」

平躺著的他起身，緊緊將我擁入懷中，力氣很大，很強勢。我掙脫不出，只能被他圈在懷中。

他啞然道：「我連城發誓，永遠不會讓你再承受如此之痛。」

我沒有落淚，只是木然地注視遠方，將藏在心中這麼久的話吐出，眞的輕鬆了許多。

「我知道，你一直想過平凡的日子，我給不起。但是我能陪你坐起望旭日東昇、賞朝暉漫天，臥倚觀落日、徐徐睇朝霞映空。閒暇時微服出巡，走遍山川，俯看錦繡山澗，吟唱九歌。這一切的一切我都能給你。」他的聲音如一股春日暖風吹進我的心，他說的話……眞的讓我好生嚮往，但是，我眞的能擁有這些嗎？

或許我可以在連城身上尋找一個溫暖的港灣，在這君臨天下的連城身上尋找自己的歸屬，終老一生。但是，真的可以嗎？我真的能將對祈佑的愛與恨皆忘去？

後來，我們彼此都沒有說話，他緊緊地擁著我，我靠在他懷中聽他強勁有力的心跳，直到晚霞映紅了天際，落日沉入了地面，百騎們匆匆找尋而來，他才放開了我。

我望著曦與連胤異樣的目光有些尷尬，他們倆也未多說一語，恭敬地將我們迎回主帳。

連城走在最前邊，我默默地跟隨其後。一路上，誰都沒有說一句話，安靜得出奇。

夜晚，百騎圍在篝火前烤著獵來的羊、兔，哼唱著軍歌，好不熱鬧。連城也與他們同坐共食。我沒有吃任何東西便一人躺在軍帳內，不參與他們的熱鬧。帳內漆黑一片，我睜著眼睛想著數個時辰前的一幕幕，心神異常紛亂。不應該陷入他的柔情之中，我已沒有資格再去愛人。

聽見一陣腳步聲襲來，我立刻閉上雙目，假裝酣睡。直到腳步聲漸漸逼近，最後在我床側停住步伐，我緊張得竟屏住了呼吸，希望他能快些離開。

一陣輕笑傳來，「憋了這麼久不難受？」

聽他這樣一說，我用力吐出一口氣，睜開眼睛正對上一雙暗夜淒魅的瞳。如今的我面對連城竟然會緊張，與他相識這麼多年從來不會有緊張之感，今日卻油然而生。

我支起身子，不自然地輕笑，「外面那麼熱鬧，怎麼不多待會兒？」

「你不在，沒意思。」他在床榻邊坐著，「你在躲我嗎？」

我的聲音猛然提高，「我何須躲你?!」

「你這樣像是欲蓋彌彰。」他輕輕順了順我的髮絲，「想不想去看看你的父皇、母后？」

我的眸光迅速黯淡，「當然想。」

「那我帶你去夏國吧。」

他此語一出，我立刻仰頭驚異地望著他，「你說什麼，你要帶我去夏國？」

他頷首，我立刻搖頭，「不行，你可是昱國的皇帝。」

「我們可以偷偷離開軍帳，擺脫百騎，就不會引起夏國的注意。」他說罷，我便沉默猶豫著，他又道，「我知道你想他們，所以這次秋獵也是個藉口，只爲帶你去夏國見你的父皇、母后。算算日子，你也有六年沒回去了吧。」

我的雙指糾纏在一起，內心也十分掙扎，我們這一去萬一被人認出來就太危險了。除非……連曦。我立刻開口道：「如果，我們懂易容術就好了……」

他含笑揉揉我的髮絲，「曦就是個易容大師，你若不放心，我們帶他上路。」

我佯裝驚訝地問：「他會易容嗎？那我們就可以安心去夏國啦。」

我與連城在帳中聊著我們此次去夏國的計畫，直到深夜寂寂，外邊只剩下幾小隊巡邏的士兵後，我們才偷溜出帳，與連曦會合，騎馬奔騰在黑夜之中。天邊的星星閃爍如鑽，連城緊摟著我同乘一馬。

靠在他懷中我才發覺是這樣安心，他對我的用心我一直銘記在心，說不感動是騙人的。但是……這只是感動，只是感動。

第七章　血染驚情劫

夏國。

我與連城在連曦的巧手僞裝之下，成爲一對年近四十的普通中年夫婦，連曦則扮演我們倆的「醜兒子」。一路上，我不停以母親的口氣喚他爲「曦兒」，惹得連城一陣狂笑，連曦卻是擺著一張臭臉。我卻依舊我行我素地喚他爲「曦兒」，他乾脆充耳不聞。

連日來的奔波，他們倆的體力還綽綽有餘，我卻是累壞了，全身的骨頭幾乎要散了。連城看我可憐兮兮的，便在一間客棧內包下兩間上房，供我們落腳。

夜裡，夏國的街道很是熱鬧，空曠寬敞的大道上人潮熙攘，我吵著連城要下去湊湊熱鬧，他寵溺地握著我的手便步出客棧，與他緊握著的手傳來陣陣溫暖，先前有些僵硬，後想起我們現在扮演的是夫妻，我自然而然地放鬆了自己，與他漫步在人群中，像極了一對恩愛的夫妻。

好多年了，我都未再走在這熟悉的街道上，記得曾經與皇兄偷偷逃出皇宮，被父皇親自抓了回去。我知道，那時他是多麼擔心我與皇兄會出事，畢竟我們根本不懂人情世故。如今，再也沒有父皇的訓示，母后的疼愛，皇兄……怕是早已遭受二皇叔的毒手了。

大道兩旁掛著的紅燈籠照亮了街道，我拉著連城走到一個多人圍繞之處，許多老少男女皆撐頭思考著燈謎。由他們口中得知，猜對燈謎即可得到獎勵，我的興趣大起，與連城共猜燈謎。

一位手持燈籠的掌櫃開始出題，「第一題『日落星出月當頭』，打一個詞。」

我立刻有了答案，聲音還未發出，就聽一個清脆的女聲搶先道：「星去日，當頭月，正是『生肖』二字。」

眾人聽罷立刻點頭，恍然大悟。

「這位姑娘答得不錯。第二題『殘陽如血』，打一種花卉。」

我又想開口，方才那位姑娘又搶先了一步，「晚來紅。」

「姑娘又答對了。第三題『一見鍾情』，打五唐句。」

爲了避免她再次搶先，我想都沒想便脫口而出道：「相看兩不厭。」但這次卻是與那名女子同時脫口而出，聲音夾雜在一起格外響亮。

眾人皆拍手叫好，我側首凝望那位姑娘，臉色慘然一變，險些站不住腳。她……不正是蘇思雲嘛，她怎麼會在這兒？如果說她在這兒的話，那祈佑……

我急忙拉著連城想避開，她卻上前攔住了我們，「大嬸，沒想到你也挺有才學的，眞人不露相啊。」

我壓低了聲音回道：「姑娘謬讚，不敢當。」

「雲兒。」一個淡淡的聲音插入我們之間，我的手一陣輕顫，連城用力握了握我的手，給予我勇氣面對。

我垂眸後退幾步，視線始終盯著自己的繡鞋，不語。

連城輕聲道：「走吧。」

「兩位請慢走，這是你們猜謎得到的獎勵。」掌櫃將糊著鴛鴦的紙燈籠遞給我與蘇思雲，「祝福兩位與夫君白首偕老。」

「謝謝。」連城接過，道了聲謝。

而蘇思雲則是將燈籠放在掌間觀賞，笑得很甜，「佑，好看嗎？」

他點點頭，「好看，走吧。」

直到他們離去，我才仰頭而望他們的背影，十指緊扣，相互依偎，雖看不見他們二人的表情，但是我知道，那笑一定很甜。我的心中浮現澀澀之感，彷彿有什麼東西正在扯著我才要癒合的心，竟是撕心裂肺。

連城沉沉地開口：「或許，他來夏國是找尋你的。」

看著他們的身影漸漸隱遁而去，我自嘲一笑，「我不喜歡自欺欺人。」我再由連城手中接過那個紙燈籠，細細凝視上面的鴛鴦戲水圖案，喃喃吟起，「借問吹簫向紫煙，曾經學舞度芳年。得成比目何辭死，只羨鴛鴦不羨仙。」

連城輕輕鬆開了緊握著我的手，「你還是放不下。」

我默然。

他縹緲一笑，「如果現在後悔了，就追上去，告訴他馥雅就在這兒。」

燈籠摔在地上，在原地滾了好幾個圈才停下，「沒有，我沒有放不下。回去吧，我來夏國是拜祭父皇、母后的。」

次日一大早，我們便動身前往夏國皇陵，但是父皇、母后並未葬於皇陵，而是皇陵外。二皇叔眞的非常狠心，誅我父皇、母后不說，就連屍骨都不允許進入皇陵，他與父皇眞的是親兄弟嗎？

我望著眼前蔓草萋萋無人理的墓碑，赤手上去拔那些荊草，手被割傷也渾然不覺，眼淚再也控制不住地溢出。第一次，我在父皇、母后面前痛哭，只可惜如今已是天人兩隔，連城忙上前阻止我瘋狂的舉動，我無力地跪在墓碑之前。

「馥雅，別難過了。」

連城拿出一條帕子爲我拭去臉上的淚水，我哽咽著說：「以前我多麼不孝，爲了愛一個男人甘願放棄了復國，卻被他傷得傷痕累累。我好後悔，爲何沒有答應納蘭憲雲，如果我做了他的女人，夏國早就亡了，連城……你也不會承受陰山的血恥。如果我能回到五年前，讓我重選一次，我一定不會選擇那段夾雜著陰謀的愛情。」

手上的血滴入泥土中，深深淺淺。

曦的聲音沉沉響起，「快走，有殺氣。」

我與連城同時回頭看著曦，果眞，二十多名黑衣蒙面殺手持著長刀從天而降，一語不發地朝我們殺來。連曦首先拔劍，口中大喊：「大哥，快帶她走，這裡有我擋著。」

連城拉著我就朝拴在樹邊的馬奔去，隱隱聽見後面傳來殺手的聲音，「一定不能放那個女人逃了。」

我一驚，難道是衝我來的？二皇叔這麼神通廣大，竟能得知我的到來？不，事情一定沒有這麼簡單。

連城與我騎上了馬，飛快地朝林間深處奔去，將我密不透風地護在懷中，在我耳邊道：「閉上眼睛。」

我很聽話地將眼睛閉起，耳朵卻在傾聽著風聲呼呼由耳邊滑過，我握緊了連城的手臂，一定會沒事的，連城和我……都不能出事。也不知過了多久，馬速漸漸放慢，連城的身子一晃，感覺到他的異樣，我低呼：「怎麼了？」

他說：「沒事……馬上就安全了。」

我感覺到他呼吸開始紊亂，氣若游絲，我大駭，忙睜開眼睛回首望著仍舊緊握韁繩的連城。他面如死灰，眸色渙散。

我怔怔地望著他，喃喃地喚道：「連……城……」話未落音，他便由馬上翻落，摔在草地上，我清楚地看見他的脊背上插著兩把尖銳的匕首。我立刻停住馬，翻身而下，摟著早已神志渙散的他，「連城，你不能有事，連城……」

他伸出手拂過我早已被風吹得凌亂不堪的髮絲，笑道：「馥雅沒事，我便放心了。」終於沉沉地閉上雙眼。我顫抖著伸手上前探他的鼻息，當我察覺到還有氣息之時，終於放下了一顆懸著的心。

我的心突然感到一陣椎心的痛楚，泣不成聲，若不是他用全身護著我，那兩把匕首應該是插在我身上的，我呢喃著：「你不能有事……」放眼望去，蒼茫碧草，大風捲塵飛揚。大約半里之外看見一處小屋，我的希望徐徐升起，用盡全身力氣將連城扛在身上，背著他一步步朝前走去，「連城，我們都會沒事的……你一定要……堅持住。」汗水一滴滴地沿著我的額頭滑落。

也不知走了多久，我終於走到那處小屋前，扯開喉嚨喊道：「有沒有人……有沒有人，請救救他……」叫喊了好多聲都沒人回應，原本的期待變成絕望。我含淚望著荒蕪一片的小屋，一陣眩暈，雙腿一軟，與連城一同倒在滿是塵土的地上。我顫抖地撫過他的額頭，「都怪我，若不是我堅持來夏國，就不會遭人追殺，都怪我……」

「大嬸，你們怎麼了？」鶯鶯之聲由身後響起，再次點燃了我的希望。猛地起身轉望身後的女子，我怔住，是……太子妃蘇姚與太子納蘭祈皓，蘇姚手中還抱著一個三歲左右的孩子，他們竟隱居於夏國境內？

我立刻跪在他們跟前，「姑娘，求你救救我夫婿……他受了很重的刀傷。」

祈皓蹲下身子將早昏死過去的連城扶起，稍稍檢查了一下傷口，便對蘇姚道：「去拿一盆熱水和紗布，對了，還有止血的草藥。」

一聽到他的話我便破涕爲笑，胡亂擦了擦臉上的淚珠，幫著他將連城抬進屋。

之後，祈皓將我遣出屋外等著，我焦急地在屋外踱來踱去。蘇姚安撫著我，「不用太擔心，不會有事的。」

看著帶著嫻雅笑容的蘇姚，我的心稍稍平靜了些，輕輕點頭問了句：「姑娘，這荒山野嶺的，你們怎會居住在此？」

蘇姚笑了笑，再輕撫了撫孩子的腦勺，「就爲圖個清靜。」

「這般日子你不會覺得無趣嗎？不會思念自己的親人嗎？」

「只要能與自己眞愛的人在一起，怎會無趣？親人……」她喃喃地反覆呢喃「親人」二字，「魚與熊掌不可兼得，有得必有失。」

欽佩地望著蘇姚，我點頭道：「姑娘有一顆平常心。」自選秀那日見著她，我就知道她不是一般庸脂俗粉能比的，也難怪太子會爲其傾心。

小木門咯吱一聲被人拉開，祈皓一臉疲累地步出，「我已爲他取出兩支匕首，敷上止血草藥，應該不會有大礙。」

一顆懸得老高的心終於放下，「謝謝你們，謝謝……」感激過後，我便飛進屋內瞧連城。他趴在木床上，身上纏繞了一圈又一圈的紗布，血早已染紅了紗布。望著依舊昏迷的他，我的心五味摻雜。坐在圓桌旁，深深注視著那張已被曦弄得略顯蒼老平凡的臉，我笑出了聲。

突然，外邊傳來一聲清脆的破碎之聲，我忙欲衝出去瞧瞧，步伐卻硬生生停在暗木門邊。我閃躲至門邊，由一旁的小窗朝外望去，豎耳偷聽外邊的談話聲。

「大哥，大嫂。」祈佑恭謙卻略顯冷漠地喚了一聲。

「你怎麼會找到這兒？」祈皓很是戒備地瞅著他。

「自你被父皇逐出皇宮我便派人悄悄跟隨。」

祈皓與蘇姚對望一眼，沉默半晌，「你此次前來又是爲了什麼？」

「你知道母后已薨嗎？」祈佑不答反問。

祈皓一聽，臉色大變，立刻緊拽他的雙肩，激動地問道：「你說什麼……母后怎會……」

「是我，爲了嫁禍祈星，我派人……」祈佑毫無隱瞞地回答，話未說完，一巴掌狠狠甩至他的臉頰，祈皓怒斥道：「畜生。」

蘇思雲捂著唇驚呼一聲，擔憂地凝望祈佑，「皇上……」

祈佑也不怒，依舊淡淡地說：「此次我來，是請你們回金陵。」

祈皓不禁笑了起來，笑中卻帶著苦澀傷痛，「你可知母后多麼疼愛你……有時候，我會恨母后對你我的不公……爲何要選我爲太子，爲何……」

「你說什麼？」祈佑終於動容，淡漠的神色掠過驚詫、不解。

「母后在害死袁夫人後就察覺到皇上欲誅她，爲了自保，她將我推向權力最頂端，爲了保全你，用冷漠來裝出對你的漠視。多少次……我羨慕你能得到母后這般保護……只因你不是太子！」祈皓的輕笑轉爲狂笑，「這些，你都不知道吧……你太可憐了……太可憐……」

祈佑呆愣在原地望著他，我清楚地見到，有淚水在他瞳中打轉，更多的是不相信，他似乎不能接受這個事實，「我不信！」

蘇姚歎了口氣，「祈皓說的全是實話，我們沒必要拿這種事來騙你。」

時間似乎在那一刻靜止，所有人都呆立在原地，各有所思。卻在此時，曦貿然闖了進來，所有人都用七分戒備三分殺氣的眼神注視著他，我一驚，他早不來晚不來，偏偏這個時候來，不要命了。

一咬牙，我拉開門便衝了出去，一把將曦抱個滿懷，扯著粗嗓哭道：「曦兒，幸好你沒事，娘擔心死你了。」

曦僵硬地拍拍我的背，「我沒事……娘。」

一聽曦喚我爲「娘」，我險些笑出了聲，偷偷將頭埋在他懷裡無聲地笑，蘇姚見我雙肩聳動，忙上前安慰道：「大嬸，別難過，您的孩子不是回來了嘛。」

我佯裝拭著眼角的淚，點點頭。曦擔憂地問，「大……爹呢？他沒事吧？」

「在裡邊，走，娘帶你去看看。」我拽著他的臂膀就朝裡屋去，自始至終我都沒有正眼看祈佑一眼，可我知道，他的視線一直凌厲地盯著我。

我緊緊將門關上，曦望著連城，皺了皺眉頭，「那批殺手是衝你來的。」

我點點頭，「此次我們易容來夏國，不可能這麼容易被人發現。除非……有人一直在跟蹤我們。」

曦也點頭附和，「對，有內鬼。」

我們倆對望一眼，同時喊出了一個名字，「連胤。」

我握緊的拳用力捶了一下桌案，怒道：「連胤這個傢伙，竟敢這麼放肆！」

曦道：「所以，我們不得不對付他了。」

「可是，憑我一己之力根本無法對付他。除非，你進宮幫我？」

他沉默著，似乎在掙扎，終於還是點頭，「好。爲了大哥的江山，我會想辦法進宮助你除去連胤這個卑鄙小人的。」

「謝謝……」我感激地盯著他，又想到我們現在的處境，不禁有些擔憂，「祈佑現在在這兒，我們很危險。」

曦說：「我來的時候發現，四周隱藏了許多大內高手，祈佑是來尋你的？」

「怎麼可能……他是來尋他的哥哥。」我暗自一笑，將目光放在連城身上，「你的醫術一向很高明，能不能讓連城盡快好起來，我們就能上路回昱國了。」

曦點頭。我的目光卻再次投放窗外，飄揚的風中唯獨剩下蘇思雲與祈佑並肩而立。蘇思雲一直緊握他的手，在說些什麼；而祈佑則是呆呆地立在原地，目光呆滯。如今在他身邊安慰他的已經不再是我了，而是蘇思雲。她暖暖的笑，似乎能滲透人心，清脆的嗓音能撫平他的心傷……或許蘇思雲眞的比我更適合待在祈佑身邊。

知道眞相的他該是如何後悔當初謀害了自己的親生母親啊，曾經我不願將眞相告訴他，就怕他會承受不住……但是，他是個無情的帝王，即使傷心也會很快淡去，將來再次振作管理國事、天下事。我相信，不會有任何事能左右他的。

這兩日我心驚膽戰地與祈佑他們待在一起，做任何事都小心翼翼的，生怕一個不小心便被他認出了我。這些日子我從他們言語之中發覺，祈佑一直很消沉，目光有些渙散凌亂，似乎還沉浸在他母后那件事的陰霾當中。而且，他更堅定了要請祈皓回金陵之意。我不知道他出於何種目的要將他們請回去，但是我看得出，他很孤單，他的身邊眞的連一個親人都沒有了，唯有這個哥哥。雖然他們曾經爲敵，但是血濃於水，沒有任何人能否認這個事實。

今日，連城終於由昏迷中清醒了過來，他的臉色還是很蒼白，但臉上卻依舊掛著笑。我看著非常心疼，都傷成這個樣子了還有心情笑，端著盛滿黑汁的藥碗遞給他，「快喝吧，瞧你現在的樣子，哪像個皇帝。」

他欲接過藥，我立刻收回伸出的手，「算了，還是我餵你吧……你這個樣子哪端得穩。」

他無奈地動了動身子，「你的話好像變多了。」

我不搭理他，低頭吹了吹冒著熱氣的藥碗，再盛起一勺藥汁湊到他嘴邊，「早些養好傷回宮去。」

他乖乖地吞下一口，因苦澀之味皺了皺眉頭，「你還變凶了。」

我瞪他一眼，又盛了一勺過去，「多話！」

連城卻握住我的手，藥潑灑在我們手上，他問：「你怎麼了？在生我的氣？」

我僵在原地，呆呆地望著碗中濃黑的藥，「連城，當我看見你背後身中兩刀……我眞的好擔心你再也醒不過來了，那就是我害了你……我欠你的已經夠多了，我不想再害你爲我丟了一條命！」

他猛地拉過我，手中的藥碗摔碎在地，我狠狠地撞進他懷中，他悶哼一聲。我知道他的傷口在疼，想掙脫，他卻摟得更緊，「對不起。」

我不敢再掙扎，生怕一個用力會扯動他的傷口，只能安靜地待在他懷中。「你對不起什麼？從頭到尾都是我在對不起你啊。」

「眞希望一直病下去。」他緊緊按住我的腦袋，緊貼在他的胸膛，「我喜歡看你生氣時的表情，喜歡看你對我凶的樣子。」

門突然被人推開，我們齊目望著曦匆匆進來，「今夜就走，我的手下已經趕來接應。」

「這麼急？」連城不解。

曦淡淡地說：「若不快些離開，我怕會再遇見殺手，而且……這兒不能久留。」

連城似乎意識到了些什麼，神色格外凝重地問道：「誰在這兒？」

我僵硬地將「祈佑」二字吐出，換來連城一笑，「沒想到，你和他這麼有緣。就連來到夏國都能接連碰著。」

我淡淡地迴避著他的話語，只道：「若要離開，我必須向他們夫妻二人道謝再走。」說罷，便匆匆出門。

當著祈佑的面，我很平靜地向蘇姚與祈皓感激道別，自始至終我都沒有看他一眼。我知道，眼睛是會透露心事的。

也許是因我的平靜面對，又或是曦的易容之術太過高超，我逃過了祈佑的眼睛。又或者是……如今他的眼中只有蘇思雲呢？

匆匆告別之後，與連城、曦乘著馬車離開，我揭開錦簾探頭望著離我越來越遠的小屋，此次一別，何時才能再相見？或許是兵戎相見的那一刻吧。輕輕放下錦簾，再望望始終將視線停留在我臉上的連城，我悄悄別開視線。

不可以，他是連城，並不是寂寞中的依靠。

在回昱國的路上，我們連續遇到了兩批殺手，此次那些殺手不只是衝我來，還欲置連城於死地。不敢相信，連胤竟連自己的親哥哥都要殺，他已經急紅了眼吧。連城帶傷與那批殺手搏鬥，又扯動了才癒合的傷口，血滲透了一背。幸好曦的手下及時趕到，否則我與連城是在劫難逃。當所有殺手被他們解決之後，連城便昏倒在地，不省人事。

我們不敢多作停留，帶著昏迷的連城連夜趕路回昱國，終於，在第四日抵達皇宮。太后聞訊立刻請了數十位御醫爲其診治，對於我則是冷言相向，甚至不容許我踏入鳳闕殿。我知道她認爲是我害了連城，更不想再見到我。

帶著擔憂，我悻悻地去了儲秀宮見納蘭敏，她的眉宇間充斥著無盡慘然，不時輕咳幾聲，隱有病態，見到我來，立刻扯出笑容邀我同坐。她一邊剪著紙鳶一邊問：「聽說，皇上受了很重的傷？」

我點頭，心中的擔心無盡蔓延，「是我的錯。」
她輕咳了幾聲，帶著笑道：「誰都沒有錯，只因你們都太癡。」
見她咳聲不止，我忙去順順她的脊背，「姐姐怎麼了？要不要請御醫？」
她擺了擺手，「沒事，老毛病了，天氣稍寒便會咳嗽不止，習慣就好。」她將手中已剪好的一對鴛鴦送給我，我不禁失笑，「姐姐為何送我鴛鴦？」
她放下剪子笑道：「自從進入這儲秀宮開始，你的臉上就掛著擔憂。」輕撫手工精緻的鴛鴦，我道：「是呀，連城現在還昏迷著，我怎能不擔憂？」
她道：「那你為何要擔憂呢？」
我的笑依舊未斂，「因為他……」說到這兒，我卻突然頓住了，想了許久才道：「因為他是我的朋友。」
「你知道，這樣的擔憂，只有在愛人之間才存在的。我相信現在的你，對他的感情已經不僅限於朋友之情了。」她了然一笑，「所以，這對鴛鴦是祝你與他白首偕老的。」
我不自然地放下手中的紙鳶，「姐姐別說笑，我不可能再愛上他人。」
「為何要封閉自己的心？敞開胸懷給他人一個機會，也給自己一個機會。」
「我的歸宿不會是連城，連城愛的女人也不該是我。」我不能接受連城，因為至今我都無法忘卻祈佑給我的傷，或許……能看淡祈佑對我所做的一切，我就能敞開心懷接受連城吧，但是……真的會有那麼一日？
「哪來那麼多顧忌。只有彼此相處得開心才是最重要的，不是嗎？又有誰規定，女人一生只能愛一個男人。那種禮教，所謂的『三從四德』我最不屑一顧了。」她含笑拍了拍我的手背，溫暖了我的心。

事到如今，竟還有人能對我關懷備至，悉心開導。女人之間原來也可以有如此眞誠的一分友誼，即使她仍舊顧慮祈殞心中最愛的那個人或許是我。

「妹妹隨我來。」她握緊我的手，領我走出門檻。我們一同埋進漫漫黑夜之中，風露漸冷，她單薄的身子能承受住？

儲秀宮後院，草草分攤，滿地枯葉霜霜。最爲怵目驚心的還要屬那滿園紛鋪如雪的曇花，她是帶我來看曇花的？

她指著幾朵漸漸萎去的曇花道：「曇花很美，但是它的生命卻極爲短暫，開過後瞬間凋零。也正因它的短暫，才讓人覺得可貴。」

我蹲下身子，目光始終凝滯在這片曇花之上。我的手才觸及一朵開得冰清嬌豔的曇花，它卻開始緩緩萎落，最後凋零。我的心因它的凋零一陣疼痛，更多的還是惋惜……這麼美的花，生命卻是如此短暫。

「我帶你來這兒，只是想告訴你，當你發現自己已然動心之時，一定要抓住這稍縱即逝的感覺，不要待到它逝去後才覺得可貴。到時候，它將是你一輩子無法挽回的遺憾。」她摘下一朵剛盛開的曇花交到我手中，笑得溫淳，「你看，摘得及時，到你手中仍舊是絕美的曇花。」

看著手中的曇花，我的心突然有了一種從未有過的紊亂。不，我對連城，只有感動。

一想到此，我立刻丟棄手中的曇花，疾步奔離而去，獨留下納蘭敏一人於曇花之前。

小庭幕簾逢冬，百香寒縈鼻，涼風襲羅衣。

我一路小跑出儲秀宮，思緒早已被納蘭敏的幾句話打亂，她說的話已深深敲動了我的心。不可能的，我怎麼可能會喜歡祈佑以外的人呢？我單手撫上額頭才發現滿是汗水。

這時，一名公公急匆匆地跑到我面前，「辰妃娘娘，太后召見。」

思緒變轉，我驚詫地望著他，深知太后的召見定然不簡單。但心中擔憂的仍是連城此刻的狀況，便隨他一同進入太后殿，一眼望去，太后高雅地倚坐在鳳椅上，目光深凝著我，頗有淩厲之色。

「跪下！」她一開口就有著擋不住的怒氣。

沒有猶豫，我跪倒在大殿中央，雙手撐地，視線始終凝於地面，等待著暴風雨的來臨。

「辰妃，你竟敢蠱惑皇上與你隻身前去夏國，真不知你安的什麼心，害皇上受如此重傷。」她克制不住地朝我吼來，緊握的拳頭一下下地敲擊著桌案，聲音來回飄蕩在空空的大殿之上。

「是臣妾的錯。」我平靜地回應著她的怒氣，擔憂地問，「皇上……傷勢如何？」

「幸得上天庇佑，沒有大礙。」太后緩緩鬆了口氣，臉色立馬肅起霜冷之色，「辰妃，你該當何罪？」

一聽連城沒事，我心中的千斤之擔總算放了下來，「臣妾任憑太后發落。」

太后整了整暗紫深紅的鳳褶裙，泛起傲然之色，「哀家看你就是個不祥之人，戾氣甚多，剋了皇上的天子龍威，自今夜起，你每日於昭陽宮的佛堂面對觀音大師誦讀佛經三遍，洗滌身上的媚野之氣。不經哀家的允許，絕不能見皇上。」她的話娓娓道完，我卻未做任何回應，她又道，「哀家沒有忘記，多年前，一名少年直闖亓軍陣營，將我兒救出，哀家多次想謝謝那位少年，經一番打聽才得知那名少年正是城兒金屋藏嬌的女子，那一刻，哀家才重新考量你。女子有你這般膽識，定是名性情剛烈、心存善念的女子，所以城兒封你爲辰妃，哀家並未多加阻撓。而今，城兒爲你險些丟去性命，這是哀家不能容忍的。」

「臣妾明白。太后所言，無非是想讓臣妾心甘情願久居昭陽宮，不再與皇上有過多接觸，臣妾唯太后命遵從便是。」我深深磕下一個響頭，起身步出太后殿。

殿外迢迢黑夜，疏星幾許，如鑽閃爍。

或許，我是該用一段時間讓自己的心性平靜下來，同時，也能消減靈水依與連胤的戒備之心。

第八章　貴寵傾六宮

一年後。

又是臘月冬日，昭陽宮內淒淒冷寂，庭院落葉紛鋪無人掃理，風塵襲襲覆滿屋。宮內的奴才不是被我遣走便是自行離開投奔別主，唯有蘭蘭與幽草，怎麼趕她們都不走，一直陪在我身邊。偌大一個宮殿如空城，靜得讓人覺得不夠眞實。自一年前甘願閉宮不出後，我就沒有再見過連城。聽蘭蘭說，他來過多次，可是才邁進宮門卻又折了回去。我知道……太后命令不可違。而且，我也不知如何面對他。

「娘娘，你又誦讀錯了。」幽草手捧佛經歎了口氣，「您把第一段與第三段混淆了。」

我正敲著木魚的手一僵，緊閉的眼簾倏地睜開，望著欲燃盡的紅燭才知道自己又在佛堂跪了一整天。

人說念經禮佛可以讓人心情平靜如水，無波無瀾，可是這數月的禮佛卻使我的心情更加紊亂。腦海中閃過的是數月前已身爲太醫院院判的曦給我帶來的話。

「辰妃，有一個不知是憂是喜的消息，你想聽嗎？」

「說實話，你帶來的消息我還眞不敢聽，卻很想聽。」

「一夜之間，亓國支持杜丞相的黨羽倒戈相向，四十多位官員聯名揭發其罪行，整理出三十宗罪名呈遞給皇上。」

我呵呵笑了一聲，「才兩年，眞的好快。」記得我離開亓國之時，朝廷中仍是杜家一手遮天，祈佑用了什麼方法，竟能如此神速地解決了這個大患？

「廢后當日，他又冊立了一位皇后。」他的聲音頓了頓，「蘇皇后。」

蘇皇后？我的呼吸窒了窒，隨後笑了，「冊后是好事……是好事。」

「還是放不下？」

我淡淡地搖頭，「只是覺得，很可笑。」是誰說一旦剷除了杜家就立我爲后？罷了，罷了，這些早已不重要，何必再去計較呢。每個人都有選擇自己愛人的權利，我不能要求一個人永遠將心放在我身上，這樣豈不是太自私？更何況他還是皇上。自從我決定離開亓國那一日起，就決定將我與祈佑的感情放下了，不是嗎？這些事我又何必耿耿於懷。早由皇宮中逃離後就已經放下這分愛了，不是嗎？都兩年過去了，對祈佑的情也該放下了……

回神，輕放下手中的念珠，由軟墊上起身，感覺到雙腿有些酥麻，頭也昏昏沉沉的。我的心也漸漸放寬，心如明鏡，輕鬆一笑，舒展一下僵硬的身子，再望望外邊的天色，已近子時。本想回寢宮休息，卻聽蘭蘭低呼一聲：「下雪了！」

一聽到「雪」，我就想到後院肯定是萬梅齊放，伴隨著點點雪花，景色定然撼動人心，沒能克制住心中的衝動，忙奔向後窗，將那緊閉著的紫檀窗推開，一股沁涼之氣縈繞鼻間，放眼望著梅林，有雪花侵襲覆枝，卻襯得梅花更爲嬌豔。

眉目一轉，卻望見一個衣著單薄而孤立雪海林中，靜靜看著我的男子，我僵在原地。

雪覆蓋了他滿滿一身，穿得那樣少，在這酷寒的雪夜，難道他不冷嗎？

猛然回神，我跳窗而出，飛奔進梅林，在他面前停住步伐，怔怔地望著他道：「你……怎麼來了？」

他神色變換，滄桑的臉上終是露出了笑容，「突然想起，今天，是你的生辰之日。忍不住，我就想來看看，你過得可好……」

生辰之日，這四個字將我徹底震住。我才回想起多年前在丞相府與他說的一句玩笑話：「臘月梅花盛開時下的第一場雪就是我的生辰之日」。沒有想到，這樣一句玩笑話他竟銘記在心，一直不曾忘卻。

「既然來了，爲何不進去？」

他道：「如果我們見面了，母后又會怪罪於你……其實，能遠遠看著你，就好。」

我無聲地笑了起來，有淚水沿著臉頰滑落，雪花紛飛散在我們的身上。

他見我又笑又哭的，頓時慌了手腳，「馥雅，你若是不喜歡，我以後再也不來了。」

我的笑聲逸出了口，撲進他的懷中，緊緊抱著他那冰涼的身軀，淚水更加止不住地傾灑在他那單薄的衣襟之上。這分愛，我怎能辜負？

那日後，連城握著我的手與我同去太后殿，當著太后的面讓她解除禁足令，口氣十分強勢。太后看他這麼嚴肅堅定，便點頭赦了那個禁足令。但我知道，她對我的不滿又加深了一層，一定認定我是個狐狸精，魅惑她的兒子。

此後，我眞正成了連城的辰妃，眞正的寵冠後宮，但是我從不專房，深知專房是君王大忌，更何況，我是不孕之身。

他每日陪我對弈、品評詩畫，與我暢聊他那一統江山的宏偉大志。在我面前，他絲毫沒有隱瞞地將他的野心吐露，我總是含笑且靜靜地聽著他與我同享他的野心。

我已經歷了那麼多坎坷波折，累了，也想找個肩膀讓我依靠。或許，我能在這帝王身邊尋找到自己的港灣，尋找到自己的歸宿。

我倚在窗邊，望梅林間的香雪海漸漸飄飛，散落了一地，我心中有著濃濃的失落，這梅花是要凋零了嗎？冬，過得可眞快。

突然聽見梅林間傳來隱隱歡笑之聲，如泉水潺潺般悅耳動聽，我朝梅林深處望去。有一白一藍的身影正徐徐移動著，似乎沉浸在賞梅的樂趣之中，「蘭蘭，她們是誰？」

蘭蘭探出腦袋朝林間望去，半晌她才收回視線，「回主子，那是蘭嬪與瑾嬪。」

我點點頭，「皇上有幾位嬪？」

她掰了掰手指，「現在有四位，蘭嬪、瑾嬪、媛嬪、香嬪。四位嬪中，皇上唯一寵幸過的也只有蘭嬪。她曾經同我們一樣是個小宮女，但是她甚懂承顏歡色，阿諛取容，將太后娘娘哄得一愣一愣的，當下便收她爲義女，再讓皇上納了她，蘭嬪一朝得勢，矜功恃寵，平日來倚仗太后對她的疼愛，目空一切，就連皇后娘娘都不放在眼裡。」

幽草羨慕地說道：「其實，這麼多年來皇上一直以憂心國事爲藉口極少近女色；但是奴才知道，皇上的心裡只有主子，故對女色敬而遠之。」

我轉眸望著梅林間談笑的蘭嬪與瑾嬪的身影漸漸清晰，笑道：「其實皇上不用……」我的聲音猛然止住，望見她們二人正踮腳折梅枝，我立刻衝了出去。

她們二人握著手中剛折下的梅枝，望著我疾步朝她們而去，立刻福身行禮，「臣妾參見……」

「你們竟敢在我昭陽宮折梅。」我冷聲打斷她們的行禮之言，走至她們面前將其手上的梅枝一把奪過。

瑾嬪立刻低頭，怯怯地說：「娘娘息怒。」

蘭嬪則臉色一變，口氣很不好，「辰妃何故小題大作，區區一枝梅而已。」

「區區一枝梅？梅乃高潔之物，豈俗凡之人可褻瀆？更何況，這昭陽宮內每一枝梅都是本宮心愛之物，你們折梅就是犯了錯，明知有錯竟也不知悔改，公然頂撞本宮，可知尊卑之分？」

「喲，辰妃說得還眞是滿口道理，蘭兒確實不知哪兒錯了。這樣也好，咱們去太后娘娘那兒由她老人家做個公斷如何？」

我看她一副盛氣凌人的樣子就覺好笑，「蘭嬪與太后娘娘之間的關係後宮盡人皆知，你要本宮同你找太后評理？」

她的笑意更大了，「既然辰妃知道……」

我即刻截了她的話，「那可否要求蘭嬪與本宮去找皇上評理？」

她紅潤的臉因我的話突然一變，傲然之笑轉變爲冷然，「你一個身分不明的女子，也敢妄自尊大，自以爲能掌控後宮翻雲覆雨？就算寵冠後宮又如何，也只會靠狐媚手段勾引皇上。靠美貌與手段得來的寵愛，你以爲能長久嗎……」

不等她將話說完，我揚手就給了她狠狠一巴掌，清脆的巴掌聲迴盪在幽靜的梅林，幽草與蘭蘭冷抽一口氣。

我冷冷斜了她一眼，笑道：「若說身分不明，你蘭嬪的身分不更加低微嗎？」

蘭嬪的臉上留著鮮紅的五指印，她那喋喋不休的唇微微張開，怔怔地望著我。

我在梅林打蘭嬪的事很快就傳到太后耳裡，她將我與蘭嬪召至太后殿。一入大殿我便覺得這挺像三堂會審，太后首座雍容而坐，副手皇后溫婉朝我淡笑，兩側分別坐著三位貌美的女子。

蘭嬪立刻朝太后撲了過去，跪在她跟前哭哭啼啼地哭訴著：「太后您要爲蘭兒做主啊，辰妃竟不分青紅皀白地賞了蘭兒一巴掌。」說著，還指著頰上依舊未褪去的紅印，示意她並沒有撒謊。

太后心疼地撫上她的頰，稍加安慰，卻轉眸而怒視著我，「辰妃，蘭兒到底哪兒得罪你了，你竟下如此重手？」

我淡淡地笑道：「一折梅，二出言不遜。難道不該打？」

「一枝梅而已。」她蹙了蹙眉，又問，「蘭兒說了哪些不遜之言？」

我正要開口，蘭嬪立刻搶先一步說：「蘭兒只是提醒辰妃，至今皇上都未有子嗣，她來宮裡也有一年之久，皇上留宿最多的地方也就是昭陽宮，這麼久了卻未見有何懷胎跡象。所以就勸她應該大度一些，讓皇上多寵幸那些身子骨好的宮嬪，延續皇族的後代，以定江山，可她一聽這話臉色就變了……」

不言不語地聽著她的話，我只覺好笑。蘭嬪，還眞能演戲，難怪太后如此喜歡了。

太后聽罷，臉色倏變，氣憤地拍案而起，「辰妃，哀家眞是不敢想像，你竟是這樣一個心胸狹隘的女子。今日蘭兒只不過說你幾句，便出手打人。你還要不要規矩了？」

聽著她一言一語的苛責，我只是低頭不語，更不想爲自己辯解些什麼，即使辯解了，也是枉然。從最初，太后就一直將我當作敵人看待。

太后又道：「算算日子，皇上這半年來有數個月留宿你的昭陽宮，而你至今仍未有身孕。既然辰妃的肚子不爭氣，就該有容人之量，『無後』可是君王大忌。若這件事傳了出去，豈不貽笑大方？」

那句「肚子不爭氣」似乎狠狠地戳上我的心頭，苦澀之感滑入心間。我深呼吸一口氣平靜自己的心性，用此起彼伏的聲音道：「是，臣妾的身子是不好，可是身子不好就一定要遭受眾人嘲諷？一個女人不能有孩子已經是件悲哀的事，太后卻用此事來不斷打擊臣妾，您的心難道是刀子做的？」

「辰妃，你好大的膽子！竟敢質疑哀家！」太后氣得全身戰慄，「來人，給哀家掌嘴。」

「母后！」一聲怒吼傳遍了整個大殿，使所有人的目光皆望著連城匆匆而入。

連城凌厲地掃了眾人一眼，最後將視線投放在我身上，笑著握起我的手，「有我在，沒人敢動你。」

太后的臉色煞白，「城兒，你可知辰妃何等大逆不道？」

連城將視線移至太后身上，「兒臣不覺她說的有何不對，反倒覺得母后您過於苛刻。即使她不能有孩子，也是我心中唯一的妻子。」

太后聽至此，作勢癱坐椅中，不可置信地望著連城，目中有悲痛。

「兒臣帶辰妃先行離去。」連城隨口說了句，就拉著我出了太后殿。

一路上，他走得很快，我也很默契地配合著他的步伐，輕聲問：「你都聽到了？」

他點點頭，步伐卻依舊未停，「嗯。」

「其實，那只是我一時衝動……」

他聞我言，猛然停住步伐回頭凝視著我，「我只怕母后那番話會勾起你曾經的傷痛。」

我暗自垂首，淡淡地笑了笑，「我們不是說好了，以前的事，再也不提嗎？」

他幽深的眸子有些黯淡，卻依舊保持著淡笑，「嗯，以後再也不提了。」

我收起黯然之色，帶著笑仰頭而望，「皇上可還需理政？如有閒暇，陪臣妾去觀落日朝霞，可好？」

他一愣，隨後也笑道：「愛妃之命，朕敢不從？」

他伴我到昭陽宮的離緣湖邊倚坐，直到落日隱遁而去，黑夜來臨我們才起身欲回宮用晚膳，我卻突然想起一年前於此放的孔明燈。一時興起，忙吩咐蘭蘭與幽草做了一個孔明燈，連城有些擔憂地問：「你想做什麼？不是又要祝願我找到心愛的女子吧？」

我不答，執筆在孔明燈上緩緩寫下十三個工整的大字：「連城早日完成統一三國之大業。」

當我寫好時，連城望著燈上的字笑了笑，「統一三國，這是你的希望嗎？」

我拿起火把，將其點燃，任它高飛。

「不只是我的希望，也是你的希望，不是嗎？」我仰望孔明燈道，「連城，太后說得對，我是個不能有孩子的女人，你是皇帝，必須有子嗣。」

他側首睇著我，打量了良久，緘口不語。

我掛著淡笑回視他，「我可不想因專寵而連累了你的江山。」

他突然沉默了下來，良久才沉沉開口道：「如果有一日我真與納蘭祈佑兵戎相向，你真的會冷眼旁觀嗎？」

沒想到他突然將話題轉移，我的思緒有些轉不過來，竟只能傻傻地看著他。

「我想，你會幫著祈佑吧，盡管你口中一直說恨他，可沒有愛哪來的恨？」

我驀然回神，不自在地笑了笑，「自從我知曉他廢了杜莞後竟迫不及待地又立一后，我就看淡了。其實往事皆雲煙，我只想完成復國之業，與你共度餘生。」

他聞我之言眼中立刻閃爍著令我看不懂的疑惑之光，張了張口欲說些什麼，卻還是吞了回去。

我以為他不信我說的話，忙道：「我說的都是眞的。」

他笑著為我將耳邊垂落的流蘇勾至耳後，再撫上我的臉頰，「你說的話我一直都沒懷疑過。」

他低頭欲在我唇邊落吻，我立刻伸手捂著他壓下的唇，「有人！」我望了望四周，蘭蘭與幽草竟不知何時已沒了蹤影，溜得好快。

他扯下我的手，霸道地吻了上來，唇輾轉反覆，蔓延下去。我必須踮腳才能迎合他的吻，他的吻與他溫和的外表一點也不像，激狂如驟雨，我們的呼吸夾雜在一起，濃濃的情欲蔓延。

元宵那日，靈水依請我到皇后殿，說是太后賞賜了三條天蠶金縷衣給她，讓我過去選一件。當我踏入皇后殿之時，發現蘭嬪也在，她一見我到來，臉色即刻冷了下來。我暗自思忖，難怪靈水依這麼有興致，要我來挑選天蠶金縷衣，她是想再次挑起我與蘭嬪之間的戰火吧。既然她這麼想看戲，那我就演一場戲給她看。

當奴才捧著三件天蠶金縷衣到我們面前之時，蘭嬪驚歎了一聲。確實，滿目琳琅，鑽石耀眼，這一件金縷衣能供多少人一輩子吃穿不愁啊。

「好漂亮啊。」蘭嬪驚歎一聲，目光徘徊在三件金縷衣上。

靈水依指著它們道：「這金色貴氣雍容，紫色嫵媚冶豔，白色高雅脫俗。你們喜歡哪一件，挑了去吧。」

我的手輕撫過白色那件，光滑的質感傳遍了手心，靈水依立刻笑道：「這件白色的金縷衣最適合辰妃了，清雅脫俗。」說著便將它遞到我手中。

蘭嬪立刻由靈水依手中奪過，「這件是我先看中的。」

我只是笑了笑，「相較於白色，我倒是喜歡紫色，皇后就將紫色這件給我吧。」

靈水依皺了皺眉，「本宮覺得辰妃還是穿白色比較好。」

我睇了一眼蘭嬪，她正爲自己搶到那件白色金縷衣而得意道：「蘭兒倒是覺得白色穿在自己身上比穿在辰妃身上更美，也只有狐媚之人才對紫色情有獨鍾吧。」

我的臉上依舊掛著薄笑，「是呀，紫色唯有狐媚之人喜歡，本宮承認。」頓了一頓，又道：「白色穿在蘭嬪身上確實脫俗美麗，但是，白色卻也是喪服的顏色。」

她的一張臉急速冷了下來，慘白一片。

我繼續道：「難不成蘭嬪你的親人全過世了，所以才這麼喜歡白色？」

她手中的白色金縷衣頃刻掉落在地，發出一陣清脆的聲響。她氣紅了雙眼，惡狠狠地瞪著我。我笑著回視道：「怎麼？本宮哪裡說錯了嗎？」

她突然一個箭步衝到我面前，雙手狠狠地將我一推。沒有料到她會突然衝出來推我，腳下沒站穩，連連後退……最後狠狠撞上了金色紋理大柱，我的頭突感一陣暈眩，只聽見蘭蘭一陣尖叫。但是我的眼睛卻陷入一片黑暗，什麼都看不見了。只覺得一陣陣血腥之感傳入鼻間，有種令我噁心的味道，溫熱的液體沿著我的唇緩緩滑落。又是血嗎？我這輩子似乎與血結緣了……靈水依，這樣的結果你滿意嗎？

在意識逐漸游離之時，我感覺奴才們七手八腳地將我抬上了床，四周淡淡的清香是屬於靈水依身上的味道，看樣子他們是將我扶上了她的寢榻。我只能感覺到四周有眾人的嘈雜之聲，卻聽不清他們在說些什麼。我的眼睛始終睜不開，疼痛由脊背、額頭傳遍了全身，胸口疼痛得似乎快要炸開。

「……快看看我們主子……她……沒事吧？」

「一定要……救救主子……她的身子……」

這一陣陣的呼喊聲，不用猜也知道是蘭蘭和幽草那兩個丫頭，在這個皇宮只有她們兩人是真正關心我的。

只聽見一個低沉的聲音在我耳邊道：「娘娘……放鬆。」他的聲音蠱惑著我，緊握的雙拳也漸漸鬆開，接著，一陣清涼刺鼻的味道充斥著我的嗅覺，將我混亂的意識一分一分地拉回。

終於，難受之感漸漸淡去，取而代之的是舒爽清涼感，眼睛也能慢慢睜開了。當一切景象都能進入我的視線中時，我看到的是曦，他一身太醫官服，手握一小瓶藥望著我，再見到連城奔進殿，一臉心疼地看著我良久不發一語。

「皇上，娘娘她的全身受到強烈的衝撞，有淤血逆流之險，幸好救得及時……」曦將我的病情詳細稟報給連城。

連城每聽一個字，眉頭便深鎖一分，最後冷冷地掃向靈水依與蘭嬪，「你們誰能告訴朕到底是怎麼回事？」很具有威脅性的一句話，夾雜著濃濃怒火，彷彿隨時會殺幾個人以洩憤怒。

蘭嬪的臉色慘白如紙，神色恍惚地低著頭，雙手緊扣。靈水依嫺雅地笑著欲開口，我卻搶在她前頭道：「皇后，我不知做了什麼事惹得你如此大怒。」

靈水依的笑容僵在臉上，「辰妃，你在說些什麼！」

蘭蘭似乎明白了什麼，忙附和我，「皇后娘娘，您爲何要推我們主子？難道不知道她身子一向不好嗎？竟下如此狠手。」

蘭嬪一聽猛然抬頭，不可置信地望望蘭蘭，再望望不說話的我，立刻點頭，「是，是皇后娘娘推了辰妃。」

幽草也附和道：「主子只不過與您同時喜歡上那件白色的金縷衣而已，您也犯不著下如此狠手吧？」

靈水依突然遭千夫所指，她眾口難辯地指著我們，「你們……本宮何時推了辰妃，明明就是蘭……」

蘭嬪一聽她就要喊出自己的名字，急急打斷，「皇后娘娘，這滿殿的奴才可都看得清清楚楚，您何必再狡辯呢？」

當時在場的奴才中，除了皇后殿的奴才，其他人皆連連點頭。

靈水依望著這一切，猛地轉身瞪著床上的我，「辰妃，你這個賤人，竟敢誣蔑……」她的話才說到一半，連城就上前一步甩了她一巴掌。她被打得七葷八素，懵了許久意識才恢復，捂著臉哭道：「你打我？」

連城淡漠地回視著她，聲音冷硬，「靈水依，朕對你的容忍是有限度的，你現在就給朕滾出去，朕不想再看見你！」

靈水依怔怔地望著他許久，最後羞憤地離開了寢宮。

連城走到我床邊，用袖口爲我拭去額頭上因疼痛而滲出的冷汗，「還會疼嗎？」

我虛弱地搖了搖頭，「沒事。」

曦的神色卻格外嚴肅，猶豫了許久終於還是開口說：「辰妃娘娘的身子不能再承受如此重創了，也不知爲何，她的身子非常虛弱……似乎有潛伏性未驅除的毒。」

「毒？」連城的聲音提高了許多，「怎麼會有毒？」

我平靜地解釋道：「曾經誤服的。」如果沒有這個毒，怕是當時的我根本不可能得到祈佑的應允而回夏國，這是我自己種下的毒。

連城似乎明白了什麼，著急地問：「能驅除嗎？」

曦道：「只要娘娘今後悉心調養，定能驅除。」

「好，以後辰妃所有調養由你負責，朕要速速看到成效。」

第九章　嵐苑驚情夜

自那次後，曦每日都能光明正大地來到昭陽宮爲我診脈，若說上回嫁禍靈水依是爲了報復也不盡然，更大的目的是爲了給曦一個進入昭陽宮的藉口。在昱國除了連城，我根本孤掌難鳴，想做任何事都是有心無力。正好，我的病這回幫了個大忙。從何時起，我竟然連自己的病都要拿來利用了。

我與曦靜靜坐在漢白玉雕琢而成的小桌前，熏爐上香煙縈繞，瀰漫四周，周遭安靜到只剩下外邊的風聲與我們之間的呼吸聲，感覺不夠眞實。輕撫著曦爲我親自調配的「冷香冰花茶」，他說這茶可以洗滌我體內潛藏不去的毒。

曦將一封信遞給我，「這是我的手下乘夜溜進連胤府中偷到的。」

我接過，將信封內的信取出，望著上邊墨黑的字問道：「這些字是連胤的筆跡？」

「從他書房內偷來的。」他隨意將手置在桌案上，「你知道自己的身子很差嗎？」

我笑了笑，「知道。」

他異常疑惑，「爲何你的體內會有這麼多種毒？很多人對你用毒？」

我迴避著他這個問題，正色道：「不要問了。我現在關心的只是如何除去連胤與靈水依，如今連胤要殺的人已經不止我一個了，還有連城。」

「你怕嗎？」曦突然問道。

我驀然抬頭凝視著他，「怕什麼？」

「殺太后。」

我的手突然輕顫一下，連日來與連城的共處，我已將此事淡忘了。殺……連城的娘？我眞的要殺她……

「怎麼？你怕了？」他的唇邊掛著詭異的笑。

我僵硬著搖了搖頭，「現在說殺太后的事未免尚早，先滅亓、夏之後才是我殺太后之時。」

他揮了揮自己的衣袖，走到窗邊，仰頭望著碧藍的天空，庭下叢翠欲流，樓檻凌風。他的聲音伴隨著臨夏之風徐徐傳來，「我想，你該學點防身的武功，一來保全自己，二來有更大的把握刺殺太后。」

風也吹打在我身上，亂了額前的流蘇，我的手緊緊握拳，最後再鬆開。

他又說：「亓國那邊有些動靜了，祈殞秘密聯合了許多支持他的官員，他們都同意等待時機擁立祈殞爲帝。」

我略感奇怪地問道：「他用什麼方法讓官員支持他？」

「若說納蘭祈佑手段高明，那麼納蘭憲雲就是神機妙算了。」他依舊佇立在窗邊，有些字語被風吞噬，但是我依舊能聽懂他這句話的意思，靜靜地等待他的下文。

「納蘭憲雲早就猜到納蘭祈佑不會心甘情願讓出皇位給祈殞，在有生之年秘密召見祈殞，給了他一箋遺詔：『傳位於皇五子納蘭祈殞』。」他頓了頓，「果然是有其父必有其子呀，都是機關算盡。也許這就是身在帝王之家的無奈，父子之間都要如此提防算計，故而有詩云：『最是無情帝王家。』」

遺詔！我心中暗驚，猛烈地顫抖了一下，隨即又平復下來，勉強地笑了笑，「這種事確實像納蘭憲雲所爲。」祈佑是否知道遺詔的存在呢？他現在的處境似乎很危險。

曦後退幾步，終於回身望著我，「連胤的字，你就好好臨摹吧，不要露出破綻。」

仰頭望著他那千年不變冰封的俊顏，我很自信地點頭，「臨摹這事難不倒我，給我三日時間，一定臨摹出九分神似的字。」

他點點頭，信步就朝外走去，卻在欲邁出門檻時頓住了步伐，回首指著被我把玩在手心的茶，「別忘記，把它喝了。」

我輕聲一笑道：「我知道了，眞是苦口婆心。」

曦離開後，我立刻取出紙筆開始臨摹連胤的字，一筆一畫工整地寫著。從小我就有個興趣——臨摹書法。記得我最愛臨摹的就是宋徽宗的書法，每次父皇看到我臨摹出來的字都會對我贊許有加。

這連胤的字平平無特色，要臨摹他的字簡直易如反掌，只怕寫出來靈水依不上當就完了。這些日子曦也盯著靈水依的一舉一動，她似乎很安分，好像與連胤再沒有任何聯繫了。如果眞要寫張字條給她，紙上該寫些什麼呢？

想著想著，竟出了神。直到連城出現，我手中的毛筆滑落在剛寫好的紙上，墨跡暈了好大一塊。

連城一語不發地將一旁供我臨摹的紙拿起來觀賞了許久，問：「這是二弟的字，你這是要做什麼？」

我望著連城認眞的表情，知道自己也瞞不下去了，「連城，你知道靈水依爲何要毀我的容嗎？」

連城將紙放回桌上，「因爲妒忌。」

「你錯了，不全因妒忌。」

他的臉上閃過數不盡的驚訝之色，聲音不住提高，「那是因爲什麼？」

我笑著搖搖頭，握起他的手淡然笑了笑，「如果你相信我，就什麼都不要管，三日後我會給你看一個眞相。」

他的目光中掠過一絲異樣，回握著我的手，「我信你。」

我看著他信任的目光，心中被塡得滿滿的，我謝謝他沒有追問下去，因爲連我自己都不知該如何說清楚。若說了，他定然是不能接受的，唯有親眼所見，親耳所聞才能讓他相信。

他坐在桌案前的椅子上，將我拉入懷中，輕輕環著我的纖腰，頭深深埋在我的頸項間，鼻息噴灑在我脖子上。我安靜地倚坐在他的腿上，將全身靠在他胸膛之上，「亓國那邊怎麼樣了？」

「一切都很順利。」他的聲音很低，感覺有些縹緲。

順利……順利的意思就是祈佑篡位之事很快就要被揭發了，那他的皇位就保不住了。然後我就能復國了……

「你在擔心他嗎？」他的聲音仍舊很低沉，言語中甚至帶著幾分冷凜。

「不是。我只是在想，如果眞的復國了，你一定要幫我好好管理夏國。你是我的夫，夏國將來就是你的。」

「是我們兩個人的。」他的手臂又收攏幾分，緊緊地箍著我。

我沒有再說話，只是閉上眼睛靠在他懷中，享受此刻的寧靜。復國之後我就要刺殺你的母后，那時，你會原諒我的所作所爲嗎？一定不會的，她畢竟是你的母親。但是……我答應過曦的事就一定要做到，我不會失信於他。

當我以為時間要靜止的時候，連城帶著沙啞的聲音對我說：「馥雅，我愛你。即使要拿這個江山做交換，我也不會放你離開，沒有人能將你從我身邊奪走。」

他的這句話如同宣誓般，格外認眞，放在我心上卻有著沉甸甸的重量，壓得我喘不過氣來。

「如果有一日我做了對不起你的事，你會原諒我嗎？」

「不會。」他的這兩個字讓我全身緊繃，一時竟手足無措起來。又聽他輕柔地笑道：「如果你眞做了對不起我的事，那一定是我先對不起你了，所以這句話應該是我對你說。」

我側首凝望著他淨白如雪的臉，最後深深地注視他的眼睛，「希望我們能一直這樣，感覺自己欠了你好多好多，我想全部還給你。」

他絲毫沒有猶豫地點頭，「你知道，我想要的並不是你的愧疚。」

我淡淡地笑了笑，然後握著他的手，點了點頭。

嵐苑。

月洗高梧，桐苑深深，夜寒袖濕。

我與連城早早就躲在嵐苑的鳳台之上，借著月光正好一覽苑後的荒野之地，雜草芬芳，分外幽靜。我堅信靈水依會來，因為我在紙上寫了「誅殺辰妃」四個字。我相信，她做夢都想殺了我吧，更何況數日前我還嫁禍於她，公然與她叫板，怕是她這些天沒一日睡過好覺吧。

又等了近一刻鐘，一個人影朝這兒緩緩移動而來，我拉著連城閃躲至隱蔽處，偷偷探腦向外望去。

人影越走越近，一張絕美的臉暴露在月光傾灑下，顯得有些蒼白詭異，神情卻異常冷凝。她目光戒備地逡巡四周，這時，另一個黑影走了出來，溶溶殘月照射，依稀可辨出是連胤。

「不是說過，以後我們不再見面嗎？」靈水依冷硬地望著他。

「怎麼？不想見我？」連胤冷笑一聲，在寂寂荒涼之地顯得格外陰森可怖。

「這麼危險的時刻你怎麼還來找我，萬一被人發現就糟了。」她的語氣帶著幾分擔憂。

「如今已經不能再拖下去了，我們的事辰妃知道得一清二楚，不殺她，我們二人都不會有活路的。」

一聽到「辰妃」二字，她的目光倏地轉換為陰狠，「那個賤人的命真夠硬，派那麼多殺手在夏國都不能殺了她，我很懷疑你的辦事能力。」

聽到這裡，我發出一聲冷冷的抽氣之聲，真的是他們派去的殺手！這麼狠，竟想將連城也置於死地，好由他們來操控這個朝廷？

連城握著我的手一緊，我輕輕回握著他的手給予安撫，他才鬆開了幾分，定定地望著下面一切，身上散發著殺戮之氣。

「我們不要說這些了。」連胤朝她靠近幾分，伸手撫摸她的臉頰，「這麼久沒見著你，真的好想你。」

靈水依用力揮開他的手，「放尊重點，我可是皇后。」

連胤目光一凜，「靈水依，別假惺惺了，你被我摸的還少嗎？」

「你少拿以前的事來說，若不是你主動誘惑我，我會上了你的當嗎？現在怎麼會有這麼多麻煩事。

你快將辰妃那個小賤人給解決了，否則我們再也不要見面了……」靈水依原本憤怒的聲音突然僵住，瞪大眼睛望著連城一步步走下鳳台，最後朝她走過去。

她的身子微微顫抖著，然後指著連胤，「皇上……是他……」聲音再次僵住，眼前之人哪裡是連胤，根本就是曦。

曦將手中的人皮面具丟棄在草叢中，「臣參見皇上。」

連城走到靈水依面前，看著她許久，「水依，朕早就知道馥雅的容貌是你毀的，之所以沒有處置你，是顧念你姓『靈』，畢竟我對不起你們靈家。但朕萬萬沒想到，你竟與朕的弟弟勾搭一夥，再一次要殺馥雅。這次，朕絕不會寬恕你。」

她呆呆地站在原地，淚水凝聚滿眶，卻出奇地沒有解釋沒有求饒，只是帶著哽咽之聲，「連城，我一直都知道，你心中沒有我，但我認爲用自己的眞心可以感動你，讓你愛上我。我盡心盡力扮演好妻子的角色，我學會忍讓、學會寬容，放下公主的架子遷就你，只因我愛你。可這個女人的出現把我的夢全部打碎了！」她將目光恨恨地投放到我身上，「我妒忌，她憑什麼擁有你的愛！那日我明明助這女人逃離丞相府，她答應我不再回來見你，可是說話不算數，她又回到你身邊，我算什麼？她憑什麼破壞我們夫妻的感情。」

「若說破壞，你才是破壞我們的第三者。」連城的聲音才脫口而出，靈水依便怔住了，她迷茫地問：「我才是？」

「馥雅本就是我的未婚妻，若不是你執意求你的皇兄賜婚，我怎會娶你？我最恨的就是有人勉強我做不願做的事，所以你對我再好，我也不會愛你。」連城說話聲雖低沉，卻暗藏著數不盡的無情。

靈水依身子一個搖晃，頹然跌坐在露水瀰漫的草叢中，低垂著頭，淚水滴灑在手背上，「眞的是我錯了？不會的……是她……都是她！沒有她我就不會一時被氣憤沖昏了頭，就不會與連胤做出苟且之事……」

「沒有她，我也不會愛你。」

連城一句話扼殺了她最後一絲期許，她驚愕地仰頭望著連城，就連哭泣都忘記了。看著靈水依悽慘的樣子，我突然覺得她也是個可憐之人。

「皇上打算如何處置她？」曦卻絲毫不爲靈水依哭哭啼啼的模樣所動，冷聲開口。

連城沒有思考便吐出「廢后」二字。

「皇上，別忘記，你還欠她一條人命，她的皇兄。」我沒能控制住自己，聲音便脫口而出，「一日夫妻百日恩，她雖可恨，卻有可憐之處。」

「你不用假好心賣人情，都是你這個賤人，都是你害的……」靈水依瘋狂地朝我吼道，聲音不斷迴盪在四周，格外淒厲。

「對，我就是要你依舊坐在皇后的位子上，我要你永遠記得，你欠了我的，我要你一輩子都不能安心。」我上前一步，回視著她欲將我千刀萬剮的眼睛，「你要知道，你所做的錯事並不是『廢后』二字可以解決的，你將一輩子受到良心的譴責。」

那一夜之間，連胤被削去官爵，終身不得踏入皇宮一步；靈水依的金印紫綬被收回，幽禁於皇后殿，再不得干涉後宮之事。連城這樣雷厲風行地做完兩件事，引起朝廷大多數人的不解與反對。但是連城並未解釋原因，這是家事，斷然不能讓朝廷大臣們知道。

當夜，皇后的金印紫綬被白福公公送到昭陽宮，說是皇上吩咐，今後由我代理皇后掌管後宮。這同時也引來了太后的怒火，還沒等我行禮，她一個巴掌就朝我揮來，我沒有躲，硬生生地接下這狠狠的一巴掌，半邊臉火辣辣地疼，她這樣突然而來的怒氣，想必是連城還沒來得及將靈水依與連胤之事告知於她吧。

「你好大的膽子，竟敢鼓動皇上對付自己的親弟弟與結髮妻子。」太后聲聲指責，火氣直衝心頭，整張臉因怒氣而脹紅。

我漠然以對，「臣妾沒有。」

「今夜皇上一直同你在一起，才回昭陽宮就下了兩道旨，他們犯了什麼大逆之罪值得如此？定是你用言語蠱惑皇上，廢了皇后而立你吧。哀家告訴你，不要妄想了。」她的聲音越提越高，全身皆因氣憤而戰慄。

「難道皇上沒和您說嗎？」我平靜的聲音與她憤怒的聲音成了鮮明的對比。

「說什麼？」

我移步上前，附在她耳邊，用只有我們兩人聽得到的聲音說道：「小叔與大嫂有姦情，太后您如何看待？」

只見太后臉色驟然一變，動了動口，卻一點聲音也沒有發出。我清楚地看見，有幾滴冷汗沿著她的額頭滴落。

第十章　驀然泣紅淚

靈水依與連胤的事經過了兩個多月，已經平復下來。但是連城似乎還不能放開，這些日子經常在御書房幾日不曾出來，我也很少見到他，每次來都只是匆匆小坐一會兒就離開，說是有很多奏摺要批閱。我知道，他無法從連胤的事中抽身而出，是因爲太信任這個弟弟了。

原來帝王之家的信任與提防竟是相互的，你若提防，壞了兄弟間的感情；你若信任，得到的卻是無情的背叛。曾經我身爲公主，每日看著父皇撐著額頭想著該立誰爲太子時，就覺得很奇怪，不就是立個太子嘛，用得著如此費心嗎？但是看過了納蘭一族的奪權，我才明白當時父皇的憂慮，治江山比打江山還要辛苦，尤其在立儲君時，竟是如此艱難，生怕手足相殘，發生人間慘劇。人人羨慕帝王之家，誰又懂身爲皇子的苦呢？

這些日子以來，連城表面依舊如常對我，但他眼中時時流露的傷是騙不了人的。我不想多問，只怕再次挑起他的傷。

而這些日子我也很少見曦，聽說連城頻頻召他進御書房，似乎在商討些重要的事。難道是對付祈佑？這麼快……祈佑的朝廷才除去杜丞相，元氣肯定大傷，按理說這個時機確實是對付祈佑的好機會……但是，眞有那麼容易嗎？

今日我再踏入儲秀宮，才發覺自己很久沒有來看納蘭敏了，是從一年多前被太后禁足起吧……

可當我推開屋門之時，卻見她病怏怏地躺臥在床榻上，咳嗽聲聲聲刺耳。我立刻衝到納蘭敏身邊，望著伺候她的那名宮女厲聲道：「怎麼回事？」

「小主她前幾月重咳不止，奴婢去請御醫，可是他們看小主不得聖寵，就不肯來醫治。奴才想找辰妃您幫忙，可是當時的您又被禁足，根本見不到您。直到數月前才好了些，可誰知今日又復發，比以往嚴重許多。」她猛地跪下，身子略微有些顫抖。

「你現在就去請御醫，就說是辰妃的命令，不來的話，等著掉腦袋。」我咬著牙，一字一句地吩咐著。心中對納蘭敏的擔憂之情更是加重，她……若有事，我如何向祈殞交代？他臨送我們前，千叮嚀萬囑咐，託我好好照顧納蘭敏，我竟沒有做到，讓她病成這個樣子……

我雙手緊握那隻柔軟無力的手，顫抖著聲音說：「姐姐放心，馬上你就能回家了，祈殞手上有先帝給他的傳位遺詔，先帝……很聰明對嗎？臨死前都將了祈佑一軍……所以我們取勝的把握很大。很快，你就能回到他身邊，你可以做皇后，可以有你們自己的孩子。」我不斷地給她希望，給她期許，讓她能堅持下去。

她虛弱地笑著，黯淡無光的眼神中有了一絲光彩，「皇后……孩子……」笑過後，卻是一絲絕望，「不，我的身子怕是已經撐不到那一刻了。」

「姐姐不許胡說，你怎麼會有事呢？」我強扯著笑，撫慰著她。

「我自己的身子，自己知道。如果我眞的沒命……回到祈殞身邊……」她的淚水頃刻間滾落滿臉，濕了衾枕，看著她我整個心都揪了起來，「如果可以，我眞的想回去再見祈殞最後一面……」

我的淚水濕了眼眶，硬嚥下酸楚笑道：「只要你的病好起來，我們就回亓國，好嗎？」

她的眼光一亮，「眞的嗎？眞的可以回去嗎……」

我狠狠地點頭。

「娘娘，御醫來了。」

一聽見御醫到來，我立刻由床榻邊起身，好讓御醫診脈，也不知是起得太快還是身體不適，眼前一片黑暗，腳下全然站不穩。御醫忙扶住欲倒的我，「娘娘，奴才先爲您診脈吧。」

我搖頭，「先爲多羅小主診脈。」我找了一張小圓凳坐下，單手撐著有些眩暈的額頭，望著御醫爲納蘭敏紅線診脈。

半晌，他收起線，捋著鬍鬚道：「小主的病因久不得治而積累成疾，再加上她性情沉默寡言，憂鬱而成心病，要治癒有一定難度，奴才覺得還是先解開小主的心病再行醫治。但是……治不治得好就難說了。」

聽到這兒，我的心提得老高，「你說什麼？治不好？」我眼前突感一片黑暗，險些由椅上摔下，御醫立刻上前扶著我，「娘娘，您臉色很蒼白，奴才還是先爲您診診身子再談多羅小主的病情。」

他將紅線繞在我的手腕上，診治許久，臉上由最初的擔憂轉而浮現出笑容，欣喜地大歎：「娘娘，恭喜您，是個喜脈。您可是第一個爲皇上懷上龍子的呀，恭喜恭喜……」

我的臉色漸漸僵硬，望著御醫的嘴巴一張一闔，腦子突然無法再行運轉。

他說喜脈？我有身孕了？怎麼……可能？

我的聲音略微有些顫抖，「不可能！」

御醫因我的話錯愕了好一陣子，「娘娘，千眞萬確，您已有一個多月的身孕。」

我仍然不住地搖頭，猶如聽見一個晴天霹靂，「怎麼可能有身孕……我曾服麝香近半年，早已是不孕之身……你一定診錯了。」

御醫再次撚起紅線爲我診斷，我屏息望著他臉上的表情，呼吸幾欲停止。

良久，御醫抽回紅線，疑惑地盯著我，「娘娘，您的體內根本沒有您所說的麝香存在，何來不孕之說？」

我倏地由凳上彈起，「你胡說！」

御醫立刻跪下，「娘娘息怒，奴才所言句句屬實，絕無半句虛言，您若是不信，可再請幾名御醫前來診脈……」

我連連後退幾步，「不可能……」雙腿逐漸無力，思想一片渾沌。房內突然陷入一片尷尬的氣氛，詭異到連我自己都不敢呼吸，只能緊緊將自己的手指緊扣，指甲掐入手心，疼痛蔓延。

御醫有些畏懼地喚了一聲：「娘娘……」

我沉默了良久，最後深呼吸一口氣，「本宮有身之事，你們不准對任何人提起。」

「這……娘娘有孕是樁喜事……」御醫急急地脫口而出。

我厲聲打斷，「就按本宮的吩咐做，如敢洩露半句，唯你們是問。」

斷雲連碧草，點點是春色，日暖風拂露，翠袖襯羅衣。我頭昏昏地回到昭陽宮，望著處處撩人的景色竟是暗淡無光。

幽草遠遠見我回來，便朝我跑來，口中還大喊著：「主子，皇上等您很久了。」

聽到這兒，我有片刻的失神，恍惚地後退幾步，欲往回走。

「馥雅。」連城一聲低喚令我止住步伐，我望著連城立在寢宮門檻之內，看著我的眼神那樣認眞。

我淡淡地迴避開，緩步向他走去。

「你怎麼了？臉色如此蒼白。」他擔憂地撫上我的額頭，「幽草，去請曦過來爲……」

「不用了。」我急忙打斷。

他臉上的擔憂之色漸漸隱去，取而代之的是疑慮之色，「你到底怎麼了？」

「沒什麼，我只是累了，休息會兒就好。你不是還有很多事要忙嗎，不要因我耽誤了國事。」我強顏歡笑地將他往寢宮外推去。

「你是不是怪我這些日子冷落了你，其實……」他著急地想解釋，我卻笑著搖頭，「沒有，我怎麼會怪你呢。我眞的只是……累了。」

望著我，他突然沉默了下來，靜靜地盯著我，似乎要把我看透。

我佯裝沒看見，朝幽草笑道：「幽草，送皇上。」言罷，我也未多做停留，徒步朝寢宮內走去，身後很安靜，我卻始終沒有回頭。腳步聲迴盪在空寂的寢宮，微暗的燭火在桌案上搖曳，滴滴紅淚滾落，我便伸手去接。滾燙的紅蠟滴在我的肌膚上，火辣辣地灼痛，我用力咬著下唇，不讓自己哭出來。

沒錯，你這杯所謂的梅花釀，與當年我所飲之茶的香味一模一樣。

告訴我，你是不是早就知道那杯梅花釀內加有麝香！所以那日你見我飲此茶才略有激動之色？

是。

對不起。

你做了什麼對不起我的事嗎？沒什麼，只要你幸福開心便好。去尋找屬於自己的人生，能飛多遠便飛多遠，再也不要回來了。

想到曾經的一切，我不禁笑出了聲……

到底是韓冥騙了我，還是我誤會了祈佑？

「主子，你這是在做什麼？」才踏進寢宮的蘭蘭立刻衝到我身邊，一把將我的手由燭台上抽離，忙將凝結於我手心的蠟撥去，再衝外邊大喊，「幽草，快打盆冷水進來。」

看著焦急的蘭蘭，我依舊掛著淡笑，「我沒事，你去請連曦大人過來。」

蘭蘭猶豫片刻，終於放開我的手，快步跑了出去。

約莫一盞茶的工夫，曦來了。他一見我便要為我把脈，我立刻將手藏進衣袖，「曦，這次我召你過來是想問一下，我體內的毒何時能除盡？」

「再過三個月吧，只要你日日服下我為你調配的茶。」

「你的醫術確實高明呀。」我讚歎一聲，「那你說我的身子有希望懷孕嗎？」

曦奇怪地睇我一眼，「當然有希望。」

「是嗎？那為何我與連城同房半年之久，竟不能懷上孩子？」

「你的身子確實太虛弱了，所以比一般女子要難孕一些。待到你的身子好起來，定能為皇上懷上孩子。你無需太擔心。」他細聲安撫著我。

我含笑而點頭，「對了，你初為我把脈之時，有沒有發現我體內潛藏著……麝香？」

「沒有。」他很肯定地搖頭，「你千萬不能亂碰那東西，若誤服了它，就真不能懷孕了。」

「是麼。」我平靜地笑著，藏在衣袖中的手卻在微微顫抖。

「你的臉色真的很差，讓我為你看看。」

「不用了，曦。以後你無需再來昭陽宮為我診脈了。」

夏雷陣陣，雨捲殘花，滿庭風雨落葉凋疏。孤立迴廊階前望紛飛亂雨濺泥，聲聲敲心。這場雨似乎下了很久，卻始終不肯停。

在雨滴亂彈聲間，有人高喊：「皇上駕到！」

隔著密密麻麻的雨望去，連城在幾位奴才的簇擁之下，打著一把傘而來，雖然傘很大，但仍舊濕了他的龍袍，泥土沾滿了他的龍靴。

待到他進入廊內，我由袖中取出帕子為他擦拭額髮間的殘珠，「這麼大的雨你還來做什麼？」

「相信你聽說了，蘭嬪有了我的骨肉。」他任我在他髮間擦拭著。

「嗯。」我點點頭，「是好事，皇上該開心。」

他輕笑一聲，「我是很開心。」

看著他臉上的笑，根本沒有笑到眸內，我知道，他想要一個屬於我們的孩子。但是現在我還不能告訴他，我必須先完成一件事，才能對他說。

見我沉默，他說：「剛批閱完奏章，突然想喝一杯你親手泡的雨前茶。」

為他拭乾了髮間的殘珠我才收回帕子，「只為喝一口茶嗎？」

「只為一口茶。」他含笑摟著我的肩，「你肯為我泡杯雨前茶嗎？」

我倦倦地靠在他懷中，閉上眼簾，「不論多少杯我都願爲你泡，但是……我想求你答應我一件事。」

「你說。」他溫潤的聲音傳至我的耳中，暖暖的氣息拂在我臉上，癢癢的。

「納蘭敏病了，非常嚴重。我希望帶她回亓國見祈殞一面。」我的聲音非常平靜，沒有起伏。卻感覺他的身子一僵，立刻回了句，「不行！」

我睜開眼睛，看著連城肅冷的臉色，心頭一緊，「她怕是快不行了。」

「不行。」依舊是這兩個字，我黯然垂首，望著腳下污泥飛濺，不再說話。

我們之間頓時沉默了下來，過了許久，只聽連城一聲歎息，「讓曦同你們前去吧。」

我霍然抬頭仰望他的臉，無奈中帶了絲絲寵溺。「你答應了？」

「現在能爲我泡杯雨前茶了嗎？」他執起我的手，將我領進寢宮內。

感受到他溫熱的手心，我的心中湧現出愧疚之情，「你不擔心納蘭敏一去不回頭，將來助祈殞登上皇位後沒有可挾制於他的籌碼嗎？」

「傻瓜。」他半帶苛責半帶愛憐地斥了一句，「相較於這件事，我更擔心的是你。我怕的是，你一去不回頭。」

我的眼眶一熱，「連城，我會回來的，這是我對你的承諾。」

他見我的眼淚隨時可能滑落，忙制止我繼續傷感下去，「我相信你，我會等你回來的。」

我笑著轉身走向桌台爲他泡茶，淚水卻瀰漫了整個眼眶，滴入水中，在澈明的杯中蕩漾出圈圈漣漪。有些事我一定要回去弄清楚，否則，我這輩子都不會甘心的。

第十一章　梅花釀之謎

伴隨著陣陣夏雨，雷閃雷鳴，我們乘著馬車再次回到亓國。看著離我們不遠的金陵，我的心竟有一絲恐慌。兩年未再涉足，卻是如此熟悉又陌生。如今的我已經二十有二，一晃如夢，自亡國後已經七年之久了，眞快！猶記得那時與祈佑的初見……想著想著我不禁苦澀一笑，都是往事了！

一路上，納蘭敏咳嗽陣陣依舊不能止，最嚴重那一次竟咳出了血，怵目驚心。曦一路上爲了照顧她的病情，走走停停花了十日才抵達亓國，而在這十日內，納蘭敏的病情奇跡般地由最初的奄奄一息而漸漸好轉，原本黯淡無光的眼神中散發著異樣的光彩，難道這就是愛情的力量？

我與高采烈地衝出馬車找到曦，他卻一語不發地走到雨後煙霧瀰漫的小溪邊，我跟了上去，「怎麼了，她的病情到底怎麼樣？是不是有好轉的跡象？」

他依然不語，默默凝望小溪內的清水隨波逐流。

我的心漏跳幾拍，心知他的沉默意味著什麼，急急上前一步，「她不再咳嗽了，臉色也漸漸紅潤了。」

「並不能只看表面。」淡淡的一句話，襯得溪水潺潺之聲更加清晰明朗。

「你是什麼意思？」我的話才落音，胃裡湧現出一股噁心的衝動，我忙捂著嘴乾嘔。

曦側首望著我，神色如常，只是那對眸子彷彿能看穿一切。待我平復了噁心的衝動，緩了口氣，朝他笑了笑，「可能水土不服，吃壞了肚子吧。」

他不理會我的解釋，冷漠地環視了一會兒空曠的四周，用緩淡的聲音說了句：「出來吧。」

轉瞬間，七名貌美的女子從天而降，齊齊跪在他面前，異口同聲道：「主子。」

「藍菱，你們一路跟著，似乎有急事？」曦將冷眸投放在爲首那清傲的女子身上，我認出了她，是那日在客棧內的白衣女子，我有些傻眼地望著她們七人，江湖中人都是如此神出鬼沒嗎？而且一次七個美女，多招人注目，如果眞這樣進金陵，還不讓人給盯上才怪。

那位被稱做藍菱的女子緩緩起身，將手中緊握著的白色信鴿遞給曦，「這個是我們昨夜截到的信鴿，一直不敢出來與主子見面，是怕您不高興。」

曦不答話，接過信鴿，將綁在鴿子腳邊的紙條取下，才看清內容，原本冷漠的臉上出現了一絲疑慮。我還在奇怪裡面寫了些什麼時，他已將紙條朝我遞來，我莫名其妙地接過，上面清楚寫著：「辰妃，馥雅公主。」

「這是誰發的信鴿？欲飛往何處？」我心中暗潮洶湧，一股不好的預感蔓延全身。

「誰發的倒不清楚，但是看這鴿子的走向，應該是飛往金陵的。」藍菱說話時並不看我，只是垂首向曦稟報，對我的態度異常冷淡。

「是誰，竟知道我的身分，還要飛鴿傳書給亓國。」我將紙條緊緊握在手心，暗自沉思著。這信鴿很有可能出自昱國，但是知道我身分的只有連城、曦，嵐苑那夜連城還親口對靈水依說出我本是他的未婚妻，那就是靈水依也知道了。曦每日與我一起，斷然不可能；連城就更沒有理由做這樣的事了。最有可能的就是靈水依，可她爲何要這麼做，這樣做對她有什麼好處？

「好了，你們都退下吧。再過幾里路便是金陵，你們若繼續這樣跟著我，會引起眾人注目，暴露了身分。」曦不再繼續追問下去，揮揮手示意她們退下。

轉眼間，七名女子如風般消失得無影無蹤，獨留下我們二人相對而立。曦蹲下身，撿起腳邊一顆石子，用力朝清澈的溪水擲去，「這件事，你怎麼看？」

我不說話，等待他說。而他卻起身，拍了拍略沾於手的泥土，「走吧。納蘭姑娘等得太久了。」不等我，他逕自朝馬車走去。我站在他身後乾瞪眼，還以爲他會發表一番高談，沒想到他竟自顧自地走了。難道他心裡已經有了答案？是否和我想的一樣呢？

不過這次幸好信鴿被她們給劫下，若眞的飛往亓國那還得了。

黃昏時分，我們抵達了金陵城，那時的納蘭敏已經開始坐立不安了，目光中閃爍著熠熠光輝，根本不像一個有病在身的人，我眞的很怕她是迴光返照。希望，是她對祈殞的情讓原本絕望的她振作了起來，或許愛眞的很偉大。

「到了，到了。」納蘭敏在馬車內興奮地望著窗外繁華的街道，雙手緊握，眼神有些渙散慌張，亂了方寸，「好久沒看到他了，不知他近來可好……」

「放心吧姐姐，我們早就派人通知祈殞今日會到，他一定在府上等你呢。回到府中你就能見著他了。」我拍了拍她的手，安撫著她。

她漸漸平復了自己內心的慌亂，壓抑著躁動。

約莫過了半個時辰，天色漸漸暗了，我們才抵達楚清王府，由微掩的後門進入，看來他們是早料到我們會從後門進，故微掩後門方便我們進入。

涼風徐徐，濛濛月華知，孤影枝搖曳。整個楚清王府如空城，一個人影也看不到。飛絮飄飄，迴廊鉤掛的燈籠內未點燭火，靜得讓人覺得可疑。

「不對勁。」曦一聲未落，陣陣腳步聲迴盪在空寂的庭院當中，火把映照在我們臉上，將漆黑的院落照得恍如白晝。數百名官兵將我們三人重重包圍，曦暗自撫上腰間，我知道，他欲拔出纏繞於腰間的軟劍，作奮力一搏了。

這時，祈殞被兩名官兵押了出來，他全身被捆綁著，兩把鋒利的刀架在他頸上，隨時可能割斷他的喉嚨。納蘭敏低呼一聲：「王爺！」

「等你們很久了。」冷硬的聲音中夾雜了幾分殺戮血腥之氣，讓誰聽了都會有種不寒而慄之感。

我知道，這一次，又輸了。

眾官兵讓出了一條道路，身著金衣便袍的祈佑在韓冥陪同之下走了出來，他魅冷的目光掃向我們，最後將視線停留在我身上，目光明顯一怔，他沒有料到今夜我會出現在此吧。

他凝視我許久，終於還是淡淡地收回目光，對著曦道：「怎麼，很驚訝我怎麼會知道你們的計畫？」

「洗耳恭聽。」曦處變不驚地回道。

「朕早就知道納蘭祈殞手上有一分遺詔，也早知他有謀反異心，之所以不動他，正是顧念他是朕的五哥，朕希望給他一條生路。可是他竟不知進退，膽敢勾結昱國來謀奪朕的江山，這點斷然不能容忍。」他的目光中隱隱藏著一絲悲痛，更多的卻還是那分與生俱來的冷血殘酷。

「你們懂得在朕的後宮安插奸細，難道朕就不懂在你們昱國安插奸細嗎？」他將目光由祈殞身上收回，投放在曦身上，「真是不明白，你們在這麼危急的時刻還竟敢來亓國。」

果然昱國有奸細，那隻信鴿定是欲傳送給祈佑的，可惜被我們截下了。這一切只能怪我，若不是我急著想要回來找韓冥要一個解釋，若不是納蘭敏在此時此刻病入膏肓，我們又怎會陷入此等危機之中呢？我們還是鬥不過祈佑，他……確實是一個天生的王者。

這時，一把劍破空而出，在火光反射之下刺得我睜不開眼，待一陣冰涼之感傳到頸間之時，我才睜開了眼睛，曦手中那把鋒利的劍已經架在我脖子上，他一聲冷笑而望祈佑，「你覺得，是誰輸了這場遊戲？」

「你做什麼？」祈佑臉色肅然一變，盯著他手中那把劍冷聲開口。

「納蘭祈佑，你知道她是誰嗎？」曦的劍加了一分力道，狠狠地抵著我脖子，「她是我昱國的辰妃，她的肚子裡懷著我大哥的骨肉。」

祈佑盯著我，眼神存疑。我卻迴避了他的目光，用沉默來表示我的默認。我就覺得奇怪，曦身爲御醫，看見我一路上連連害喜的症狀爲何不聞不問，原來只是在裝傻而已。

「既然她是……辰妃，還懷著龍嗣，現在你是想利用她來威脅朕？」他笑得諷刺。

「沒錯，她確實是辰妃，但她同樣是你的蒂皇妃，不是嗎？」

我看見祈佑的手緊緊握拳，寒光直逼曦，彷彿隨時可能殺了他，「你要怎麼樣？」

曦毫不在意他眸中殺氣，竟發出一聲輕笑，「放過納蘭祈殞、納蘭敏，讓我們安全離去。」

「一條命換這麼多條命？」祈佑或許是被他的輕笑引導，竟也發出了一聲冷笑，「朕不信你敢殺她。」

曦的手再次用力，疼痛蔓延著我的頸項，我看見有滴血沿著刀鋒緩緩滑落，一條醒目的血痕染紅銀白的劍，「那你試試看？」

我靜然不動，卻因疼痛而悶哼一聲，這個曦下手還眞是重啊。

「好，你們走。」祈佑立刻下令讓眾人空出一條安全之路供我們離去。納蘭敏衝上前，將祈殞身上的痲繩解開，扶著他跟隨曦緩緩離去。

身後一大批官兵緊緊尾隨，但祈佑的目光自始至終都在我身上，充滿矛盾複雜之情。而我卻怔怔地盯著祈佑身後的韓冥，他在迴避，根本不敢看我，是心虛嗎？這一切都是他在騙我？

「主子。」曦手下的七大美女及時來到此處接應，一時，兩方對峙。

「朕說話算話，你放開她。」祈佑隱隱含著冷意盯著不肯將我放開的曦。

「你放心，我會安全帶她回昱國的。」他勾起邪惡一笑，托起我的身子，翩然飛躍而起，迎著風，我驀然回首望著離我越來越遠的祈佑，心中迷茫。他向來不可一世，爲達目的不擇手段，此次縱虎歸山的後果他該知道有多麼嚴重。我腹中有連城的孩子，他眞認爲曦會對我下殺手嗎？祈佑，你實在是個非常難琢磨的人，又或是，我從來沒有眞正瞭解過你呢？

也不知曦帶我行了多少路，來到一處空曠的樹林，祈佑的兵早已沒了蹤影，不一會兒，祈殞與納蘭敏在曦手下的帶領下也趕到。

明月懸穹天，暗香侵衣襟，我們彼此靜靜地立在原地，呼吸喘氣之聲混雜在一起。我看著神色依舊沉冷的曦良久，猶豫再三才開口，「你何時知道我有身孕的？」

「自那日你問起我麝香之事，之後又不讓我為你診脈，我便將此事告知大哥，聽大哥一番言語，便猜測你已有孕在身。」

「連城可知我有身孕？」

「知道。」他頓了頓，「那日大哥要放你回亓國，我再三勸阻，他卻始終相信你會回去，還說會在皇宮等你與孩子回去。」

看著曦的唇一張一闔，一字一語傳進我耳中，原來他早知道……他早知道我回來的目的何在，卻仍舊放我回來。我終於能理解他那一句「我怕的是，你一去不回頭」，既然擔心，又為何放我回來？

「連曦，你到底還有多少事瞞著我？」

他只是靜靜地看著我，神情陰暗難測。

我一聲冷笑，暗含著自嘲，後退幾步，「我會自己去找答案的。」

「辰妃！別忘了你的身分，你肚子裡懷著我大哥的骨肉。」他憤怒地扯著我的胳膊。第一次見曦發怒，我還以為他一輩子都不知氣憤為何物。

「好，你要知道，我全告訴你！」他的聲音絕響在樹林，隨嘶嘶夏風，格外森然。他的手下都微微變了臉色，錯愕地看著曦。

「我第一次見你，並不是在客棧，而是在亓宮的養心殿，你在我們面前舞了一支鳳舞九天。

「或許你不知道，那日我扮成大哥身邊的手下進入養心殿，此去目的並不僅僅是晉見納蘭祈佑，還要刺殺納蘭祈佑。可是大哥對我說，你就是馥雅公主，是他的未婚妻。為了那次的刺殺我們安排了整整一年，卻因你的出現，大哥取消了。他說，不想傷你心。

「半年後，再遇你，你是出逃的皇妃，我將你擄去蕪然山莊，用還你容貌的條件讓你進宮爲我刺殺太后。但殺太后只是一個幌子，我怎會因仇恨殺我一直尊敬的大哥的母親，其實早在大哥救我之時，我便原諒了她。我對你說這個謊只爲將你送到大哥身邊，待到你眞的愛上我大哥，我便會把眞相告訴你。

「對，納蘭祈佑一年前剷除杜家後，並沒有立蘇思雲爲皇后，他的后位始終空著。他一直在等你，等你回到他身邊。但我不能告訴你，若你知道這件事，定然會離大哥而去，所以我才撒了這個彌天大謊。」

當他將一連串的眞相說出之時，我卻笑了，「我從來沒想過，你與連城也會騙我。」

「大哥是後來聽你說起祈佑立后才起疑，跑來質問我。那時他才知道眞相，你不可以怪他。一切都是我捏造出來的。」

我用力甩開他始終緊拽著我胳膊的手，調頭便走。曦沒有再阻攔我，只是冷戾地開口，「你若去找納蘭祈佑，我會讓你後悔。」

「有件事，我必須問清楚。」我沒有回頭，依舊信步前行，身後再沒一絲聲音，而我的腦海中只有一個念頭，我要見韓冥，他必須給我一個解釋。

徒步而行，朝韓冥府上走去。他府上的守衛說他進宮還沒回來，我便在他府外的石階上坐著等他。相信現在的他正與祈佑在一起商討如何攻打昱國吧，此事已經被揭發，連城是危在旦夕，隨時有動亂的可能。如今連城身邊是最需要有人陪伴的，只要我解決了韓冥的事，就該回去了，我承諾過，一定會回去。

也不知道等了多久，人依舊沒回來，我雙手抱膝，低頭俯視腳下的螞蟻一步步挪動著尋找糧食，在月光的照耀下顯得格外勤奮，我不自覺地看出了神。直到一個黑影擋住了我眼前的光，陰鬱籠罩了我整個頭頂。

我仰頭望著韓冥，他正靜靜俯視我，月光映照著他的身影，暖暖的金光燦然。時間在那一瞬間凝聚，我們對視良久，都未有人先開口。

「爺，您回來了。」一名中年男子拉開厚實沉重的大門，畢恭畢敬地走到韓冥身邊，請他進去。

韓冥看了他一眼，再轉向我，「進去說吧。」

「我只有幾句話，問完我就走。」我由石階上起身，與他相對而站。

韓冥揮了揮手，示意他退下，「你問吧。」

「梅花釀裡，是不是根本就沒有麝香？」

「是。」很簡單的一個字的回答，卻讓我覺得好笑而諷刺。

「你到底有什麼目的？」

「沒想到，你會去昱國，成爲連城的妃子。」他苦笑一聲，眼神中依舊是淡淡的迴避，「曾以爲，讓你對皇上死心，你便會義無反顧地離開，尋找你心中的夢。我以爲那是對你好，卻沒想到，反而將你推進了仇恨的深淵。」

我的心頭一陣酸楚，百般滋味縈繞心頭，「你只爲讓我離開祈佑？」

他的臉色在月光照耀下異常蒼白，我才發現，這短短兩年間，他臉上已經浮現出滄桑的痕跡。只見他虛無地笑了笑，更是憔悴，「知道嗎，你幸福便是我最大的期望，可是你並不幸福。我也不知道皇上還會對你用什麼手段，不知道會傷你多深，所以我與姐姐一同撒下了這個彌天大謊。」

他突然將手伸進衣襟之中，掏出一本暗黃帶血的奏摺，最後遞至我面前，「我以爲這個謊言可以讓你追尋屬於你的幸福，卻沒想到反而讓你如此恨皇上。是我低估了你對皇上的愛，忽略了孩子對母親的重要性。」

我的手腳麻木，腦海中一片空白，顫抖著接過那本奏摺。我從來沒有想過，這本奏摺會再次回到我手上，胸口窒悶到連喘息都困難，再次凝望裡邊的九個字，腦海中閃過一幕幕往事，竟依舊刻骨銘心，一刻都不曾淡去。

「我以爲，再也沒有機會將它還給你了。潘玉，原諒我又一次的自私。」

知了聲聲絕響，響徹雲霄，襯得四周寂冷淒涼，府門懸掛的燈籠被風吹得輕然四擺。我們二人的影子拉了好長好長，僅是短暫的沉默，我悠然開口，「忘不了，雪地中曾背我走過那條艱難路途的人；忘不了，在我最淒涼那一刻說要守護我的人。忘不了，在我大婚那日背我上花轎的人；更加忘不了，那個爲了讓我尋找自己幸福而撒下善意謊言的人。」

看著他緩緩抬起始終低下的頭，神色渙然。我繼續說：「陷害祈星是我這輩子最後悔的事。所以我不會恨你，更不想祈星的悲劇發生在你身上。」

韓冥的眼中熠熠泛光，似乎閃爍著一層薄薄的霧氣。我的雙手緊緊捏著奏摺，十指生疼，驀然回首背對著韓冥，「找到了答案，我也該回去了。」

「回連城身邊？」

「我說過，一定會回去的。」將那本奏摺收入懷，淡然笑了笑，才欲提步前行離去，卻發現遠處幽暗之處站著一個黑色身影，我看不清他的臉，卻依稀可辨他的身分。

祈佑！

他在那裡站了多久，又聽了多少。如果麝香之事被他知道了，韓冥將犯有欺君之罪，以祈佑的個性又會如何處置他？不會，如今正逢亂世，內憂外患，他不會對付一個手握重兵，對他江山有足夠影響力的人。

一想到此，我便安心了，放開心頭的焦慮前行。

祈佑徐步而來，慢慢由陰霾籠罩的黑暗中走出，他的臉上覆蓋著層層肅冷，眸中隱隱有殺氣。卻不知那分殺氣，是對我抑或對韓冥？

「皇上！」韓冥似乎這一刻才發覺祈佑的存在，聲音中夾雜著一絲憂懼之情。

祈佑的步伐由最初的緩慢而變快，直朝我來，一把拽住我的手腕便將我扯向另一處。我無法掙脫他的箝制，更不願費力去掙脫，有些事，是該解決了。

他帶著我走向黑夜茫茫的小巷，陰暗的小巷時不時傳出幾聲老鼠的吱吱聲，還有腐食的腥臭之味。我隨著他的步伐，跟在他身後而行，他走得很快，我幾乎跟不上，不時喘息著，有汗水滲出我的額頭。

終於，他停下了步伐，放開我的手腕，卻始終背對著我。而我則是輕撫上那隻已經被他捏得酸痛的手腕。

等了許久，他卻始終不發話，只是靜靜地背對著我佇立，如一尊冰雕，一動不動。從何時起，我們竟相對也無言了？

我扯出淡淡的笑容，率先開口，「你帶我來，只爲讓我看著你的背影嗎？」

「你眞的要回到連城身邊去？」他的聲音有些沙啞。

「在來亓國前一日我就承諾過，一定會回去。而且，我還有他的孩子。」盡量使自己的聲音顯得雲淡風輕，不把悲涼表現在聲音中。

「既然有了他的孩子，爲何又要回來？」

我不語，將視線投放在漆黑的邊緣，尋找黑暗中的角落，孤獨地傷痛。

他倏地回頭，一步一步朝我逼近，「是因爲你根本放不下，你根本不愛他。」

他突然的逼近讓我感覺到從未有過的恐慌，一步步後退，最後被他逼到牆角邊緣，再也無路可退，

「他能給我安定。」

「他不能！」祈佑的聲音霍然提高，「不久，我就會對昱國出兵，他如何給你安定？他如何保護你？」

「祈佑，你從來都不曾瞭解過我，就像我也不曾瞭解過你。」我無力地癱靠在牆上，終於能正視他的瞳，「我追求的不是地位，不是權力，我和連城在一起，並不因他是皇帝，並不因他能給我一個妃位，而是他能給我單純的愛與快樂，即使平凡無奇也是一分心靈中最深的感動。

「和他在一起很輕鬆，將他的快樂與憤怒與我共用，我們之間的相處雖然平淡卻安逸融洽，我的心也不會有與你在一起時那種撕心裂肺的痛。

「與你在一起雖然會有酸澀、甜蜜、幸福，是那樣色彩斑斕，轟轟烈烈，但是你給我的痛卻大過給我的愛。我們幾經波折才走到一起，我知道，這分愛情需要去珍惜，需要理解與維持，可是你從來沒有給過我信任。

「和你在一起，我很壓抑。你給我的是封閉的心，給我的永遠是你的背影，你從不把你的心事與我

分享，任何事都藏在心中默默承擔，你以爲你做的一切都是爲了我好，是爲了給我幸福，但是卻從來沒問過，我想不想要。」

我一口氣將多年隱藏在心底的一切脫口而出。他聽完我的話，靜然地盯著我良久，緊繃的身子突然有些鬆弛，卻始終不發一語。我吞下一口夏日沁涼之氣，欲越過他離開，卻被狠狠按回牆角，「今後，我會盡我所能去補償你。」

「我必須回去。」我的聲音異常堅定。

「因爲孩子？」

我不答話，靜靜地站著，他也不語，單手撐著我身後的牆。就這樣一直僵持著，他突然重重地吐出一口氣，聲音漸漸由最初的冷硬軟了下來，「我希望你不要走。這個孩子，我會當作……你我親生。」他似乎下了很大的決心，在「你我親生」這四個字上格外認眞。

我不敢置信地望著他的瞳，我從來沒有想過，這句話會從天生殘忍無情的祈佑口中聽到。我打算由他的眼中探尋此話的眞假，但是他的認眞與挽留之色，皆是再眞不過了。或許，他說這句話時眞的下了很大的決心，又或許，這句話只是權宜之策。無論如何，孩子，畢竟是我與連城的。

我輕輕地搖頭，「不可以，連城在等我。」

他雙手緊攥著我的雙肩，「你根本不愛他！」

「那你愛我嗎？」我的一個問題突然問得他啞然，見他怔忪，我又開口，「還是你更愛你的皇位？」緩緩由懷中將韓冥給我的奏摺掏出，擺在他面前，嘲諷地笑道：「『潘玉亦兒臣心之所愛』。這句話的分量我懂，那一刻你對我的愛已經超越了皇位，你爲了我們的愛打算放棄皇位，我都懂。可是後來，爲什麼會變了呢？只因你是皇帝，就要扼殺我們的愛，將愛蒙上一層權欲陰謀嗎？」

他將手由陰冷的牆面收回，轉而緊緊握著我的手，看著我手中的奏摺凝神思考了許久。感受到祈佑手心中的溫度卻是如此冰涼，好像……他的手心一直如此，似乎永遠沒有溫度，永遠都暖不熱。

「如今，你依舊是我心之所愛。」他猛然將我摟入懷中，緊得讓我幾乎喘不過氣。理智告訴我，應該推開他，但是我的心卻不想推開他，或許，這會是最後一次待在他懷中，享受這最後一刻的寧靜了吧。這瞬間，他對我的一切傷害，似乎已經淡去。於他，我似乎永遠做不到狠心！

「對不起，我想爲曾經對你所做之事做出一些補償。」他的聲音傳遞到我耳畔，飄飄灑灑的氣息拂過我的臉頰。我將臉靠在他的臂膀之上，想了許久，「如果你眞的想補償什麼，就放我回去吧。將來在亓國與昱國的戰爭中，不論誰勝誰負我都不會爲我今日所做的決定而後悔。如今，一統三國，是你的夙願吧。我也覺得三國應該統一，四分五裂，長年的戰爭早讓百姓身心疲憊了，應該有個明君去治理。」

感覺到他的手掌輕輕撫上了我的髮，緩緩滑落，「於你，我絕對不會放手。」

話音落，只覺頸項間傳來一陣疼痛，我還沒來得及反應，便已意識模糊地倒靠在他的懷中。在意識逐漸被抽離之時，恍惚聽見一個腳步聲傳來，聲音陣陣貫穿淒寂的小巷。

第十二章　素綰九闕縈指柔

韓冥一路尾隨著皇上進入小巷，在拐角處徘徊不定，不知是否該上前打擾。他憂慮的是皇上如果眞的要扣留下馥雅，將會引起一場大亂。帶著這樣的心情在原地躊躇著，他終於還是下定決心，應該勸阻皇上，即刻轉出拐角之處，朝前方不遠處的人影徐徐而去，卻見皇上一掌將她打暈。

見到此情景，韓冥加快了步伐衝上前去，「皇上！」

祈佑將倒在自己懷中的馥雅攔腰橫抱而起，冷淡的目光掃向韓冥，「回宮。」

「不可以！皇上，你不放她回去會挑起戰爭的。」韓冥攔住了祈佑欲向前的步伐。

「朕，就是要挑起這場戰爭。」他睇了韓冥一眼，神色帶著前所未有的堅定與不容抗拒的王者之氣。

韓冥一驚，霍然望著早已經昏死過去的馥雅，「原來皇上是打算用她來做導火線，引連城先發動戰爭。可是您不覺得這樣做對她很殘忍嗎？」

「成大事者，必須捨去一些捨不得，這便是帝王。」他的目光有些閃爍，摟著馥雅的手收攏幾分，「而且，對於她，我是不會放手的。」

韓冥突然單膝跪了下來，「皇上，臣請求辭官。」

「你在威脅朕？」他一聲冷哼伴隨著淡笑脫口而出，「難道不想守護你的姐姐了嗎？她勾結朝廷大臣做著私家買賣，將一筆筆非法錢財私吞，你以爲朕都不知道？朕對她的容忍，皆因你在朝廷立的功，如若你離開了朝廷，你可以想想你姐姐的下場。」

韓冥一驚，心中閃過種種複雜的情緒，姐姐的事他確實早就知道，勸過多次，但是她已經不能回頭了。他一直留在皇上身邊，爲的只是姐姐，只爲了保她啊。如果他眞的辭官了，那皇上第一個對付的就是姐姐，他不能棄姐姐於不顧，絕對不可以。

祈佑沒有再看韓冥一眼，逕自越過他，走了幾步卻又停了下來，緩緩開口，「你有欺君之罪，希望你能戴罪立功。」

丟下別有深意的一句話，將他投身於漫漫長夜中的星空之下，涼風拂過韓冥的髮絲，飄飄揚起。他緊緊握拳，目光狠狠盯著黑暗的角落，這就是身在朝廷的無奈。若不是姐姐，他想，兩年前自己會帶著潘玉遠離吧。如果他不瞻前顧後，就不用刻意說一些謊言去欺騙她……

他頹廢地起身，緩緩跟上了祈佑的步伐，月光照耀下，他的臉色更加蒼白如霜，彷彿一夜之間老了十歲。他盯著祈佑的背影，無聲一歎，這輩子，他怕是要捲入這場無休止的戰爭了。

養心殿。

暖風回芳草，珠幕碧羅天，紅翠柳葉羞對。蘇思雲一直擔憂地徘徊在寢宮外，焦慮地等待著祈佑歸來。還記得數個時辰前，他領著一批禁衛軍匆匆出宮，似乎急著要辦什麼重要的大事。她的心一直不停地起伏著，不會出了什麼事吧。

也不知在迴廊前多少個來回與躊躇，終於見到祈佑歸來，她不禁邁開步伐迎了上去，「皇上……」

聲音還未落下，步伐就僵住了，怔然地望著他懷中輕柔而抱的那個女子，在燈火搖曳中，微弱的光映照著她那絕美略顯蒼白的臉，忽明忽暗。

「她……是誰？」看著祈佑一步步朝自己走來，眉頭深鎖始終放不開。

祈佑只是淡淡掠了她一眼，卻不回話，自顧自地朝寢宮走去。蘇思雲的手有些顫抖，目光中閃爍著令人憐惜的水氣，彷彿隨時可能凝結成珠而滾落。又是一個女人，爲什麼又是一個女人？曾經先有蒂皇妃，後有花蕊夫人，再有陸昭儀……如今這個女人又是誰？難道他深夜出宮只爲這個女人嗎？

她一直以爲自己在他身邊是特別的，可爲何他總是寵幸了一個又一個的女人，爲他付出了那麼多，爲何他的心就是不肯只爲她停留……難道她所付出的一切，皆是過眼雲煙嗎？他對自己說的話全是假的？

她冷硬地朝寢宮內走去，只聽見祈佑低沉的聲音傳出，「快請個御醫爲她看看。」雖然淡漠卻帶著無盡溫柔。她的手不禁握成拳，指甲狠狠掐進手心，唇齒間狠狠地咬著，有血腥味傳至舌間。

最後，她翩然轉身而去，衣角拂過地上的塵土，帶出嗆人之味。

連曦與納蘭敏、祈殞在那片樹林裡一直等著馥雅，整整一夜，誰都沒有說半個字，僵在原地沉思著。

連曦望著東邊初起的太陽越升越高，耐心也一分一分地被磨光，「走吧。」

「再等等吧，我相信妹妹她一定會回來的。」納蘭敏立刻上前擋住曦欲離開的步伐，「她有了皇上的孩子，不會那麼自私留下的，我相信她。」

「一夜了，有什麼事需要談一夜嗎？」連曦諷刺地一笑，掠過納蘭敏看著祈殞，「楚清王，你現在有何打算？」

祈殞笑了笑，「如今我已是喪家之犬，你我的謀算已被揭發，還能有什麼打算。你還是速速回昱國吧，祈佑做事向來雷厲風行，出賣他的人，他絕對不會手下留情，他下一個目標定是對付昱國，你們要快些準備好……怕是有一場大戰要展開了。」

「我應該去的地方不是昱國，而是夏國。」連曦的眸中閃過一抹算計的亮光，深莫能測，「如果楚清王願意的話，就隨我去夏國證實一件事吧。」

祈殞望著納蘭敏，還在猶豫著，她的身子似乎不太好，如果還要連日奔波，萬一出了什麼差錯，他會後悔一輩子的。

「不用擔心我，我的身子可以挺住。」納蘭敏上前一步，輕柔地握上他的手，「我不想牽絆住你的腳步。」

祈殞回握著她的手，淡淡地望著連曦，下定決心，「好，我們現在就啓程前往夏國。」

「好，果然是個成大事者。」連曦猛拍上他的肩膀，不住地讚歎了一聲，「馥雅公主，我說過，會讓你後悔的。」

納蘭敏垂首，淒然地扯出淡淡的笑。自己的身子怎麼樣她很清楚，在生命最後一刻，她希望陪伴在他的身邊，陪著他一起完成他的夙願，這樣她就能安心離開了。

夏國。

連曦單手撫玩著翡翠玉杯的蓋帽，茶水中的熱氣時有時無竄出，裊裊泛起輕煙。祈殞雙手置於桌上，目光深沉，雙唇緊抿，呼吸平穩。偌大的殿堂格外寂靜，似乎都在思考著什麼。

夏帝元榮端起案上的杯，置於唇邊輕抿一口，香氣充斥口腔，他閉目回味了好一陣子才將杯放下，「你是要朕與昱國聯手對付亓國？朕沒聽錯吧，多年前連城還派兵攻打夏國，是亓國派兵增援才免遭一難。更何況，如今的夏國也沒有那個實力與之對抗。你們回吧。」

連曦猛然將蓋碗置回杯上，清脆的聲音響遍大殿，「如今亓國已準備攻打昱國，單憑我們一己之力根本無法與之對抗，如昱國真的滅亡，下一個被亓國吞併的便是你夏國。」

元榮揚了揚嘴角，絲毫不為所動，「這不需要你操心。」

連曦一聲狂傲的冷笑，「堂堂夏國之主竟如此頑固不化。亓國野心勃勃欲吞併昱、夏二國一統天下，您還想置身事外！況且……」他的聲音突然頓住，凌厲的目光直逼元榮那頗有自信的眼，「您可記得夏國的馥雅公主？」

一聽「馥雅公主」四字，他的臉色慘然一變，撫著杯的手一顫，滾燙的茶水濺在手背上，他卻感覺不到疼痛，忙問：「你說馥雅公主？」

「她可是納蘭祈佑最寵愛的蒂皇妃，您要知道，枕邊一語，夏國覆滅只是遲早之事。」連曦很滿意見到他的變臉，「馥雅公主」四字確是元榮多年來的心病。

「不可能，朕見過蒂皇妃，她與馥雅根本就是容貌相異的兩個人。」

「她是不是馥雅公主，就由楚清王為您解釋吧。」連曦含著似有若無的笑，終於端起一直把玩在手心的茶杯，飲下一口茶。

祈殞點了點頭，「那時的她只不過換了一張臉，爲了掩飾其身分。但她無時無刻不在想著爲父皇、母后報仇，所以七年前便與祈佑談了筆交易，正爲復國。」

元縈的臉色更顯慘白，神色漸漸渙散不定，雙手緊緊握拳。蒂皇妃，馥雅公主……竟會是同一個人，竟會在納蘭祈佑身邊。當年甘泉宮那一幕幕血腥的殺戮彷彿歷歷在目，原本是想斬草除根，卻沒想到馥雅這丫頭的命這麼大，竟能多次逃脫，當時他就覺得奇怪，那麼多批殺手竟不能解決兩個人，原來是被納蘭祈佑救了去。

他迫不及待地開口，「即使夏、昱二國聯手，也未必能剷除亓國。」

「我們爲的不是剷除，只是自保。只要我們二國牢牢綁在一起，他亓國對我們也莫可奈何。」連曦睇了祈殞一眼，「楚清王自小便在亓國長大，對其地形分布一清二楚，這更利於我們。」

元縈緊握成拳的手心已經湧現出絲絲冷汗，「容朕考慮考慮。」

「事到如今，您還需考慮？若你我二國不聯手，將會如一盤散沙，被亓國一口一口地吞併。相信我，納蘭祈佑的野心並不僅僅限於此刻的形勢，他的目標是——天下。」連曦一個用力，手中的翡翠玉杯便被他狠狠捏碎，杯中之水與手心之血匯集在一起，滴在剔透的漢白玉桌面之上，格外駭目。

未花太多的時間，元縈便被說得冷汗淋漓，焦躁不安，當下應允同昱國結盟，一齊對抗亓國，甚至將自己的女兒湘雲公主送給連曦做妻。這一幕，彷彿如七年前，馥雅公主與連城的婚姻一般無二，再次重演。如今只是換了一個人，換了一種身分，換了一種目的。鹿死誰手，待後觀望。

當他們二人與元榮達成協定後便回到客棧，祈殞才推開門卻見納蘭敏死氣沉沉地躺在冰涼的地面上，一動不動。祈殞的呼吸在一刹那間靜止，猛地回神，衝上前將納蘭敏扶起擁入懷中，「敏敏，敏敏……」他一聲聲呼喚著她，希望能夠叫醒她。

連曦聞聲而來，盯著已奄奄一息的納蘭敏，悠然開口：「她已快油盡燈枯。」

祈殞回首，狠狠盯著他，「她的病怎會如此嚴重，你不是告訴我，她的病情很穩定嗎？」

「不這樣說，你如何會同意與我前來夏國？」他的聲音如斯冷漠，彷彿天地間沒有任何人能帶動他的情緒，那分冷血，猶如暗夜之魂，「你應該清醒了，不要因兒女私情牽絆住自己的步伐，我們是做大事的人。納蘭姑娘是個識大體的人，她不會怪你的。」

「你閉嘴。」祈殞怒斥一聲，眼眶微微泛紅，淚水在眼眶中打轉。他眞的不知道，她的病情竟到了如此絕境，如果早知道，絕對不會連日來馬不停蹄地奔波，讓她身心疲累。多年前送她去昱國已使他自責至今，現在，他該如何面對這位為了他付出一切，甚至生命的女子？

不知何時，納蘭敏已經悠悠轉醒，舔了舔乾澀的唇，笑道：「他說得對，你是做大事之人，千萬不要辜負了我一番苦心。」她一直都知道，祈殞非常想爲先帝報仇，不是出於私心，全然是因爲對先帝的父子之情。她知道，先帝對其他人或許是無情的，但對袁夫人的兒子卻疼愛有加，甚至將他看得比自己的命還重要。也正因爲有了這樣的情，才有了祈佑弒帝的一幕吧……如果先帝能多分一些愛給其他的孩子，或許就不會有當年的慘劇發生。

祈殞盯著倚在自己懷中的女子，竟是如此嬌弱，如此單薄。怎麼從未發現，原來她也是一個需要男人悉心疼愛的女人，她也需要自己的關心。而他，整日沉浸在母后枉死的悲痛之中，又一心想著爲父皇報仇，竟忽視了一直默默伴在自己身邊的她。

納蘭敏驚詫地望著祈殞眸中漸漸凝聚出水氣，最後聚滿由眼角滑落，她立刻接住，虛弱的聲音不可置信地問：「爲我而流？」

祈殞緊緊握著她的手，已無法再言語，只能點頭。

「原來，你是在乎我的。」她原本沉悶難受的心情突然得到釋放，臉上的笑格外明媚，可臉色卻在一分又一分地變白變黯沉，血色早已褪盡。

「傻瓜，我怎麼會不在乎你。」祈殞心疼地抱緊她，淚水不時滑落臉頰，可見他對她的用情之深。

「我一直有個問題……多少年放在心頭卻不敢明言……」她的目光漸漸渙散迷茫，聲音也越來越沉，「納蘭敏與馥雅……誰才是你心中第一人？」

祈殞聽到這句話，有片刻的沉默，隨即毫不猶豫地答了三個字，「納蘭敏。」是的，這個問題也糾纏了他多年，仍不能解。直到方才看見納蘭敏躺在地上那一刻，他有一種從未有過的恐懼，當他聽連曦說起「油盡燈枯」，他確有一種撕心裂肺的痛，是那樣強烈。他才明白，多年來，一心牽掛之人唯納蘭敏一人。至於馥雅公主，永遠只是母妃的一個影子，對她的情，從頭到尾僅是單純的迷戀，而非愛。

納蘭敏聽見他異常堅定的回答，心頭被甜蜜灌溉得滿滿的，強忍許久的淚終是無法克制地滾落。她緊緊擁著祈殞，用細若游絲的聲音說道：「殞，能在有生之年聽見你這句話……我死而無憾。半生之事……諸多煩憂，感謝有你的愛……君可知……我心……」聲音漸漸被吞噬，唯見納蘭敏的口一張一闔，卻再無法吐出一個字來。

連曦一步步退出房內，千年清冷的臉上覆上了一層淡淡的傷感之色，「愛情」這兩個字是他終身都不屑觸碰的東西。女人，他有，七大手下皆爲他的女人，但是愛情，他從來沒有過。因爲愛上他的人只有三個理由，相貌、錢財、權勢，這樣的愛情要來可做什麼？

在他將門緩緩閉上那一刻，見納蘭敏靜靜地閉上了水眸，臉上掛著安詳的笑容。他想，這一刻，她是幸福的。權力與愛情往往不能兼得，有取必有捨，馥雅與納蘭祈佑之間正是如此。有時候他會問自己，設計將馥雅推給大哥之舉到底是對是錯，眞相大白那一刻，不僅傷了馥雅也傷了大哥。可他一直不敢相信，懷著大哥的孩子，她竟然還是選擇留在納蘭祈佑身邊，她忘記自己腹中懷著與大哥的孩子了嗎？

昱國。

連城在御書房內批閱著手中的奏摺，思緒卻飄向了遠方。已過半個月，他們還是沒回來。或許他錯了，根本不該放馥雅回去的……不，他一直都相信她會回來。臨走時她的眼神是那樣堅定，信誓旦旦地告訴他，一定會回來，他也一直都相信她。因爲她承諾的事，從來都做到了。

恍惚間，又回想起在夏國第一次見到馥雅，那驚鴻一瞥，至今仍難忘……

正值冬至，雪壓欺霜，北風呼嘯襲衣袂。茫茫雪色，點點陰冷，萬里飛霜，朦朧清冷。此時的他是卞國的丞相，此次奉卞國皇帝之命秘密出使夏國，與夏國皇帝談判，聯手對付強大的亓國。該以什麼條件與之談判呢？腳輕輕踏過滿地積雪，落痕滿地，一直隨行的小廝口中滿是抱怨。

「這就是夏國的待客之道？將我們丟在此處，也不派幾個奴才前來伺候。」小廝憤憤不平地嘟囔著。

連城只是輕笑，笑容中卻多了種含而不露的威嚴，低聲提醒：「若派奴才來伺候，不就等於昭告天下，我們兩國有陰謀？」目光在宮內四處流轉。小廝一聽此話也恍然大悟，便安靜地隨在他身後不再言語。

突聞環佩之鏗鏘，馥郁之芬芳，他覓聲而去，單轉兩個迴廊，如曲徑通幽，乍時白茫茫一片梅林闖入眼簾，「遙知不是雪，唯有暗香來」足以形容此刻之盛景，他不自覺走出迴廊，呼吸頓然窒了一窒。

玉貌冰清，芳容窈窕。姿態蔥秀，因風飛舞，儼然彩蝶展翅。側耳傾聽，林內那位緋衣女子口中輕唱之曲，是《暗香》。

舊時月色，算幾番照我，梅邊吹笛。喚起玉人，不管清寒與攀摘。何遜而今漸老，都忘卻、春風詞筆。但怪得、竹外疏花，香冷入瑤席。

江國，正寂寂，歎寄予路遙，夜雪初積。翠尊易泣，紅萼無言耿相憶。長記曾攜手處，千樹壓、西湖寒碧。又片片、吹盡也，幾時見得。

聲音柔而不膩，細而清脆，連城情不自禁地停下腳步，凝神望著這一幕。良久，一曲終罷，但見那名女子淺笑盈盈，踮腳攀折一枝粉梅，放至鼻間輕嗅，緩而閉上眼簾，彷彿在享受梅花之香。片刻間，她緊握紅梅原地輕轉，步伐逐漸變大，裙襬飛揚，衣袂綻開輕舞，妙不可言。

他在心中暗想，她是要起舞嗎？

隨著身形轉動，她步子也疾如閃電，手中的紅梅滑落，纖柔之腰如細柳擺動，飄揚，流轉。他不禁屏住呼吸，感歎在這深宮之中竟有如此出塵的清麗絕美女子，臉上淨是純美天真，她到底是誰，難道是夏國皇帝的妃嬪？

「朕的公主，如何？」刻意壓低的聲音，似擔心會驚擾了林中起舞的女子。

「她是皇上您的公主？」輕輕轉身，淡淡地行了個禮，眼中閃出驚詫之色，更泛著熠熠之光。

「朕唯一的公主，馥雅。」說起自己的女兒，他的眸光中盡顯寵溺之色，笑容始終徘徊在嘴角，可見他有多麼疼愛這個女兒。

「那麼皇上，我們談筆公平交易吧。」他的餘光拉遠，向梅林間依舊飄然起舞的女子望去，「卞、夏二國結下邦盟，滅亓之日，就是馥雅公主為我夫人之日。」

那時他知道，這是一種很唐突的要求，結盟若要和親，向來是公主嫁於皇上為妃嬪，而他卻只是個丞相。但是，他真的控制不住心中那蠢蠢欲動的感情，所以自作主張地定下了這門親事。回到昱國，他只將此事告知了皇上一人，就連他母親也未通知。畢竟他去夏國談的是國事，若對人講起和親之事，天下人又會如何看待？

「皇上，蘭嬪求見。」白福的聲音隔著緊閉的朱門在外響起，打斷了他的回憶。他將手中的奏摺放下，清了清喉嚨道：「讓她進來。」

厚重的朱門被推開，只見蘭嬪笑盈盈地托著銀盤而來，一身雍容的金黃長衫裙，顯得她格外嫵媚高貴。八月初的太陽實在毒辣，才走了一小段路她已經熱得滿頭大汗，汗水由背後滲出浸透了衣裳。她一手用絲袖擦拭額頭上的汗珠，另一手小心翼翼地托著銀盤，生怕碗裡邊的湯汁會灑出來。

待走到連城身邊，將其放下，「皇上，這是臣妾親手為您做的冰鎮鴨梨燕窩粥，有降火散熱的功效。夏日炎炎，您還這麼辛苦地批閱奏章，飲上一口定然能除去身心疲憊。」

連城本不願接下，現在的他確實沒什麼胃口，但是一想到蘭嬪腹中懷有他的孩子，便體諒她的苦心，伸手接過，「蘭兒眞是有心了。」

當他將第一口送入口中時，冰涼爽朗的感覺在口中翻攪，最後滑入乾燥的喉嚨，直達火熱的胃裡。原本那燥熱的感覺突然消失，取而代之的是清涼舒爽。

「怎麼樣？皇上……」蘭嬪期待地望著連城，希望他能給一句讚賞，或者一句關懷。看著連城緩緩啓口之時，卻有另一個急促的聲音傳來，「連大人，您不能進去……」

連曦風塵僕僕地由夏國趕回來，急著要當面將事情稟報於大哥，卻被白福這個狗奴才擋在外面。他也不理會白福的阻攔，逕自朝御書房內走去，「大哥……」聲音啞然止住，淡漠地看著蘭嬪，也不說話。

「既然皇上與連大人有事商談，那臣妾先行退下。」蘭嬪勾起清雅之笑，將桌上的空碗收回盤內，蓮步離去。在白福關上朱門那一刻，裡邊傳來一句，「大哥，我已經與夏國結盟，亓國要對付我們怕是沒那麼容易……」

蘭嬪的兩靨之下依舊掛著淡笑，但是目光卻閃爍不定，眉頭緊鎖，若有所思地離開了御書房。

而御書房內，連城的臉色很難看，「你沒有將馥雅帶回來？」

「大哥，我在和你說有關昱國生死存亡之事，你竟然還問那個女人？她不回來了，她帶著你的孩子投入納蘭祈佑的懷抱了，你還相信她一定會回來。」連曦有些惱火地看著他自小就尊敬的大哥，他什麼都好，唯一放不下的就是這段感情。他就不明白了，大哥身爲帝王，要多少女人沒有，爲何苦苦執著於一個馥雅？就因爲始終得不到她的心，所以就更想要征服嗎？

「不，一定是祈佑不讓她回來。」連城自若地笑了笑，他瞭解馥雅，既然她做過承諾，就不會違背。

連曦有些無奈地看著他的笑容，更肯定了當時將馥雅送到他身邊是個錯誤的決定，大錯特錯的決定！她的到來，讓大哥沉溺於愛情的風花雪月中；她的到來，化解了大哥一直欲對亓、夏二國的報復之心；她的到來，讓大哥將所有注意力全投注她身上。一直不知道紅顏禍水的危害，如今他是眞正地見識到了，美人計，確實夠狠！

「大哥，我們現在要討論的不是辰妃，而是亓國。此次我們與祈殞的計畫被納蘭祈佑看破，他隨時有可能攻打昱國，我們應該做好完全準備迎戰。」

「爲何不先發制人，殺他個措手不及？」連城平復了一下心境，由椅上起身，朝連曦走去。

連曦一驚，忙道：「大哥，我們要以靜制動啊。若亓國先行出兵，卻無理由，在民心上就是一個重大的弱點，所以我們只能等。」

他的手輕輕拍打在連曦肩膀之上，「這一戰是不可避免的。祈佑扣押住馥雅，只爲引我前去。」

「大哥你既然知道，爲何還要……」

「馥雅是我的妻子，她懷有我的孩子……你要知道她對我有多重要。我說過，沒人能將她從我身邊奪走，即使賠上整個江山。」連城的聲音如此堅定，連曦卻木然了，傻傻地站在原地望著他，許久不能言語。

他眞的要爲了個女人將自己的江山拿出去拼？雖然有夏國的助陣，他們未必會輸，但是……現在的他們只求自保，根本不能硬拼呀。若眞硬拼，將會兩敗俱傷，血流成河。與亓國的衝突來得太過突然，百姓、軍隊都未準備好，貿然出兵是將之大忌！

「如果……皇上真的已經決定了，那臣……遵旨便是。」連曦一字一句地道，狠狠咬著牙將話說完，拂袖離去。

連城頹然撐上桌案，自嘲地笑了笑，連曦說的話他又怎會不懂呢？確實，他不配做皇帝，他沒有與納蘭祈佑一樣的無情與野心。他只適合做個丞相，這個位置本不該屬於自己的……可自己卻硬奪了過來。奪過來之後，卻又無力守護這個位置，多麼可悲。

連曦，他有將之謀略，更具備了帝王應有的冷血，所以，他比自己更適合坐這個位置。

他提起筆，抽出一張雪白的紙，緩緩在上面寫下了幾行字，最後將筆置好，取出玉璽，很用力地在上面蓋下了一個方形璽印。

亓國皇陵。

祈皓與蘇姚再次踏入皇陵之中，跪在母后墳前，祈皓臉上出現了歲月流逝的斑駁痕跡，原本俊朗帥氣的臉也因平凡無光而消磨得毫無一絲王者之氣。他的手輕輕撫上墓碑，一寸一寸地感受著「杜芷希」這三個字。

「母后，兒臣昨晚夢到您了。您叫我原諒祈佑對您的傷害，您叫我以大哥的身分去陪伴他，您叫我用親情去溫暖他那早已冰冷的心……您真的不怪他嗎？他可是陷害您致死的那個人。我就知道，您疼愛他始終超過疼愛我，不然您就不會到了天上還不放心祈佑，還掛念著他。」祈皓的聲音有些嘶啞，眼眶紅紅的，每次他來到母后墓前都會控制不住自己的情緒。

一年前，祈佑帶著他們一家三口回到金陵，說是讓他們前來拜見母后，所以他們跟著回來了。

可是祈佑卻硬要留下他們，他說，自己在這個世界上已經沒有親人了，唯有這個大哥，希望他能留下，幫自己一起將這個江山打理好。他沒有同意，絕對不能與這個陷害母后的人站在同一戰線上。所以，這樣一拖，便是整整一年。

「皓，我覺得母后對你們倆從未偏心過……」蘇姚覆上他那因長年耕種而生出繭子的手，素雅的臉上有那種可以令人心曠神怡的笑，「從小，你雖然站在風口浪尖，但是你的母后卻一直在保護著你，疼愛著你，給了你全部的愛。而祈佑呢？從小被母后冷落，不聞不問，雖然受到了保護，卻失去了母愛。

「長大了，祈佑親手將你從太子的位置上扯下來，將母后逼入冷宮，他一直幫著那位『疼愛』他的父皇。到後來卻發現，自己尊敬的父皇竟一直在利用他，而自己痛恨的母親竟用她自己獨特的方式愛著他，他又怎麼承受得了呢？

「他的一生幾乎在孤獨、仇恨、背叛中度過，現在他僅僅剩下你這個親人了……他想彌補自己曾經做錯的事，所以找到了你，希望你留下，因爲你是他的大哥，即使他做了再多錯事，你依舊是他的大哥，血濃於水，你不會不懂的。」

祈皓聽著蘇姚那聲聲動情的話語，心也軟了下來，矛盾卻依舊充斥在他心間。是啊，從小祈佑就過著孤單的日子，默默承受沒有母后疼愛的生活，他一直都能理解祈佑的孤單。多少次他想親口告訴祈佑，其實母后是疼愛他的，她冷落他只是爲了保護他，可是母后不許他說，她不想給祈佑壓力，她不想祈佑摻和進這場隨時可能丟去性命的皇室鬥爭。

昨夜的夢，母后還告訴自己，原諒祈佑，他是迫不得已才爲之；她從來沒有怪過祈佑對她所做的一切，只因爲，他們是母子。既然母后都能原諒他，爲何自己不能原諒他呢？

「我是他大哥，唯一的大哥。」他喃喃自語起來，「姚兒，你說得對，血濃於水。」多年來的心結彷彿突然打開，他用力將蘇姚摟入懷中，「姚兒，謝謝你，謝謝你這麼多年來的陪伴，謝謝你跟隨著我過糟糠之日，謝謝你的理解……我納蘭祈皓何德何能竟娶你爲妻，三生有幸。」

蘇姚倚靠在他懷中，深深地呼吸著皇陵四周那芬芳之香，眉目間神采奕奕，「那我更要謝謝你，能將我放在心上，你知道，糟糠之日雖苦，但有你陪伴，我甘之如飴。」

「如今我決定在祈佑身邊，彌補母后未給他的愛，你願意伴我一同在此嗎？」

「雖然我非常喜歡安靜的生活，但是你是我的夫，嫁雞隨雞、嫁狗隨狗囉。」

他們兩人的笑語使原本陰森淒哀的皇陵籠罩了一層淡淡的暖色。

（請繼續閱讀《傾世皇妃（下）人生若只如初見》）

國家圖書館出版品預行編目資料

傾世皇妃(中)——誰道無情帝王家／慕容湮兒著.
－ 初版. －台中市：好讀，2011.11
面： 公分，——（真小說；05）
ISBN 978-986-178-219-5（平裝）

857.7 100023398

好讀出版

真小說 05
慕容湮兒作品集—傾世皇妃（中）誰道無情帝王家

作　　者／慕容湮兒
總 編 輯／鄧茵茵
文字編輯／童茗依
美術編輯／鄭年亨
行銷企畫／陳昶文
發 行 所／好讀出版有限公司
台中市 407 西屯區何厝里 19 鄰大有街 13 號
TEL:04-23157795 FAX:04-23144188
http://howdo.morningstar.com.tw
（如對本書編輯或內容有意見，請來電或上網告訴我們）
法律顧問／甘龍強律師
承製／知己圖書股份有限公司　TEL:04-23581803

總經銷／知己圖書股份有限公司
http://www.morningstar.com.tw
e-mail:service@morningstar.com.tw
郵政劃撥：15060393 知己圖書股份有限公司
台北公司：台北市 106 羅斯福路二段 95 號 4 樓之 3
TEL:02-23672044 FAX:02-23635741
台中公司：台中市 407 工業區 30 路 1 號
TEL:04-23595820 FAX:04-23597123

初版／西元 2011 年 11 月 30 日
定價／ 250 元

Published by How-Do Publishing Co., Ltd.
2011 Printed in Taiwan

ISBN 978-986-178-219-5

讀者回函

只要寄回本回函，就能不定時收到晨星出版集團最新電子報及相關優惠活動訊息，並有機會參加抽獎，獲得贈書。因此有電子信箱的讀者，千萬別吝於寫上你的信箱地址

書名：傾世皇妃（中）誰道無情帝王家

姓名：____________ **性別：**□男 □女　**生日：**____年____月____日

教育程度：________________

職業：□學生 □教師 □一般職員 □企業主管
□家庭主婦 □自由業 □醫護 □軍警 □其他____________

電子郵件信箱（e-mail）：________________ **電話：**____________

聯絡地址：□□□ ________________________

你怎麼發現這本書的？

□書店 □網路書店（哪一個？）__________ □朋友推薦 □學校選書
□報章雜誌報導 □其他________________

買這本書的原因是：________________

□內容題材深得我心 □價格便宜 □封面與內頁設計很優 □其他________

你對這本書還有其他意見嗎？請通通告訴我們：

____

你買過幾本好讀的書？（不包括現在這一本）

□沒買過 □ 1 ～ 5 本 □ 6 ～ 10 本 □ 11 ～ 20 本 □太多了

你希望能如何得到更多好讀的出版訊息？

□常寄電子報 □網站常常更新 □常在報章雜誌上看到好讀新書消息
□我有更棒的想法________________

最後請推薦五個閱讀同好的姓名與 E-mail，讓他們也能收到好讀的近期書訊：

1.____________________________
2.____________________________
3.____________________________
4.____________________________
5.____________________________

我們確實接收到你對好讀的心意了，再次感謝你抽空填寫這份回函
請有空時上網或來信與我們交換意見，好讀出版有限公司編輯部同仁感謝你！
好讀的部落格：http://howdo.morningstar.com.tw/

請填妥後對折黏貼，直接投郵即可，無須貼郵票。

廣告回函
台灣中區郵政管理局
登記證第 3877 號
免貼郵票

好讀出版有限公司　編輯部收

407 台中市西屯區何厝里大有街 13 號

電話：04-23157795-6　傳眞：04-23144188

沿虛線對折

購買好讀出版書籍的方法：

一、先請你上晨星網路書店http://www.morningstar.com.tw檢索書目或直接在網上購買

二、以郵政畫撥購書：帳號15060393 戶名：知己圖書股分有限公司並在通信欄中註明你想買的書名與數量

三、大量訂購者可直接以客服專線洽詢，有專人為您服務：客服專線：04-23595819轉230 傳真：04-23597123

四、客服信箱：service@morningstar.com.tw